Lützow's wilde Jagd.

Geschichtliche Erzählung

von

Anton Ohorn.

Mit 8 Vollbildern nach Originalen

von

E. Klingebeil.

Vierte Auflage.

Das beeindruckende Buch

Lützow's wilde Jagd

erscheint im Rahmen ausgewählter Literatur
als exklusive Reprint-Ausgabe in der
Historischen Bibliothek des Melchior Verlages.

Die Historische Bibliothek enthält wichtige
sowie interessante Bücher zur deutschen Geschichte
und läßt anhand dieser eindrucksvollen Zeitzeugen
bedeutende Ereignisse, Begebenheiten und Personen
aus längst vergangener Zeit wieder lebendig erscheinen.

Nachdruck der Originalausgabe von 1905
nach einem Exemplar aus Privatbesitz.

M

Reprint

Wolfenbüttel
2007
ISBN: 978-3-939791-30-0

Vorwort.

Es war eine große, herrliche Zeit, als im Jahre 1813 sich das ganze deutsche Volk erhob, um das Joch der französischen Gewaltherrschaft abzuwerfen. Der Brand von Moskau ward die Morgenröte der Befreiungskriege, und als das große Gottesgericht über die Heere Napoleons auf den Schneefeldern Rußlands sich vollzogen hatte, da leuchtete durch das dunkle, schwere Gewölk, das über dem deutschen Lande gelegen hatte, der Aufruf des Königs von Preußen an sein Volk wie ein heller Blitz, der die Gemüter entflammte zum heiligen Streite. Deutsche Dichterstimmen fachten die erwachte Begeisterung an, und nun strömte es von allen Seiten unter die Fahnen. Jung und Alt, Arm und Reich, Hoch und Niedrig wollte Gut und Blut an das Höchste setzen, an die Freiheit des Vaterlandes, und ein Geist lebte in Hunderttausenden.

In jenen Tagen war es, da der Major von Lützow eine kleine, entschlossene Schar um sich sammelte, in welcher treffliche Männer sich zusammenfanden. Wer kennt nicht die Namen Theodor Körner, Ludwig Jahn, Friedrich Friesen u. a.? „Die schwarzen Gesellen" errangen bald sich Ruf und Ruhm durch ihre kühnen Streifzüge, durch ihre nimmermüde Unternehmungslust, mit der sie den Feind beobachteten, beunruhigten, bedrängten, und sie haben ihren redlichen Teil am Erfolge jener großen Tage. „Lützow's wilde, verwegene Jagd" ist unsterblich geworden, wie der Dichter, der unter diesem Namen sie besungen hat, und der in ihren Reihen bei Gadebusch den Heldentod starb.

Die Thätigkeit des tapferen Häufleins bildet den geschichtlichen Hintergrund der vorliegenden Erzählung, die in ihren historischen Momenten sich an die besten Quellen hält, und die sich die Aufgabe gestellt hat, die Begeisterung für das Vaterland im Herzen des deutschen Volkes und besonders der deutschen Jugend beleben und fördern zu helfen. Wenn sie das nach ihrem bescheidenen Teil zu erreichen vermöchte, wäre darüber herzlich erfreut

der Verfasser.

Inhalt.

Erstes Kapitel.

Im deutschen Walde.

Der Märzabend dämmerte allgemach herein. Er war mild und freundlich, spannte einen blauen Himmel über die Erde und ließ einen linden Frühlingshauch über sie hinwehen, der seltsam beinahe in Widerspruch stand mit den kahlen Ästen und Zweigen an Baum und Strauch, und mit dem fahlen Grün auf Wiese und Anger. Die Welt lag tiefstille wie in müdem Schweigen, aus der frischen Ackerfurche nur war eine Lerche emporgestiegen und zitterte wie ein schwarzes Pünktchen hoch auf dem blauen Grunde, und durch die Stille klang ihr jauchzendes Lied.

Der junge Bursche, der die Straße daherkam, die aus dem Sachsenlande ihn nach Schlesien geführt hatte, blieb stehen, hob den Blick empor, und die Hände auf seinen derben Wanderstock gestemmt, lauschte er. Ein helles Lächeln lief wie ein Sonnenschimmer über sein hübsches Gesicht bei dem Gesang des kleinen Vogels, und er murmelte:

„Das kündet den Frühling und die Auferstehung für deutsches Land und deutsches Volk; sei uns zum guten Zeichen, Bote des Lenzes!"

Lauter schmetterte das Lied der Lerche, der Wanderer nickte einigemale wie fröhlich zustimmend, dann schritt er rüstig weiter gegen Sonnenaufgang. Es war ein prächtiger Bursche mit dunklen Locken um das frische Gesicht, mittelgroß und kräftig, und seine braunen Augen sahen frei und groß in die Welt. Er trug ein dunkles Sammetwams und eine Art Barett von gleichem Stoffe, und auf dem Rücken ein Ränzel, über welches er den zusammengeschlagenen Mantel gelegt hatte. So konnte man ihm den fahrenden Studenten ohne weiteres ansehen. Er mochte heute schon ein gut Stück Weges zurückgelegt haben, denn manchmal blieb er stehen wie zu kurzer Rast, reckte und streckte sich, und dann schritt er wieder fürbaß und pfiff, den müden Beinen zu neuer Ermunterung, sich ein Marschlied oder eine Burschenweise vor.

Aber dichter senkten sich die Schleier des Abends, und vergeblich hatte er bereits wiederholt nach einer menschlichen Niederlassung ausgeschaut, doch er konnte keinen Flecken, kein Dorf, ja nicht einmal ein einzelnes Haus sehen, und so wanderte er weiter. Nun führte die Straße durch einen Wald. Dämmerig still war's um ihn her, die ganze Natur schien allgemach in Schlummer zu sinken, und wenn der Bursche mit seinem Pfeifen innehielt, vermeinte er seinen eigenen Herzschlag zu hören.

Aber Furcht war ihm ferne, und seine Seele war voll großer Gedanken. Man schrieb das Jahr 1813, das so bedeutsam für das deutsche Volk werden sollte. Fern im Osten, in Moskau, war das Strafgericht über den Mann des Jahrhunderts, Napoleon, hereingebrochen, in den Schneefeldern Rußlands war sein Heer vernichtet worden, und die geknechteten Stämme Deutschlands regten sich, um den Fuß des verhaßten Korsen von ihrem Nacken abzuschütteln. In Ostpreußen hatte die Bewegung angefangen und war mit Riesenschritten weiter gewandert, und das ganze zertretene Preußenland, seinen König an der Spitze, hatte sich erhoben zu einem letzten heiligen Streite gegen den dämonischen Franzosenkaiser. Am 17. März hatte der König den Aufruf an sein Volk erlassen, und dieser hatte eine ungeahnte Wirkung.

Von allen Seiten strömte es heran zu den Fahnen; Jung und Alt, Arm und Reich, die Männer des Handwerks und der Wissenschaft — Alle kamen, ihr Herzblut anzubieten für die heilige Sache des Vaterlands. Die Hörsäle der Hochschulen entleerten sich — Schande wär' es gewesen, wenn einer mit gesundem Leibe und kräftigen Gliedern zurückgeblieben wäre. Auch unser Wanderer war mit zahlreichen andern Genossen von Halle aufgebrochen, aber während diese ihr Ziel, Breslau, wohl bereits erreicht hatten, hatte er noch einmal Einkehr gehalten in dem schlichten Thüringer Pfarrhause, in welchem seine Wiege gestanden hatte, um seine schwerkranke Mutter noch einmal zu sehen, die er vielleicht nie wieder sah.

Als die Todkranke von seinem Entschlusse hörte, für's Vaterland in den heiligen Krieg zu gehen, hatten ihre Augen aufgeleuchtet in einem wundersamen Scheine. Ja, sie war eine von jenen deutschen Heldenmüttern, die damals nicht selten waren, die ihr Einziges und Liebstes hingaben auf den Altar des Vaterlandes, und da er von ihr ging, hatte sie segnend ihm die heißen, hagern Hände auf das lockige Haupt gelegt, thränenlos aber schweigend, und dem Jüngling war es, als müsse er jener Spartanerin denken, die ihrem Sohne, der zur Schlacht zog, nur das eine sagte: „Komme zurück mit deinem Schilde oder auf deinem Schilde!"

Dann hatte der ernste, weißhaarige Vater ihn fest an seine Brust gezogen und mit leise zitternder Stimme gesagt: „Der Herr segne deinen Ausgang und unsere Waffen!" und darauf war er fortgegangen aus dem Frieden des Elternhauses in die stürmisch bewegte Welt. Im Morgensonnenschein hatte er vom nächsten Hügel aus noch einmal sein Dörfchen liegen sehen, und die spiegelnden Fenster des Pfarrhauses blinkten und winkten noch einmal zu ihm herauf, dann aber schwenkte er die Mütze hinunter, und wandte sich ab und zerdrückte die Thräne, die ihm ins Auge steigen wollte.

An all' das dachte er jetzt noch einmal, wie er durch den schweigenden Wald schritt, und dabei war sein Pfeifen allgemach verstummt.

Nach etwa halbstündiger Wanderung, während welcher es zusehends dunkler geworden war, kam er auf eine Lichtung und sah hier ein kleines Gehöfte, von einer niedrigen Mauer umgeben; aus einem Fenster blinkte ein Lichtschein, gastlich und freundlich, in die sinkende Nacht. Hier hoffte er eine einfache Herberge finden zu können, und so trat er an das Thor.

Jetzt sah er über demselben ein Hirschgeweih und wußte, daß er sich vor einem Försterhause befinde. Das heimelte ihn an, und voll Zuversicht ging er durch das offene Pförtchen in den Hof. Ein Hund schlug an, der an seiner Kette herbeirasselte, und im Hause drin antwortete ein anderer.

Gleich darauf trat unter die Thür des eigentlichen Wohngebäudes eine Frauengestalt und frug, wer da komme. Gleichzeitig gebot sie dem Hunde, ruhig zu sein, der gehorsam nach seiner Hütte zurückkroch. „Ein müder Wandersmann — sagte der Student —, der um ein

Lager für die Nacht und um einen bescheidenen Imbiß für Geld und gutes Wort bittet."

„Wir haben hier keine Herberge," sagte das Weib, das jetzt, die bloßen Arme in ihre Schürze gewickelt, näher trat, ruhig, aber nicht unfreundlich.

„Das sehe ich wohl, Frau Försterin, aber ich hoffe, daß Ihr trotzdem mich nicht fortweist. Ich komme heute weit her und bin müde."

„Ich bin nicht die Försterin!" sprach sie wieder und that dabei einen tiefen Seufzer, und musterte dazu den Burschen von oben bis unten. Er schien ihr zu gefallen, denn sie fügte bei:

„Wartet einen Augenblick — ich will den Förster fragen!"

Sie trat in das Haus zurück, und der Student sah an demselben empor. Das mochte im Sommer freundlich und traulich sein, wenn der wilde Wein, der jetzt kahl an den Spalieren hing, so ein grünes Netz um die Wand wob wie daheim an dem Thüringer Pfarrhause. Und wieder dachte er an seine todkranke Mutter. Jetzt hörte er einen Schritt im Flur, und gleich darauf trat der Förster unter die Thüre, eine hochgewachsene, breitschulterige Gestalt mit stark ergrautem Bart und Haar; das war auch trotz der Dämmerung zu merken. Er sagte mit einer rauhen und fast bewegt klingenden Stimme:

„Sie kommen an keinem guten Tage, Herr — aber, wenn Sie sich nicht fürchten, mit dem Tode unter einem Dache zu sein, heiß' ich Sie willkommen. Mir ist gestern mein Weib gestorben und liegt drinnen auf der Bahre."

Der Jüngling war einige Augenblicke tief erschüttert, dann erwiderte er:

„Den Tod fürchte ich nicht, denn ich geh' ihm vielleicht entgegen, und indes Ihr mir Eure Trauerkunde sagt, liegt mir selbst daheim vielleicht mein Mütterlein auf dem Schragen."

„Dann kommen Sie!"

Und der Förster bot dem andern die rauhe Rechte mit warmem Drucke und hielt seine Hand fest, als er ihn in das Haus führte. Der Bursche aber sprach:

„Laßt mich erst Eure Tote sehen, ehe wir weiter gehen!" Da öffnete der Förster schweigend eine Thür im Erdgeschoß, und beide traten in eine niedrige Stube. Auf zwei Stühlen stand der einfache Sarg, und darin lag das Weib mit seinem blassen, stillen Gesicht und mit seinen übereinander gefalteten Händen. Zwei Öllämpchen brannten auf dem nahen Tische und warfen einen müden Schein auf das ernste Bild.

Der Jüngling trat hart heran an die Tote und sah ihr in das Antlitz, und eine unendliche Wehmut wollte ihn erfassen; dann schaute er den alten Förster an, in dessen gutmütig-derben Zügen es seltsam zuckte, und er mußte an seinen Vater denken. Nach einem tiefen, heiligen Schweigen, während dessen man nur die schweren Atemzüge des trauernden Mannes hörte, ergriff der Jüngling die Hand des Alten mit herzlichem Drucke, und sagte warm: „Tröst' Euch Gott — ihr ist wohl!"

„Ja, Gott weiß, — ihr ist wohl, und ich gönn' ihr's auch, wenn mir's auch leid thut, daß sie mich so ganz allein gelassen hat — ganz allein — denn mein Junge . . . pah, vorbei! — Kommt, für Euch junges Blut ist das kein Bild; kommt!"

Er legte seine rauhe Hand auf den Arm des Jünglings, um ihn mit sich zu führen, dieser aber fuhr, einer plötzlichen Regung folgend, mit seiner Rechten noch einmal wie liebkosend über die erstarrten Finger und die bleichen Wangen der Toten. Das schien den Förster zu übermannen; er stieß seltsam gepreßt, in rauher Rührung hervor:

„Das vergelt' Ihnen Gott, Herr! Mag's meine gute Gertrud annehmen, als wär's ihr Junge, der, weiß der Himmel wo lebt und keine Ahnung hat, daß sie hier gestorben ist und ihn zuvor noch gesegnet hat, ehe ihr das Herz gebrochen ist im Jammer um ihn. Aber kommen Sie!"

Und aufs neue zog er ihn fort und führte ihn über den dämmerigen Flur hinüber in ein anderes Gemach. Da war ein Tisch gedeckt, und das Weib, welches zuerst den Studenten begrüßt hatte — es war die alte Magd des Hauses —, ging ab und zu. Der Förster nahm seinem Gaste Mantel und Ränzel, Stock und Mütze ab, und nötigte ihn an den Tisch, auf welchem ein einfaches Mahl auf sauberem Linnen stand, und jetzt kam vom Ofen her, wo er behaglich gelegen hatte, ein schöner brauner Hund und rieb, mit dem Schweife wedelnd, den prächtigen Kopf an dem Bein des Studenten.

„Flott will Sie auch begrüßen — er merkt, daß Sie ein braver Mensch sind, denn er drängt seine Freundschaft nicht einem jeden so auf. Und nun langen Sie zu, und gesegn' es Gott!"

Der junge Gast ließ sich nicht heißen, er brachte Hunger mit von seiner Wanderung, und der Förster, welcher selbst wenig genoß, sah mit sichtlicher Freude zu, wie es ihm mundete. Er störte dabei auch nicht mit viel Gespräch, und wartete ruhig, bis der Andere mit einem angenehmen Behagen Messer und Gabel beiseite legte und sich in seinen Sitz zurücklehnte. Dann erhob er seinen Zinnkrug und sprach:

„Und nun laßt uns anstoßen auf guten Weg und gutes Ziel für Euch!"

„Ich danke — aber lieber wollen wir sprechen: Auf des deutschen Volkes Wohl, und daß es ihm glücke, seine Freiheit zu erstreiten!"

„Mag gelten — aber das Vertrauen dazu fehlt mir!" sagte der Förster, that einen langsamen Zug und setzte das Metallgefäß wieder schwer auf den Tisch.

„Wozu fehlt Euch das Vertrauen?" fragte der Student.

„Auf die Kraft und auf das Glück des deutschen Volkes."

„Die Kraft ist da, und das Glück wird kommen!"

„Ja, ja, so mögen Sie reden; Sie sind jung und haben das Trübe nicht so mit durchgemacht. Was haben wir damals von Kraft und Glück erwartet, als Preußen sich 1806 erhob gegen den Franzosenkaiser, und doch hat der eine Schlag von Jena und Auerstädt alles zusammengebrochen. Da kam die Schwäche zu Tage, und die Schande kroch aus allen Winkeln, und im Frieden von Tilsit ist der Staat Friedrichs des Großen ein armes, elendes Ländchen geworden. Wie haben wir die Zähne zusammengebissen in Zorn und Wut, wenn wir bis in unseren stillen Winkel herein hörten, wie es die Franzosen auf deutscher Erde trieben, wie haben wir die Faust geballt in der Tasche, aber wir haben's nicht wagen dürfen, sie zu zeigen, und wie soll's anders werden?"

„So wißt Ihr nichts von dem Zorngericht Gottes, das in Rußland über Napoleon hereingebrochen ist?"

„Freilich wissen wir's, daß die Russen ihre eigene Hauptstadt angebrannt haben und daß hunderttausend Franzosen in Schnee und Eis erstarrt sind, und daß unser braver General York auf eigene Faust sich von den Wälschen losgesagt hat, aber was nützt das alles? — Der York wird seinen Kopf zu Markte tragen, denn unser guter König hat selber das Vertrauen verloren auf sein Volk und auf sein Heer, seit er die Erfahrungen von 1806 und 1807 hat machen müssen . . ."

„Halt, halt — so liegen die Dinge nicht mehr. Wir wissen's im Thüringer Land, und Ihr hier in Schlesien wisset nichts? Hat denn keiner in Eure Wälder die Botschaft hereingetragen, daß der König in Breslau ist mit Scharnhorst und Stein, und daß es sich dort um ihn drängt von seinen begeisterten Landeskindern, die von allen Seiten herbeiströmen, um ihm ihr Blut und Leben anzubieten für die heilige Sache der Freiheit und des Vaterlands? — Hat Euch denn keiner erzählt, wie dem hohen Herrn die Thränen über die Wangen gerollt sind bei dem Zujauchzen seines Volkes, und wie neue Zuversicht ihm in's Herz kam, so daß er bereits den Krieg an Frankreich erklärt hat? — Und wißt Ihr denn nicht von dem «Aufruf an mein Volk»?"

Der Jüngling hatte rasch aus seiner Brusttasche ein zusammengefaltetes Blatt hervorgeholt und breitete es vor dem Förster aus, und während sein Finger über die Zeilen flog, las er hastig, ganze Sätze überspringend und nur das Bedeutsamste hervorhebend aus dem wichtigen Schriftwerke:

„Der Friede, der die Hälfte meiner Unterthanen mir entriß, gab uns seine Segnungen nicht, denn er schlug uns tiefere Wunden als der Krieg selbst. Das Mark des Landes ward ausgesogen . . . Der Ackerbau ward gelähmt, sowie der sonst so hoch gebrachte Kunstfleiß unserer Städte . . . Das Land wurde ein Raub der Verarmung . . . Meine reinsten Absichten wurden durch Übermut und Treulosigkeit vereitelt, und nur zu deutlich sahen wir, daß des Kaisers Verträge mehr noch als seine Kriege uns verderben mußten. Jetzt ist der Augenblick gekommen, wo alle Täuschung über unsern Zustand aufhört. — Brandenburger, Preußen, Schlesier, Pommern, Litauer! Ihr wißt, was ihr seit fast sieben Jahren erduldet habt; ihr wißt, was euer trauriges Loos ist, wenn wir den beginnenden Kampf nicht ehrenvoll enden . . . Selbst kleinere Völker sind für gleiche Güter gegen mächtigere Feinde in den Kampf gegangen und haben den Sieg errungen . . .

Große Opfer werden von allen Ständen gefordert werden, denn unser Beginnen ist groß und nicht gering die Zahl und Mittel unserer Feinde ... Aber welche Opfer auch von den einzelnen gefordert werden mögen, sie wiegen die heiligen Güter nicht auf, für die wir streiten und siegen müssen, wenn wir nicht aufhören wollen, Preußen und Deutsche zu sein. Es ist der letzte entscheidende Kampf, den wir bestehen für unser Dasein, unsere Unabhängigkeit, unsern Wohlstand: keinen Ausweg giebt es, als einen ehrenvollen Frieden oder einen ruhmvollen Untergang. Auch diesem würdet ihr getrost entgegengehen um der Ehre willen, weil ehrlos der Preuße und der Deutsche nicht zu leben vermag. Allein wir dürfen mit Zuversicht vertrauen, Gott und unser fester Wille werden unserer gerechten Sache den Sieg verleihen, mit ihm einen sichern glorreichen Frieden und die Wiederkehr einer glücklicheren Zeit."

Das gebräunte Gesicht des Försters war während des Zuhörens um einen Schein bleicher geworden, und die ehrlichen grauen Augen leuchteten; seine Hände lagen geballt zu Fäusten auf der Tischplatte, aber plötzlich langten sie nach dem Papier — er mußte es mit eigenen Augen sehen, daß es so dastand! Und es war kein Zweifel, und der Name seines Königs stand darunter!

„Und was geschieht jetzt?" fragte er erregt.

„Was jetzt geschieht? — Ich heiße Konrad Schmidt und bin ein Pastorssohn aus Thüringen, nicht einmal ein preußisch' Landeskind, aber das Wort des Preußenkönigs gilt für alles deutsche Volk. In Halle hab' ich Theologie studiert, aber was soll jetzt die Gottesgelahrtheit nützen? — Heraus aus den Hörsälen, hinein in die Kriegsgewitter. — Das thut not und das denken Tausende. In Breslau schart es sich zusammen um begeisterte Führer, dahin geh' ich zu dem Major von Lützow, der ein Freikorps wirbt von Jägern zu Fuß und Roß ... das ist mein Mann. Ein junger Dichter, ein Dresdener Kind, Theodor Körner, hat sein Amt und seine Braut in Wien verlassen, und ist gekommen mit seinem Herzblut und seinem Liede, und er hat's noch einmal hineingerufen in die Herzen, was der König von Preußen spricht!"

Und Konrad Schmidt erhob sich plötzlich und begann mit von wärmster Begeisterung getragener Stimme und mit leuchtenden Augen zu deklamieren:

Frisch auf, mein Volk, die Flammenzeichen rauchen,
Hell aus dem Norden bricht der Freiheit Licht.
Du sollst den Stahl in Feindesherzen tauchen;
Frisch auf, mein Volk! — Die Flammenzeichen rauchen,
Die Saat ist reif, ihr Schnitter, zaudert nicht!
Das höchste Heil, das letzte, liegt im Schwerte!
Drück' dir den Speer ins treue Herz hinein!
Der Freiheit eine Gasse! — Wasch die Erde,
Dein deutsches Land, mit deinem Blute rein!

Es ist kein Krieg, von dem die Kronen wissen,
Es ist ein Kreuzzug, ist ein heil'ger Krieg!
Recht, Sitte, Tugend, Glauben und Gewissen
Hat der Tyrann aus deiner Brust gerissen;
Errette sie mit deiner Freiheit Sieg!
Das Winseln deiner Greise ruft: Erwache,
Der Hütte Schutt verflucht die Räuberbrut,
Die Schande deiner Töchter schreit um Rache,
Der Meuchelmord der Söhne schreit nach Blut.

Zerbrich die Pflugschar, laß den Meißel fallen,
Die Leier still, den Webstuhl ruhig steh'n!
Verlasse deine Höfe, deine Hallen:
Vor dessen Antlitz deine Fahnen wallen,
Er will sein Volk in Waffenrüstung seh'n.
Denn einen großen Altar sollst du bauen
In seiner Freiheit ew'gem Morgenrot;
Mit deinem Schwert sollst du die Steine hauen,
Der Tempel gründe sich auf Heldentod. —

Mit einem Male hatte der Förster sich erhoben; stark, fest, hochaufgerichtet stand er vor dem Jüngling, legte ihm beide Hände auf die Schultern und sprach tieftönig, mit vor Erregung zitternder Stimme:

„«Verlasse deine Höfe, deine Hallen!» — Gut! So soll's sein! Und wenn sie den alten Kerl aus dem Walde noch brauchen können, ich bin dabei. Mein Auge ist sicher, meine Hand ist fest — ich gehe mit Ihnen zum Major von Lützow. — Lassen Sie mich nur noch morgen mein Weib begraben und meinem Herrn die Meldung machen — er wird nichts dagegen haben. — Was für eine Zeit!"

Mit langen, festen Schritten ging er in dem Gemache auf und nieder, und der braune Jagdhund schritt wie ein teilnehmender Gefährte ihm zur Seite und hob ab und zu die hellen, klugen Augen nach ihm empor. Dann ließ er sich wieder an dem Tische nieder.

„Nun kommen Sie und lassen Sie uns weiter reden, denn mir ist das Herz zu voll!“ sprach er, und wie er es offenbar gewöhnt war, setzte er seine kurze Jagdpfeife in Brand und bot auch seinem Gaste Rauchgerät und Tabak.

Dann redeten die beiden weiter von der Not des Vaterlandes und von den Männern, welche von Königsberg aus die Erhebung vorbereitet hatten, und von dem Sturm, der jetzt durch alle deutschen Herzen ging. Mit einem Mal seufzte aber der alte Förster tief und ließ sein Haupt sinken:

„Und wenn ich denken müßte, mein Junge wäre nicht dabei!“

Der Student sah ihn schweigend und teilnahmsvoll an, und dem Alten ging die Seele auf:

„Ich kann's Ihnen ja sagen, denn wenn wir Kriegskameraden werden, sind wir uns ja keine Fremden, und dann — haben Sie auch der Schläferin drüben so freundlich die Hand gestreichelt. Ich hab' einen Sohn — wenn er noch lebt — der wenig älter ist, als Sie — mein einzig' Kind; er war ein wilder, frischer Junge, und die Mutter — Gott hab' sie selig — hat ihn viel zu lieb gehabt. Das hat er ihr aber schlecht gedankt! Auf die schlimme Seite hat er sich geworfen, schlechte Streiche hat er gemacht, daß wir uns schämen mußten und daß uns die Haare noch mehr ergrauten, und da ich ihn darum scharf anfaßte, ist er bei Nacht und Nebel in die Welt gegangen — Gott weiß, wohin. Wir haben seit Jahren nichts mehr gehört von ihm — vielleicht ist er irgendwo eingescharrt in fremder Erde, vielleicht ist's noch schlimmer ... o du mein Herrgott, und doch wär's jetzt eine Zeit, in der er manches gut machen könnte.“

Das Haupt des Alten sank auf die Brust, die Pfeife war ihm ausgegangen; auf seinem Knie aber ruhte wie freundlich tröstend der Kopf seines Hundes, und auf seine Rechte legte sich die Hand seines jungen Gastfreundes.

„Den Kopf hoch, Freund! — Solche Tage klopfen an jedes deutsche Gewissen, und Euer Sohn müßte keinen Tropfen Blut von Euch haben, wenn er jetzt nicht den Weg fände zum Vaterlande und zum Vaterherzen!“ sagte Konrad Schmidt; der Förster aber drückte ihm die Hand.

„Und jetzt kommen Sie zur Ruh — Sie sind müde, und ich

bin's auch; es war in diesen Tagen selbst für einen Waldbären, wie ich es bin, zu viel!"

Er führte seinen Gast nach einem kleinen, freundlichen Stübchen im Obergeschoß, stellte ihm das brennende Licht auf den Tisch und bot ihm herzlich eine gute Nacht. Er selbst aber schlich leise, als ob er die Schläferin nicht wecken wollte, noch einmal zu seinem toten Weibe, streichelte mit der rauhen Hand ihre erstarrte, kalte Wange und sagte: „Schlaf gut, Gertrud!"

Und über sein gebräuntes Gesicht rollte ihm eine große Thräne in den Bart hinab.

Der nächste Morgen war trübe und kühl. Mit dem dünnen Sprühregen, welcher niederging, mischten sich noch vereinzelte Flocken, und in den weinenden Tag hinein fuhr langsam der Wagen, auf welchem der mit Tannenreis umwundene Sarg stand, dem Kirchhofe entgegen, der etwa eine Stunde entfernt war. Hinterdrein ging der Förster mit seinem Gaste und seiner Magd, sowie mit zwei älteren Berufsgenossen, die sich zeitig schon bei ihm eingefunden hatten aus der Nachbarschaft. Hinter den Leuten her trottete Flott mit gesenktem Kopfe, als müsse auch er seine Trauer bekunden, denn die Tote hatte ihn mit ihrer hageren Krankenhand gar manchmal geliebkost.

Es wurde wenig gesprochen auf dem Wege. Im Dorfe begannen die Glocken zu läuten, als der kleine Zug in die Nähe der Kirche kam, und hier schloß sich außer dem Geistlichen noch ein größeres Trauergeleite an. Der Pfarrer hatte dem Förster ein Wort freundlicher Teilnahme ausgesprochen, und fast gleichzeitig war noch ein anderer an diesen herangetreten, ein hochgewachsener älterer Herr in einem dunklen Mantel. Er war weißhaarig und hinkte stark, weshalb er sich auf einen Krückstock stützte; es war der Baron von Guntramsdorf. Er reichte warm dem Förster die Hand, und dieser sprach:

„Ich dank' Ihnen herzlich, gnädiger Herr, daß Sie meinem Weibe selbst noch die Ehre erweisen."

„Mein lieber Walther — ich weiß, wie weh es thut, wenn man die Gefährtin seiner Tage verliert — und wie man jeden Tropfen Trost spürt."

„So ist's, das weiß Gott — gnädiger Herr!" sagte der Förster und fuhr sich mit dem Rücken der Linken über das Gesicht . . . .

Vier Forstleute hoben den Sarg vom Wagen und trugen ihn in den Friedhof. Der Geistliche sprach einige erbauliche Worte und segnete Grab und Leiche, und dann senkte sich der dunkle Schrein hinab in die Tiefe, und die Schollen rollten darüber.

Noch einmal trat der Baron an den trauernden Witwer heran, dieser aber sprach:

„Gnädiger Herr — ich möchte Ihnen eine Bitte vortragen."

„Kann ich dir etwas zum Troste thun?"

„'s ist auch vielleicht ein Trost, Herr Baron. — Es ist eine große Zeit gekommen für Preußen und für Deutschland — Sie wissen's ja besser, wie ich! Der König und das Vaterland haben gerufen, und mich drängt's, mitzuziehen, seit mir's so einsam geworden im Forsthause. Heute ist jeder Arm gut! Versagen Sie mir's nicht, gnädiger Herr! Viel reden kann ich heut nicht, aber es ist mir um's Herz, als könnte gerade dort, wo ich stehen möchte, einer fehlen."

Den Baron erfaßte eine seltsame Rührung. Mit beiden Händen griff er nach den Händen seines Försters und sagte:

„O, daß ich durch den unseligen Sturz mit dem Pferde ein Krüppel bin! Wär' ich's nicht, so spräch' ich: Walther, wir gehen zusammen! Bei Gott, ich hab' kein Recht, dich zu halten, wenn das Herz dich hinzieht zum heiligen Streite. Geh' mit Gott! Ich werde morgen früh jemanden schicken, der einstweilen deine Stelle versieht, du aber hilf mit, das Vaterland zu retten von Schmach und Knechtschaft! Der Himmel sei mit dir und mit allen braven Streitern und mit unserem guten König!"

Noch ein Druck der Hand, dann wendete sich der Edelmann tief ergriffen ab und schritt langsam nach dem Friedhofsthor; der Förster aber legte noch einen Zweig von Tannenreis auf den frischen Hügel, sprach ein leises Gebet und verließ mit Konrad Schmidt ebenfalls den Gottesacker.

Am nächsten Tage aber zogen die beiden hinaus aus dem stillen, weltfernen Forsthause. Der Alte hatte mannhaft jede weiche Regung unterdrückt. der alten Magd kräftig die Hand geschüttelt, seinem bereits eingetroffenen Stellvertreter gleichfalls, hatte dem Kettenhund, wie dem treuen Flott die Köpfe gestreichelt, und den letzteren, der sich ihm anschließen wollte, zurückgescheucht und schritt nun, die Büchse über der

Schulter, einen derben Stock in der Hand, die Straße fürbaß an der Seite seines jungen Freundes.

Solange es durch den Wald ging, war er still und schweigsam; jeden Baum blickte er an, als wollte er Abschied nehmen, und er kannte sie ja auch alle. Als er einen Specht in der Ferne pochen und fast gleichzeitig den Kuckuck rufen hörte, blieb er einen Augenblick stehen und nickte mit dem Kopfe, als wollt' er sagen: „Ja, ja — ich kenn' auch euch!"

Als sie auf die freie Straße hinaustraten und über das Land schauten, kam der erste Sonnenstrahl dieses Tages und huschte wie ein freundliches Lächeln über die Gegend hin.

„Das nehmen wir zum guten Zeichen — wir gehen der Sonne entgegen!" sagte Konrad Schmidt, und der Förster drückte ihm wie zu stillem Einverständnis die Hand. Dieser aber wendete sich noch einmal zu seinem Walde zurück. Da sah er in weit ausgreifenden Sprüngen seinen braunen Hund heranjagen, und gleich darauf sprang das Tier wie ungebärdig vor Freude an ihm empor und wedelte heftig mit der schönen Rute.

„Nehmt ihn mit, Walther — ein treuer Gefährte mehr ist immer gut, und wenn's ein Hund wäre."

„So komm!" sagte der Förster, und Flott bellte laut und lustig und sprang auch an Konrad empor, als ob er ihm danken wollte für seine wirksame Fürsprache. So wanderten sie ihre Straße gegen Breslau.

Zweites Kapitel.

Der Sturm bricht los.

Im Gasthause „Zum goldenen Scepter" in Breslau herrschte ein lautes, fröhliches Leben und Treiben, das einen ausgesprochen kriegerischen Charakter hatte. Jüngere und ältere Leute, zumeist in einfachen aber kleidsamen Uniformen gingen aus und ein, Gruppen standen im Hofe und vor dem Hause im lebhaften Gespräche beisammen, und ab und zu wurde wohl auch auf eine oder die andere Persönlichkeit besonders aufmerksam gemacht, und dann richteten sich aller Blicke nach derselben.

Eben war ein hochgewachsener kräftiger Mann in der Mitte der fünfziger Jahre, mit glattem Gesicht und geistvollen, scharfblickenden Augen in einfachem Civilanzuge zum Thore hinausgeschritten, und obwohl er incognito hier weilte, kannte man ihn doch; es war der Freiherr Karl von Stein, der vormalige preußische Staatsminister, der durch seine kraftvollen und volkstümlichen Reformen, welche auf Erhebung des Volkes abzielten, den Zorn Napoleons geweckt hatte, so daß er von diesem geächtet ward und nach Rußland fliehen mußte. Nach der Katastrophe von Moskau war er heimlich zurückgekehrt und half jetzt die Erhebung vorzubereiten.

Im „goldenen Scepter" befand sich das Hauptquartier des Majors von Lützow, des Mannes mit der Feuerseele, dem unbeugsamen Mute, der trotzigen Todesverachtung und der glühenden Vaterlandsliebe. In der Unglücksschlacht bei Auerstädt war er durch die Hand geschossen worden, aber er hielt bei den Trümmern seines Regiments aus, das sich nach Magdeburg rettete, wußte bei der Übergabe der

Zu Seite 19.

Stadt sich frei zu machen und nach Kolberg zu entkommen, wo er sich dem wackeren Lieutenant Schill anschloß, der eben ein Freikorps zusammenwarb. Beim Überfall von Stargard durch dasselbe wurde Lützow am linken Fuße verwundet, und weil sein rastloser Eifer nur eine notdürftige Heilung seiner Wunden zuließ, nahm er 1808 als Major seinen Abschied. Für den feurigen Reiteroffizier brachte der Frieden ohnedies kein Behagen und keine Freude.

Da kam das Jahr 1813, und wie es sich allenthalben in Deutschland zu regen begann, da konnte auch Lützow nicht müssig rasten, und so erbat er sich ein Patent zur Bildung eines Freikorps, das er auch am 1. März erhielt. Und nun war er hier in der schlesischen Hauptstadt und sammelte Leute. Treffliche Menschen strömten ihm zu, und es war eine Lust, wie das Freikorps, das Reiterei und Fußvolk umfassen sollte, wuchs.

In der großen Stube im Erdgeschoß war das Bureau. Da saß an dem Eichentisch in der einen Ecke des Raumes der Hauptmann von Helmenstreit, eine prächtige militärische Erscheinung in der Mitte der dreißiger Jahre, den die dunkle Uniform mit den gelben Knöpfen und den schwarzen Aufschlägen, die der rote Vorstoß wirksam abhob, trefflich kleidete; auf dem Kopfe trug er auch jetzt den für die Lützower üblichen schwarzen Tschako mit Agraffe, Fangschnüren und seitwärts herabfallendem Haarbusch. Neben ihm saß ein junger Mann, gleichfalls mit der Litewka aus schwarzem Tuche bekleidet, und schien als Schreiber zu amtieren.

Es ging ziemlich geräuschvoll zu in dem Gemache, denn an allen Tischen, in allen Ecken saßen und standen Lützower und solche, welche es werden wollten. Eine Gruppe mochte wohl besondere Aufmerksamkeit erregen. Da saß die prächtige Jünglingsgestalt Friedrich Friesens aus Magdeburg, stützte den blonden Kopf auf die Hände und sah mit den großen blauen Augen träumerisch vor sich hin. Jetzt sollte es ernst werden mit dem, was man am Turnplatz geübt, und mit freudiger Zuversicht war er nach Breslau gekommen, wo er mit seinem Freunde Ludwig Jahn zusammentraf. Der war Lehrer an der Plamannschen Anstalt in Berlin gewesen und hatte auf der Hasenheide draußen seine Schüler und eine Anzahl junger Männer um sich vereinigt zu körperlichen Übungen, weil er wußte, daß das Vaterland bald nach kräftigen Armen suchen werde, und daß im gesunden Körper auch ein gesunder Geist wohne.

Jetzt saß er hier neben Friesen, ein Mann in seiner Vollkraft, mit breiter Brust und breiten Schultern, mit hellen Augen unter der bedeutenden kahlen Stirn, mit am Hinterhaupte schlaff herabfallenden Haaren und dem langwallenden, rötlich blonden Vollbarte. Er trug einen kurzen, schwarzen Rock mit Schnüren, und schaute schweigend nach dem dritten Mann an dem Tische. Der war jung und lebensfrisch, hatte ein von dunklen, um die Stirn gelockten Haaren umrahmtes prächtiges Gesicht, mit einem kleinen Schnurrbärtchen über den roten Lippen, und wenn er die braunen Augen erhob, dann brach es daraus hervor, wie eine leuchtende Flut, und wer ihm einmal hineingeschaut, der vermeinte auch das brave, frische, treue Herz darin gesehen zu haben, und der konnte auch nicht von ihm lassen.

Jetzt saß er da und schrieb eifrig mit seinem Bleistifte in der Brieftasche. Das war Theodor Körner, der Dichter der Lützower, der sein Lied und sein Herzblut brachte.

Unfern der Thür hatte ein Lieutenant Platz genommen, der durch seine ganze Erscheinung besonders auffallen mußte. Seine Gestalt war groß und kräftig, sein Gesicht verwettert und gebräunt und ein langer, grauweißer Bart fiel ihm weit herab auf die breite Brust und bekundete einzig, daß der Mann auf der Schwelle des Alters stand. Aber seinem sonstigen Wesen und seinen Bewegungen hätte man das nicht angemerkt. Das war der Lieutenant Fischer, der schon im Siebenjährigen Kriege als gemeiner Reiter mitgefochten und später wieder im Rheinfeldzug gegen Frankreich als Wachtmeister sich ausgezeichnet hatte. Dann hatte er als Steuerbeamter in Schlesien gelebt, aber als der Ruf des Königs erklang, litt es den alten Soldaten mit dem Franzosenhaß in der Brust nicht mehr daheim.

Jetzt saß er da und putzte an einer seltsamen Waffe. Es war nicht der übliche Reitersäbel, denn diesen hatte er an der linken Seite hängend, zwischen den Knieen, sondern ein kurzes Schwert mit einer Klinge, die gut eine Hand breit war und einen wohl fingerdicken Rücken hatte; es war ein schier unheimlich Ding. Man erzählte sich als volle Wahrheit, daß es der alte Recke einem Scharfrichter abgenommen habe, weil ein ehrlich' Eisen viel zu gut sei für die Schelm-Franzosen.

Er liebkoste beinahe die unbehagliche Waffe, und sah immer wieder, ob die Klinge blank sei, und dabei pfiff er vor sich hin, unbekümmert darum, ob andere herumstanden und ihm zusahen.

Jetzt erst schien er's zu gewahren, und sein Gesicht verzog sich zu einem ingrimmigen Grinsen, und er frug bärbeißig:

„Na, was gafft ihr denn? Habt ihr am alten Fischer oder an seinem Metzgermesser den Narren gefressen?"

„An beidem!" sagte lachend ein frischer Bursche und strich sich das Gelock von der Stirne.

„Gelbschnabel! Dich kenn' ich, Zander, und wenn du mit der Klinge so vornweg bist, wie mit der Zunge, nachher ist's gut!"

„Das wird sich bald zeigen!" lachte der Junge, und ich wünschte mir dann wahrlich auch einen solchen Flamberg, wie Ihr in der Faust habt!"

„Warum, mein Junge?"

„Warum? — Weil man damit näher heran kann an den Gegner, und weil so ein Ding nicht so leicht splittert an Franzosenknochen!"

„Brav! Sieh, so gefällst du mir, Zander, und ich meine selbst, aus dir kann noch was Besseres werden als ein Pastor! — Bist doch wohl ein verpfuschter Theologe?"

„Ein verpfuschter just nicht! Ich hab' derweilen die Gottesgelahrtheit an den Nagel gehängt, weil's anderes zu thun giebt, und wenn ich nicht irgendwo mein Leben lasse, hoff' ich noch einmal zur Kanzel zu kommen."

„Das werden die schlechtesten Prediger nicht, die die Bluttaufe erhalten haben."

„Silentium!" rief in diesem Augenblicke eine laute Stimme. Jahn hatte sich erhoben, fuhr mit den gespreizten Fingern durch seinen rötlichen Bart und rief nochmals:

„Silentium für unseren Tyrtäus! Körner hat ein neues Lied gemacht!"

Ein lautes Hurrahrufen — dann war es still und Fischer legte seine Scharfrichterklinge über die Kniee. Theodor Körner aber stand auf, ließ die blitzenden Augen im Kreise umhergehen, und las dann mit kräftiger Stimme und frischem Pathos das „Lied der schwarzen Jäger":

In's Feld, in's Feld! die Rachegeister mahnen,
Auf, deutsches Volk, zum Krieg!
In's Feld, ins Feld! Hoch flattern unsre Fahnen,
Sie führen uns zum Sieg.

Klein ist die Schar, doch groß ist das Vertrauen
Auf den gerechten Gott!
Wo seine Engel ihre Vesten bauen,
Sind Höllenkünste Spott.

Gebt kein Pardon! Könnt ihr das Schwert nicht heben,
So würgt sie ohne Scheu;
Und hoch verkauft den letzten Tropfen Leben!
Der Tod macht alle frei.

Noch trauern wir im schwarzen Rächerkleide
Um den gestorb'nen Mut;
Doch fragt man euch, was dieses Rot bedeute:
Das deutet Frankenblut.

Mit Gott! — Einst geht, hoch über Feindesleichen,
Der Stern des Friedens auf;
Dann pflanzen wir ein weißes Siegeszeichen
Am freien Rheinstrom auf!

In den lauthallenden Beifallsruf erklang die Stimme Jahns, der nach der Weise des Liedes „Am Rhein, am Rhein, da wachsen unsre Reben" jetzt anstimmte:

In's Feld, in's Feld! die Rachegeister mahnen!

und im Augenblicke stimmten die andern ein, und wer den Text der ersten Strophe vergessen hatte, sang wenigstens die Melodie, und laut schallte es durch den Flur und über den Hof:

In's Feld, in's Feld! hoch flattern unsre Fahnen,
Sie führen uns zum Sieg.

Die es draußen gehört hatten, kamen herein, und mitten unter dem Gesange jubelten sie dem jungen Dichter zu, der mit glühenden Wangen und leuchtenden Augen hochaufgerichtet dastand. Der alte Fischer aber war aufgestanden und, sein „Metzgermesser" in der Linken, an ihn herangetreten. Er legte ihm die Hand auf die Schulter und sprach:

„Vergelt's Gott für das Lied! Das können wir brauchen, so gut wie das Eisen! Solch' Lied hilft werben im deutschen Lande!"

Mitten in diese lebhafte Bewegung, in das Singen und Rufen hinein kamen zwei Gestalten, die fast verwundert an der Thüre stehen blieben und Umschau hielten — der eine war bejahrt und hatte die Büchse über dem graugrünen Jägerrocke, der andere mit Ränzel und Stecken kam frischweg aus dem Hörsaal der Hochschule — das merkte man ihm an. Hinter den Beiden aber drängte sich ein brauner Jagdhund herein, und sah mit gehobenem Kopfe sich um. Es waren der Förster Walther und Schmidt.

„Bei Lieutenant Fischers Mordwaffe — Konrad!" schrie jetzt Zander auf, und im nächsten Augenblicke hatte er den jüngern der beiden Ankömmlinge stürmisch umarmt. „Das wußt' ich, daß du kommst, altes braves Haus! Wir reiten zusammen — es soll ein frisches Leben werden — hier Körner hat's uns eben in die Seelen gesungen, um was es geht! Wen bringst du denn da mit?"

„Meinen Freund, den Förster Walther, der sich und seine gute Büchse bringt!"

„Ja, wenn meine Knochen nicht zu alt sind, soll das Vaterland sie haben!"

„Brav, alter Kamerad — du gefällst mir!" rief Lieutenant Fischer, der durch Zanders Worte aufmerksam geworden war und herantrat. „Du müßtest in meine Eskadron kommen!"

„Das wird nicht gut gehen, Herr Premierlieutenant" — sagte Walther; „ich hab' das Reiten nicht betrieben, und um es erst anzufangen, sind meine Gelenke zu steif; auch weiß ich mehr mit der Büchse als mit dem Sarraß umzugehen und vermeine als Jäger besser nützen zu können — aber den hier, meinen jungen Gefährten, mögt Ihr wohl brauchen; er sitzt gut zu Pferd, wie er versichert — —"

„Das kann ich bestätigen" — bemerkte Zander — „und auch eine Klinge schlägt er trotz der Gottesgelahrtheit — —"

„Wohl auch ein Theologe?" fragte Fischer.

„So ein verpfuschter wie ich — zu Befehl, Herr Lieutenant!" sagte Zander.

„Hm," grunzte der alte Offizier — „die halbe Eskadron sind Pastoren!"

„Wenn sie nur was taugen!" rief der unverbesserliche Lützower, und Fischer sprach:

„Wollen sehen, ob ich ihn kriegen kann — wär' schade, wenn sie euch auseinander rissen. — Um den alten Freund thut mir's leid — 's ist kein rechtes Leben beim Fußvolk," setzte er beinahe flüsternd hinzu. Dann führte er die neuen Ankömmlinge zu dem Tische, wo der Hauptmann und der Schreiber saßen, um sie in aller Form einzuschreiben. Die Sache war bald abgethan in der üblichen Weise, außergewöhnlich war es nur, daß Walther fragte, ob er auch seinen Hund bei sich behalten könne.

Als ob das Tier es wüßte, daß es sich um seine Beziehungen handle, trat es dicht an seinen Herrn heran und hob den feinen Kopf mit den klugen Augen und sah Hauptmann von Helmenstreit an; der lächelte:

„'s ist zwar außergewöhnlich, daß ein Vierfüßler sich meldet zu den Lützowern, aber ich will's verantworten, denn er scheint gut gezogen."

Flott wedelte verständnisvoll mit der schönen Rute, der Förster fuhr ihm mit der Hand über den Kopf, und die Sache war abgethan. Gleich darauf saßen die beiden Neuen unter den Übrigen, und von allen Seiten streckten sich ihnen kräftige Hände zum Willkomm entgegen.

Nachdem sie noch an diesem Tage sich in Breslau ein wenig umgesehen hatten, wo die allgemeine Begeisterung die höchsten Wellen schlug, und wo die seltsamsten und herzerhebendsten Geschichten erzählt wurden von der Opferwilligkeit von Männern, Frauen und Jungfrauen, von welch letzteren manche sogar ihr Haar abgeschnitten und den Erlös für die gute Sache geschenkt hatten, während manch braves deutsches Eheweib ihren goldenen Trauring opferte und dafür einen eisernen nahm — mußten sie am nächsten Tage nach ihren Sammelquartieren.

Das war für das Fußvolk das freundlich am Fuße des Zobtenbergs gelegene Städtchen Zobten, für die Reiterei das an der Breslauer Straße liegende Dorf Rogau. So mußten sich Walther und Schmidt zwar trennen, aber das war nicht von Bedeutung, denn die beiden Orte lagen nur ein halb Stündchen voneinander entfernt, und man konnte sich häufig genug sehen.

Hier wie dort aber herrschte ungemein reges Leben. Den ganzen Tag über sah man die Freiwilligen zu Fuß und Roß exerzieren, Reit- und Schießübungen vornehmen, und in den freien Stunden saßen sie beisammen und begeisterten sich gegenseitig und sangen die Lieder von Arndt und Körner.

Im „Hirsch“ in Zobten fand sich an jedem Abend eine stattliche, vergnügte Gesellschaft zusammen. Beim braunen Gerstensafte, wohl auch bei blinkendem Weine, saßen die „schwarzen Jäger“, tauschten Erlebnisse und Erinnerungen aus und sprachen von Feldzugsplänen, als ob jeder von ihnen selbst ein Korps zu befehligen hätte. Mancher skizzierte seine strategischen Anschauungen wohl auch mit Kreide auf dem Tische, und der Meinungsstreit war mitunter ein recht lebhafter.

Konrad Schmidt kam oft aus Rogau herüber, um den alten Freund zu sehen, der in dem Lützower Rocke sich ganz wohl fühlte, und für dessen Ungeduld man viel zu lange müßig lag. Nach seiner Meinung war das Korps zahlreich genug, um „losgehen“ zu können. Es zählte damals etwa 900 Mann Infanterie und 250 Reiter.

Schmidt sah sehr schmuck und frisch aus in dem schwarzen Dolman, und seit er eine Mitteilung erhalten hatte, daß es mit seiner Mutter besser gehe, war er von einer sprühenden Lebenslust und Heiterkeit. Auch heute war er wieder im „Hirsch“, wo außer den jüngeren Elementen auch ältere und angesehene Leute sich eingefunden hatten, welche in das Freikorps als Volontäroffiziere eingetreten waren. An einem Tische saßen der Staatsrat Graf Dohna, der Geheime Obersteuerrat Beuth, der Landrat von Petersdorff und der Regierungsrat Schroer, und alle in der einfachen dunklen Uniform. Man hielt um dieser „Kameraden“ willen den lustigen Geist einigermaßen zurück, der sonst hier zu walten pflegte, aber nachdem dieselben sich entfernt, brach er mit verdoppelter Lebhaftigkeit hervor.

Wer ein Musikinstrument spielen konnte, brachte es herbei, und Fiedel und Flöte, Trompete und Waldhorn wurden laut.

Konrad Schmidt besaß eine prächtige Stimme und spielte die Guitarre, was auch Theodor Körner that, und nachdem das im Kreise der Genossen erst einmal bekannt geworden war, brauchte er sich nur zu zeigen, um sofort aufgefordert zu werden zu einem Liede.

So war's auch heute, und Walther, der mit seiner kurzen Pfeife im Munde, den treuen Hund zu Füßen dasaß, hatte seine helle Freude an dem frischen Jungen, wie er so dastand in seinem Reiteranzug, sein Instrument in der Linken hielt und nun frisch anstimmte:

Frisch auf, ihr Kam'raden! Wir zieh'n in das Feld,
Wir haben unser Herz auf Franzosen gestellt,
Die Wehr und der Mut sind geschliffen und blank,
Drum her mit Franzosen! Die Zeit wird uns lang,
Hurra, ihr Kam'raden! Hurra, ihr Soldaten!
Hurra ist Franzosen ein tödlicher Klang.

Es war Ernst Moritz Arndt's kräftiges „Marschlied", das dieser im Jahre 1812 gedichtet hatte und das zumal den Studenten genug bekannt war, und darum konnten andere mit einstimmen und volltönig brausten die letzten Strophen:

Heraus alle! Rufet am lautesten Gott!
Und machet die schnöden Tyrannen zu Spott!
Mit Schwertern und Lanzen in blutiger Jagd
So jaget die Räuber bei Tag und bei Nacht;
Hurra, ihr Kam'raden! Hurra, ihr Soldaten!
Hasasa! Trarara! Die lustige Jagd!

Auf! spielet, Kanonen, zum lustigen Tanz!
Auf, blitzet, ihr Säbel, den blinkenden Glanz!
Auf, wirbelt, ihr Trommeln, in Saus und in Braus!
Auf, wehet, ihr Fahnen, zum Himmel hinaus!
Hurra, ihr Kam'raden! Hurra, ihr Soldaten!
Wir ziehen zum Sieg oder Tod heut' hinaus.

Während die letzte Strophe erklang, war ein junger Mann in der Lützowschen Reitertracht in die Thür getreten. Es war ein hagerer, sehniger Gesell mit rötlich blonden Haaren, in dessen Gesicht ein hämischer Zug stand, der an dem verzogenen Munde besonders hervortrat. Auch seine Augen hatten nichts Freies und Offenes.

Als er Konrad Schmidt erblickte, huschte über das farblose Gesicht eine plötzliche Röte, und in den Blicken zuckte es unfreundlich auf. Nachdem das Lied zu Ende war, und lautes Hurrarufen, fröhliches Zusammenklirren der Trinkgefäße erscholl, trat er, eben da Walther seinem jungen Freunde die Hand zu herzlichem Drucke reichte, auf diesen zu, sah ihm vorgeneigt, lauernd und höhnisch in's Gesicht und rief:

„Er ist's wahrhaftig! Hähnchen, wie kommst du in den Anzug für Männer? — Hier wird nicht Soldat gespielt!"

Der Ton, in welchem die Worte gesprochen wurden, zeigte, daß der Redende nicht ganz nüchtern war, und obwohl Schmidt, da er ihn ansah, sich ein wenig verfärbte, wendete er sich doch sogleich ab und

Zu Seite 27.

ließ sich neben Walther nieder. Da legte sich die Hand des andern auf seine Schulter:

„He, Hähnchen! Merkst du nicht, daß ein anständiger Mensch dir die Ehre anthut, dich anzureden?"

Widerwillig schüttelte der Angesprochene die Hand von sich ab und ohne sich umzukehren, sprach er mit möglichster Ruhe und Festigkeit, indem er auf Walther zeigte:

„Ich rede hier mit einem anständigen Menschen!"

„Was soll das heißen?" brauste der andere auf.

„Das heißt, daß ich mit dir nichts zu thun habe," erwiderte Konrad; jetzt aber schrie der Fremde laut:

„Aber ich mit dir! Ich will's in alle Ohren hier hineinrufen, wer du bist! Ein Ankläger, ein Verschwärzer, ein elender Denunziant! Ja hört es alle — nehmt euch vor dem da in acht, vor dem Schmidt — das kleine Hähnchen beißt hinterrücks ..."

Konrad war aufgesprungen, erblaßt bis in die Lippen und stand mit geballten Fäusten. Einige waren herbeigeeilt und wußten nicht, was sie von der Sache denken sollten, aber sie sahen den Fremden doch mit etwas mißtrauischen Blicken an. Der aber lachte höhnisch:

„Seht ihn nur an, wie er käseweiß dasteht — hat das große Maul von Courage und besitzt keine!"

Wütend wollte sich Konrad auf ihn stürzen, da stand schon ein anderer dazwischen, der Förster Walther. Ihm brannte der Zorn in dem ehrlichen Gesichte und mit beiden Fäusten hatte er den Ruhestörer an den Schultern erfaßt:

„Schandmaul!" knirschte er ingrimmig, indem er den andern schüttelte, daß derselbe in allen Knochen zu schlottern schien, während gleichzeitig Flott die weißen Zähne zornig fletschte. Der Fremde wollte sich wehren und sprechen, aber unter den eisernen Händen Walthers war beides unmöglich. Wie ein Bündel Kleider zusammengerüttelt, flog er jetzt zur offenen Thüre hinaus, und ein lautes, lustiges Gelächter dröhnte ihm nach. Der Förster war von der Stunde ab eine besonders geachtete Persönlichkeit.

Jetzt drängten sich alle um Konrad Schmidt.

„Wer ist der Bursche? — Woher kommt er? — Seit wann haben wir den unter uns?"

Der Gefragte zwang sich zur Ruhe, indem er erwiderte:

„Er scheint erst seit heute in Rogau zu sein. Wer er ist? — Bastian heißt er, und ist der Sohn eines Gutsherrn in meinem Heimatdorfe."

„Und zum Henker, was habt Ihr miteinander? Laß es klar werden, Konrad — denn daß du nicht im Unrecht bist, dafür leg' ich meine Hand ins Feuer!" rief Zander, und auch die andern drängten, daß er erzähle.

„Ach, es ist ja nicht der Rede wert, und Bastian war nicht nüchtern, sonst hätt' er nicht die Sache vom Zaune gebrochen!"

„Wir wollen's hören! — Zwischen Kameraden muß Klarheit sein! — Wir müssen wissen, mit wem wir's zu thun haben!" scholl es ringsum, alle drängten um Schmidt, und dieser berichtete endlich unter offenbarem Widerstreben:

„Wir sind in demselben Dorfe aufgewachsen und er ist etwa drei Jahre älter als ich. Sein Vater war der Patronatsherr des meinen, und ich mußte mir's schier zur Ehre rechnen, mit dem Sohn des Gutsherrn umgehen zu dürfen. Er war ein gewaltthätiger, roher Junge von früh auf und ich habe mir viel von ihm müssen gefallen lassen, weil mein Vater in seiner Stellung ängstlich war. Beim Soldatenspiel hat er mich manchmal durchgebläut, und ich nahm's hin als etwas, was so sein mußte. Aber als wir heranwuchsen, kam mir doch das Selbstbewußtsein, und ich ließ mir nicht alles mehr gefallen und brauchte wohl auch meine Fäuste, freilich meist mit wenig Erfolg, denn er war der Stärkere. So kam es, daß wir uns nicht verstanden und innerlich immer mehr verloren, je älter wir wurden, denn die Roheit seines Wesens stieß mich ab. Als ich zum erstenmal von der Hochschule heimkam, wollt' er mich wieder als das «Hähnchen» behandeln, wie er mich spottweise genannt hatte, aber das hab' ich mir sehr deutlich verbeten, und nun ging er mir aus dem Wege. Er hatte besonders einen widerwärtigen Zug, das war seine Neigung zu Tierquälereien, die er an allen Wesen bekundete, und die schon in Knabentagen oft die Ursache erbitterten Streites zwischen uns gewesen war. Die Neigung schien bei ihm mit den Jahren zu wachsen, denn gerade als ich ihn nach einiger Zeit wieder sah, mißhandelte er seinen Hund in der denkbar rohesten Weise. Ich wollte ihn davon abbringen, aber mir zum Trotze, hohnlachend, vermehrte er noch seine Mißhandlung, so daß ich mich entsetzt abwandte. Damals begegnete ich seinem Vater einem braven, ehrenfesten Landwirt, und in meiner schweren Erregung teilte ich ihm mit, was ich eben erlebt, und bat ihn, seinem Sohne kein Tier unter die Hand zu geben! Das war meine Verschwärzung und Denunziation, wie er es nennt, und das trägt er mir um so mehr nach, als sein braver Vater damals ihn, den großen Bengel, mit seiner Hundspeitsche gezüchtigt hat wie einen elenden Buben, und wie er's verdiente. Er wollte mir die Prügel heimzahlen, aber ich war nicht mehr der schwache Pastorsjunge, das «Hähnchen» — ich habe ihm die Peitsche entrissen und zerbrochen vor die Füße geworfen. Das ist alles. Es thut mir leid, daß ich's erzählen mußte, und thut mir auch leid, daß Bastian hier ist. — Aber nun laßt mich gehen!"

Die Stimmen schwirrten durcheinander in Lauten der Entrüstung und des Beifalls, und die Gefährten drängten sich um Konrad, um ihm die Hand zu drücken. Dieser aber verließ mit einem kurzen Gruße, begleitet von Walther und von Zander, die Schenkstube.

Der Förster begleitete die beiden andern nur eine kurze Strecke, dann kehrte er um, diese aber wanderten weiter gegen Rogau. Konrad war gedrückt und verstimmt, und sein Gefährte suchte ihn aufzurichten.

„Laß dich die Unverschämtheit des Burschen nicht grämen! Du hast alle Kameraden auf deiner Seite, und du weißt, daß sie etwas auf dich halten!" sagte er.

Schmidt aber erwiderte:

„Das ist ja schön und lieb, aber bitter ist's doch, wenn zwischen die herrlichsten Gefühle der Begeisterung und der Vaterlandsliebe sich so erbärmlich kleine Gehässigkeit drängt. Es wirft mir einen Schatten in die Seele!"

„Den singen und fechten wir heraus. Laß es nur erst an ein fröhliches Streiten gehen, dann schwindet alles vor dem einen großen Gedanken, der uns zusammengeführt hat, und dein Bastian müßte ein Lump bis in die Knochen hinein sein, wenn's ihm anders ums Herz wäre."

Sie waren bis nahe an Rogau herangekommen. Der Mond war aus den Wolken hervorgetreten und beleuchtete mit seinem milden Lichte das Dorf und die Landstraße. Auf dieser sahen sie vor sich her einen Mann in der Lützower Reiteruniform etwas unsichern Ganges sich fortbewegen, und sie erkannten Bastian. Auch dieser hatte sie bemerkt und blieb stehen. Die zwei hielten ihren Schritt nicht an, und Zander meinte, daß ihn wohl sein Auftreten in Zobten reue und daß er sich entschuldigen werde; Konrad Schmidt schüttelte den Kopf, er wußte es besser.

Als sie an Bastian herankamen, lachte dieser höhnisch auf:

„Ah, das Hähnchen braucht eine Bedeckung, weil es allein keine Courage hat!“

Da fuhr Zander auf; er trat hart an den Halbtrunkenen heran, und sagte ernst und fest:

„Schäme dich, Gesell!“

„Wer sind Sie denn, Herr, daß Sie mich so ohne weiteres duzen? — Ich wüßte nicht …“

„Ach was, rechne dir's zur Ehre, wenn ich's thue, denn es geschieht wahrlich nicht dir, sondern nur dem Rock zulieb, den du trägst, und hüte dich, ihm keine Schande zu machen! Und noch eins will ich dir sagen: Wenn du dich unterfängst, noch einmal mit einem Worte oder auch nur einer Miene meinen Freund Konrad Schmidt zu kränken, hast du's mit mir, und ich meine auch mit der halben Eskadron zu thun. Ich heiße Ludwig Zander.“

Der Sprecher sah so kräftig, stattlich und männlich fest aus, und der Ton, in welchem er sprach, war so bestimmt, daß Bastian unwillkürlich zwei Schritte zurückwich und nichts zu erwidern wagte. Konrad war seines Weges weiter gegangen und hatte sich gar nicht um ihn gekümmert, und Bastian sah nun, wie Zander dem Freunde nacheilte, seinen Arm in dessen Arm schob, und wie die beiden so verschlungen ihres Weges weiter gingen. Finster, ernüchtert, ärgerlich schritt er ihnen nach.

Die Ungeduld der Lützower wuchs; das Müßigliegen paßte den wenigsten, dem Führer selbst wahrlich auch nicht, aber mit der Ausrüstung des Korps wollte es nicht recht von statten gehen, und die Bewaffnung besonders ließ viel zu wünschen übrig. Das Fußvolk hatte die verschiedenartigsten Gewehre, mitunter recht wenig brauchbare Waffen mit Steinschloß und konischem Zündloch, die bei Regenwetter kaum verwendbar waren und eine sehr geringe Treffsicherheit hatten.

Viele hatten überhaupt kein Gewehr, sondern eine Pike wie die Ulanen. Die Säbel waren gleichfalls mangelhaft und vielfach von Grobschmieden in aller Eile hergestellt. Auch das Sattelzeug für die Pferde, das meist von den Reiterregimentern als weniger brauchbar zurückgesetzt worden war, ließ viel zu wünschen: die ungarischen Böcke waren fast lauter Ausschuß, und die Decken waren elend und hart, so daß die Tiere leicht gedrückt und wund gerieben wurden.

Aber der Geist im Korps war ein ausgezeichneter, und alle Herzen schlugen in heißer Erwartung dem Ausmarsch entgegen. Da kam eines Morgens, da man nach gewohnter Weise beim Exerzieren war, Körner dahergesprengt, und wie er an die Ersten heranritt, rief er ihnen zu: „Hurra, es geht los! In den nächsten Tagen geht es gegen den Feind!“

Wie ein Lauffeuer ging das Wort weiter. Die einzelnen Abteilungen, die eben noch unter Zucht und Disciplin standen, lösten sich auf, Offiziere und Gemeine liefen durcheinander und drängten zu Körner heran, der aber verkündete es laut:

„Ich hab's vom Major selbst. Die Franzosen haben Dresden besetzt und schieben ihre Vorposten gegen Bautzen. Wir haben vom General Scharnhorst die Weisung, aufzubrechen ins Sachsenland! Hurra!“

Und jauchzend erklang der Kriegsruf aufs neue über das Feld.

Noch an demselben Tage erhielt das Korps von Lützow den Befehl, am nächsten Morgen in Paradeausrüstung sich in Zobten aufzustellen zur feierlichen, kirchlichen Einsegnung. Und so geschah es.

Es war an einem Sonnabend. Der Tag war freundlich und die Herzen gehoben. Das kleine Städtchen Zobten aber hatte wohl noch niemals eine solche Erregung gesehen. Die ganze Bevölkerung war zusammengeströmt auf dem freien Felde, wo die Lützower sich heute festlich scharten. Da standen sie stramm in Reih und Glied: Das Musketier-Bataillon mit dem Hauptmann von Helmenstreit an der Spitze, daran gereiht die 4 Kompagnien Fußvolk unter den Lieutenants von Helligenstädt, von der Heyde, Staak und von Dittmar, und die freiwilligen Jäger zu Fuß unter dem Lieutenant Müller. Am rechten Flügel aber war die Kavallerie aufgeritten unter dem Rittmeister von Bornstaedt, und die Husaren und Ulanen mit ihren schmucken Dolmans, sowie die reitenden Jäger machten einen trefflichen Eindruck.

Jetzt kam der Major Lützow mit einigen Offizieren herangesprengt. Wie aus Erz gegossen saß er im Sattel, das Musterbild eines Reiters, und die ganze Gestalt atmete Kraft und Kühnheit. Unter seinem Reitertschako quoll das blonde Haar in Löckchen hervor, der blonde, keck gedrehte Schnurrbart und die blitzenden, blauen Augen gaben dem frischen, männlichen Gesichte einen ungemein kühnen Ausdruck, und der schwarze Pelz, den er, über der Schulter hängend, über dem verschnürten Waffenrocke trug, kleidete ihn außerordentlich vorteilhaft. Sein ganzes Wesen trug das Gepräge der Lebendigkeit und Thatkraft, zugleich aber auch der soldatischen Treuherzigkeit und Biederkeit, und es war begreiflich, daß seine Leute mit warmer Hingabe an ihm hingen.

Vor der Front der Truppen parierte er kurz sein Pferd, senkte den Säbel zum Gruße, und dann schallte sein Kommando kurz, kraftvoll und fest, und die kleine Armee setzte sich in Bewegung. Die Bevölkerung von Zobten gab ihr das Geleite hinüber nach Rogau, in dessen Kirchlein die Einsegnung stattfinden sollte, weil Zobten kein evangelisches Gotteshaus besaß und die weitaus meisten der Freiwilligen dem protestantischen Bekenntnis angehörten.

In das kleine Dorfkirchlein zogen die Männer in Wehr und Waffen, und bis zum letzten Plätzchen war es gefüllt von Andächtigen und Neugierigen. Wie der Eingang umrankt war von Guirlanden aus Eichenzweigen und Tannenreis, so war auch der einfache Altar geschmückt, und es zog wie der Duft des Waldes durch den schlichten Raum, während ein müdes Sonnenleuchten auf den schmucklosen Wänden lag und da und dort eine Waffe heller aufblitzen ließ.

Nun setzte die Orgel mit einem dünnen, schneidenden Klange ein zur Melodie des Chorals: „Ich will von meiner Missethat", und dann erscholl es von tausend Stimmen, wie das kleine Kirchlein es niemals gehört hatte, ein Lied, das Theodor Körner zu dieser Feier besonders gedichtet hatte:

Wir treten hier im Gotteshaus
Mit frommem Mut zusammen,
Uns ruft die Pflicht zum Kampf hinaus,
Und alle Herzen flammen,
Denn was uns mahnt zu Sieg und Schlacht,
Hat Gott ja selber angefacht.
Dem Herrn allein die Ehre.

Der Herr ist unsre Zuversicht,
Wie schwer der Kampf auch werde;
Wir streiten ja für Recht und Pflicht
Und für die heil'ge Erde.
Drum, retten wir das Vaterland:
So that's der Herr durch unsre Hand.
Dem Herrn allein die Ehre.

Er weckt uns jetzt mit Siegeslust
Für die gerechte Sache;
Er rief es selbst in unsre Brust:
Auf, deutsches Volk, erwache!
Und führt uns, wär's auch durch den Tod,
Zu seiner Freiheit Morgenrot;
Dem Herrn allein die Ehre.

Als das Lied verklungen war, trat der Prediger Peters an den Altar. Schlicht und doch kraftvoll klangen seine Worte an Ohr und Herz der Hörer, wie er redete von der Not des Vaterlandes, und von der allgemeinen Begeisterung, die bis in die kleinste, fernste Hütte, bis in das letzte verlorene Herz hineinzittere, und wie er hinwies auf den gerechten Himmel, der die gerechte Sache nicht verlassen werde, und all den kampfesfrohen Gesichtern konnte man die innere Erregung ansehen.

Ganz vorn, hart vor dem Prediger, stand der Major von Lützow, und seine Fäuste waren um den Säbelgriff gepreßt, als ob er ihn zerdrücken wolle, und in seinem männlichen Antlitz, um seinen Mund zuckte es seltsam. Uber all den Hunderten lag es wie eine heilige Weihe, aber manche Waffe ward an die Brust gehoben und heimlich und verstohlen ward manche Freundeshand gedrückt.

Die Stimme des Predigers aber wurde noch eindringlicher und ergreifender, als er sprach: „Und nun, ihr Männer und Jünglinge aus dem deutschen Volke, will ich euch angesichts des ewigen Gottes den Eid vorsprechen, den ihr geloben mögt hier in seinem Hause und vor seinem Altare, daß ihr siegen oder sterben wollt für die gerechte und heilige Sache des Vaterlands!"

Dann aber warf er sich, das Angesicht nach dem Kreuzbilde gewendet, auf seine Kniee nieder und betete inbrünstig:

„Du aber, Herr der Heerscharen, sei mit uns in dieser Stunde und in dieser ganzen großen Zeit! Erfülle die Herzen mit der Glut der Vaterlandsliebe, mache sie rein von allem Unrecht und aller Schuld, gieb unserem Volke starke und getreue, opferwillige und todesmutige Seelen, und sei mit unserem guten König und mit unseren Waffen. Amen! — Und nun sprechet mir nach!"

Er erhob sich von den Knieen und stand mit leuchtenden Augen da, hoch aufgerichtet, als ob der Geist des Höchsten ihn erfülle, die Offiziere aber hatten ihre Säbel gezogen, und wer nur konnte, drängte an sie heran und legte seine Finger auf die blitzenden Klingen, oder hob zum Schwur seine Rechte, und erschütternd klang es von all den Hunderten, die es dem Prediger nachsprachen:

„Wir schwören vor Gott dem Allmächtigen, daß wir bereit sind, für die Sache der Menschheit, des Vaterlandes, der Religion weder Gut noch Blut zu schonen, und daß wir dafür siegen oder sterben wollen. Wir schwören es, so wahr uns Gott helfe!" —

Dann war es einen Augenblick tiefstille in dem kleinen Gotteshause bis auf das verhaltene Schluchzen der Weiber und Kinder, aber aus manchem Mannesauge rollten heiße Thränen stumm hernieder auf Wange und Bart. Wie in Unmut wischte manche Hand über das Antlitz, und manches Gesicht verzog sich scheinbar ingrimmig, als ob sein Eigentümer sich seiner Rührung schäme; als aber nun die Orgel wieder einsetzte und überging in die machtvolle Weise des erhebenden Lutherliedes, da strömten die vollen Herzen ihr heißes Empfinden aus, und machtvoller ist wohl selten des großen Reformators Streit- und Siegeslied erklungen, als in der kleinen Dorfkirche in Rogau in jener geweihten Stunde.

Ein' feste Burg ist unser Gott,
Ein' gute Wehr und Waffen ...

Das brauste und brandete an den Mauern des schlichten Gotteshauses und dröhnte hinaus in den freundlichen Frühlingstag, und die Menschen draußen stimmten mit ein in den Choral, und in der Höhe jubilierten und jauchzten die Lerchen ihr schmetterndes Lied darein. Die Männer in dem Kirchlein aber hatten ihre Waffen gezückt und schwangen sie über den Häuptern, so daß blitzende Funken wie feurige Zungen des göttlichen Geistes über ihren Häuptern hinwegflogen; da und dort klirrten sie wohl auch mutig zusammen, und als der Choral verklungen war, erklang ein dröhnendes Vivat! der deutschen

Freiheit, daß die Wände zu erzittern schienen und die Herzen überwallten.

Segnend breitete der Prediger seine Hände aus, noch einmal war es still und über die gesenkten jungen und alten Häupter klang das Segenswort:

„Der Herr segne und behüte euch. — Der Herr erhebe sein Angesicht über euch und gebe euch seine Kraft und den Sieg der heiligen Sache!"

Und abermals klirrten die Waffen zusammen, dann aber sanken die Männer, überwältigt von der Macht des Augenblicks, sich an die Brust, und kräftige Hände legten sich ineinander. Friedrich Friesen und Theodor Körner hielten sich ganz nahe beim Altar umschlungen — der Achilles und der Tyrtäus der kleinen Freischar — und über ihren einander zugeneigten Häuptern spielte das Sonnengold. Keiner vermochte zu reden, durch die Seelen Beider aber zitterte wohl in jenem Augenblicke die Ahnung, daß sie ihr Leben lassen würden im heiligen Streite, aber kein Bangen und Grauen erfüllte die Herzen, sondern eine heilige Kampfes- und Sterbenslust.

Auch Konrad Schmidt und Zander hatten die Hände fest in einander gefügt wie zum Bunde auf Leben und Sterben, und nun drängte der Förster Walther heran und zog Konrad an seine Brust:

„Ich will denken, du wärst mein Sohn!" sagte er und die Sprache wollte ihm vor Rührung beinahe stocken. — „Welch eine Stunde! Hab' Dank, mein Junge, daß du mich herausgeholt hast aus meinem Walde!"

„Mein Vater, mein Freund!" stammelte der Jüngling und preßte sich fest an die breite Brust des Alten, dem die Thränen in den grauen Bart über die verwetterten braunen Wangen niederrollten. Dann riß er sich los, um andere Hände zu drücken, wie sie von allen Seiten sich ihm entgegenstreckten.

Da sah er Bastian. Er drängte auf ihn zu und reichte ihm beide Hände hin.

„Laß allen Groll begraben sein, Bastian, er ist zu klein für diese Zeit; wir wollen ehrliche Kameraden sein!"

Der Andere, überwältigt von dem Augenblicke, gab ihm stumm

seine Rechte, aber sein Auge blickte dabei nicht frei dem Kampfgenossen in's Gesicht . . .

Am andern Morgen erfolgte der Ausmarsch gegen Sachsen. Leuchtend war die Sonne über dem Zobtenberge aufgegangen und spiegelte sich in den Waffen. Die Signalhörner bliesen, die Jäger stimmten ein frisches Marschlied an, die Pferde wieherten dem Morgen entgegen, und so ging es hinein in die sonnige Welt zu fröhlichem Reiten und Streiten und, wenn es galt, zum Heldentode.

Drittes Kapitel.

Ein teures Opfer.

In Leipzig herrschte ein ungewöhnlich reges Leben und Treiben. Am 17. April waren die Lützower eingezogen, und überall sah man die ernsten dunklen Uniformen, aus denen meist junge, frische Gesichter hervorleuchteten. Die Herzen der Bevölkerung schlugen ihnen entgegen, denn wenn auch der Landesherr, zumeist durch die Verhältnisse gezwungen, der Bundesgenosse Frankreichs war, man fühlte hier allenthalben deutsch, und sehnte sich wie nur irgendwo danach, das Joch der verhaßten Fremdherrschaft abzuschütteln. Darum hatte man Lützow und die Seinen freundlich und gastlich aufgenommen, und es erfolgten bald zahlreiche Meldungen zum Eintritt in das Freikorps. Dasselbe hatte bereits in Dresden — meist Dank den Bemühungen des unermüdlichen Körner — einen Zuwachs von 500 Mann erhalten, und nach Leipzig brachte der Rittmeister a. D. von Bismarck eine Eskadron Husaren, die er in der Altmark gesammelt hatte.

An einem freundlichen Nachmittage war es im „Rosenthal" ganz besonders belebt. Vor einem Kaffeehause saßen im milden Frühlingssonnenschein an den Tischen Leipziger Bürger mit ihren Familien, Studenten, und zwischen drin Lützower Jäger und Reiter.

Von dem langen Tische, welchen die Studenten besetzt hatten, klang fröhliches Gelächter, Gesang und Gläserklingen. Dort saß unter Andern auch Bastian in wilder Ausgelassenheit und schien seiner Neigung zum Trunke mehr als gut war nachzugeben, denn sein Gesicht glühte, und die Augen glänzten in unschönem Feuer, und sein rohes Lachen klang aus dem andern hervor.

An einem andern Tische saßen Konrad Schmidt und Zander mit ihrem alten Freunde Walther. Dieser war, seitdem durch Zuwachs von gelernten Büchsenschützen in Bautzen und Dresden ein zweites Jäger-Detachement unter Lieutenant Burow gebildet worden war, Oberjäger in demselben und trug zum Zeichen dessen die silberne Tresse über der Achselklappe.

„Ist's nicht eine Schande" — sprach Zander — „daß die Burschen hier lärmend beim Pokulieren sitzen, indes das Vaterland jeden Arm brauchen kann? — Und dieser Bastian, statt ihnen ins Gewissen zu reden, läßt sich von ihnen unter den Tisch saufen — ich kann's nicht ansehen mehr!"

Er stand auf und ging auf den Tisch der Studenten zu. Als Bastian ihn kommen sah, hob er ihm sein Trinkgefäß entgegen: „Prosit, alter Kumpan!"

„Auf ein Wort, Bastian!" sagte der Andere ernst, und unmutig erhob sich der Angeredete und kam unsichern Schrittes auf ihn zu.

„Was soll's denn?" fragte er unwirsch. „Setz' dich lieber zu uns — 's ist nicht die schlechteste Gesellschaft!"

„Und ich wollte dir sagen: Setz' dich zu uns — da ist bessere Gesellschaft und da gehörst du hin, nicht unter diese glatten Bursche, die über Bachus und Gambrinus das Vaterland vergessen."

„Ach was! Halte mir jetzt keine Moralpauke! Die Burschen sind gut und — was die Hauptsache ist — lustig; dort bei dem Duckmäuser, dem Hähnchen, und bei Eurem Waldbären behagt mir's nicht . . ."

„Bastian!" rief Zander ernst und drohend.

„Na, bleibt Ihr, wo Ihr wollt, und laßt mich auch ungeschoren. Mir gefällt's just in diesem Kreise."

Die Andern riefen, und er schwankte zu ihnen zurück und ließ sich wieder mit rohem Lachen nieder, Zander aber kehrte unmutig zu seinen Freunden zurück. Hier hatte Schmidt ein Blatt Papier aus seiner Brieftasche gezogen; er sagte:

„Laß mich einmal den Burschen ins Gewissen reden. Hier hab ich unsers Körners «Männer und Buben». — Helft mir nur Ruhe schaffen, dann soll's schon seine Wirkung thun."

Im nächsten Augenblicke hatte er sich auf den Tisch geschwungen;

Zander schlug klirrend mit dem Säbel auf die Platte und rief „Silentium“, und in der That wurde es ruhig, und von allen Seiten schaute man nach dem jungen Lützower Reiter, der mit leuchtenden Augen über die Menge sah, die jetzt an seinen Tisch herandrängte.

„Ah, Hähnchen will reden!“ rief eine höhnisch lachende Stimme, aber zornig und mit einem Feuerblicke nach dem Rufer gebot Zander abermals „Silentium“ und Konrad Schmidt hob an:

Das Volk steht auf, der Sturm bricht los,
Wer legt noch die Hände feig in den Schoß? —
Pfui über dich Buben hinter dem Ofen,
Unter den Schranzen und unter den Zofen!
Bist doch ein ehrlos erbärmlicher Wicht;
Ein deutsches Mädchen küßt dich nicht,
Ein deutsches Lied erfreut dich nicht,
Und deutscher Wein erquickt dich nicht. —
Stoßt mit an,
Mann für Mann,
Wer den Flamberg schwingen kann.

Die anwesenden Lützower hatten sich wie ein Mann von ihren Sitzen erhoben, und stießen miteinander an, und laut erbrauste der Refrain:

Stoßt mit an,
Mann für Mann,
Wer den Flamberg schwingen kann.

Auch andere Gäste, Männer wie Frauen, waren von seltsamer Begeisterung ergriffen, nur Bastian blieb sitzen und knurrte, verständlich genug, vor sich hin: „Komödie!“ Konrad aber fuhr fort:

Wenn wir die Schauer der Regennacht
Unter Sturmespfeifen wachend vollbracht:
Kannst du freilich auf üppigen Pfühlen
Wollüstig träumend die Glieder fühlen.
Bist doch ein ehrlos erbärmlicher Wicht;
Ein deutsches Mädchen küßt dich nicht,
Ein deutsches Lied erfreut dich nicht,
Und deutscher Wein erquickt dich nicht. —
Stoßt mit an,
Mann für Mann,
Wer den Flamberg schwingen kann!

Mit jeder Strophe steigerte sich die Begeisterung der Anwesenden, mit jeder Strophe aber schien auch Kraft und Glut des Sprechers zu wachsen. Und nun erklang tief ergreifend, mächtig packend die letzte:

Und schlägt unser Stündlein im Schlachtenrot,
Willkommen dann, sel'ger Soldatentod! —
Du verkriechst dich in seidene Decken,
Winselnd vor der Vernichtung Schrecken,
Stirbst als ein ehrlos erbärmlicher Wicht;
Ein deutsches Mädchen beweint dich nicht,
Ein deutsches Lied besingt dich nicht,
Und deutsche Becher klingen dir nicht. —
Stoßt mit an,
Mann für Mann,
Wer den Flamberg schwingen kann!

Hunderte stimmten ein in die letzten Worte, die Lützower hatten die Klingen aus den Scheiden gezogen und schlugen sie klirrend aneinander, und als Konrad von dem Tische herabsprang, zog ihn stürmisch der alte Freund an die Brust, der Hund, der ruhig zu dessen Füßen gelegen, bellte laut wie in freudiger Zustimmung, und überall her streckten sich ihm Hände entgegen zu herzlichem Drucke.

Aus der Mitte der Menschen aber rang sich ein junges Mädchen los, hochgewachsen und schlank, mit dunklen Augen, die jetzt wie von heiligem Feuer brannten, und einem ungemein lieblichen und von Begeisterung gerötetem Gesichte. Sie war an den Tisch der Studenten hingeeilt, mit einer heftigen Bewegung schob sie Krüge und Becher hinweg, daß sie umstürzten und die braune Flut sich auf den Boden ergoß, und mit schöner, volltöniger Stimme rief sie den erstaunten Zechern zu:

„Und Euch brennt's nicht in den Herzen, hinzutreten und Euer Blut und Leben mit einzusetzen? — Euch lodern nicht die Wangen in verzehrender Scham darüber, daß Ihr bis jetzt vergessen habt, was Eure heilige Pflicht wäre? — O daß ich nur ein Mädchen bin! Ich wüßte, was ich für ein Los erwählte. Siegen mit dem Vaterlande, oder sterben für das Vaterland! Wer ein Mann und kein Bube hinter dem Ofen ist, hat in dieser Stunde keine Wahl, und eine bessere Gelegenheit, Euern Mut zu zeigen, findet Ihr nicht. Das sind nicht Söldner, die hier unter uns stehen, sondern freie und edle Männer, die der Kampf und die Rache zusammenführen — in ihren Reihen ist noch Platz für viele. Vorwärts mit Gott!"

„Das soll ein Wort sein!" rief einer aus dem Kreise der Studenten, ein frischer Junge mit blitzenden Augen. Dann schritt er rasch an Konrad Schmidt heran und streckte ihm die Hand entgegen:

„Hier habt Ihr mich — ich bin von Stund' an ein Lützower!"

„Auch ich! — Und ich! — Und ich!" — Und immer mehr eilten herbei, und die allgemeine Begeisterung stieg in das Unendliche. Nur Bastian saß mit einem beinahe blöden Grinsen und mit den von Trunkenheit glänzenden Augen da, ein nahezu widerwärtiges Bild in diesem Momente. Er sah nur das schöne, erregte Mädchen, aber in seine Seele fiel kein Strahl der Erhebung; und wie sie jetzt an ihm vorüberstreifte, schlang er plötzlich seinen Arm um sie und zog die Überraschte an sich heran.

„Ein ganz schönes Schätzchen!" sagte er mit schwerer Zunge; das Mädchen aber, das einen seltsamen Blick der Verachtung auf ihn geworfen, rang sich los und rief nur das Wörtchen: Pfui! ihm ins Gesicht. Das aber brannte auf demselben, als hätte der frivole Bursche einen Schlag erhalten. Er schnellte vom Sitze auf und wollte zornig nach dem Mädchen greifen, aber ein stattlicher älterer Herr stand dazwischen.

„Dr. Wendler — und hier meine Tochter! Wenn Sie etwas von ihr wünschen, wenden Sie sich an mich!" sagte er kühl und fest, und nahm das Mädchen, das jetzt ein leises Zittern überlief, an der Hand.

„Was fällt dir ein, Elise?"

Sie warf sich einen Augenblick an die Brust des Mannes: „Verzeih, Vater, ich konnte nicht anders — und es war ja auch gut so. Jetzt aber laß mich auch dem Lützower danken, der im Namen Körners gesprochen hat!"

Konrad Schmidt aber suchte auch seinerseits die patriotische Jungfrau, und so begegneten sie sich auf halbem Wege und streckten sich von selbst die Hände entgegen, und Beider Worte klangen durcheinander.

Als die allgemeine Bewegung ein wenig verflutet war, saß Dr. Wendler mit seiner Tochter an dem Tische neben Konrad, und im Gespräche stellte es sich heraus, daß er dessen Vater aus der Studentenzeit von Jena her kannte. Er bat darum den jungen Mann dringend, bei ihm Quartier zu nehmen, zumal auch Theodor Körner, dessen Vater ebenfalls ihm warm befreundet sei, bei ihm wohne. Da Konrad ohnehin mit seinen beiden Freunden nicht gemeinsam hausen konnte, nahm er das Anerbieten dankbar an, und gegen Abend ging er mit dem Doktor und seinem schönen Kinde heimwärts. Zuvor aber wurde Elisen noch eine Ovation dargebracht, deren spontane Begeisterung ihr heiße Röte in die Wangen trieb.

Der Tisch, an dem die Studenten saßen, war leer geworden, nur Bastian saß noch an demselben, das gerötete Gesicht auf die Faust gestemmt, und sah höhnisch lächelnd die Drei an sich vorübergehen. „Viel Vergnügen, Hähnchen!" rief er spöttisch, aber niemand kümmerte sich um ihn, und er griff wieder zu seinem Trunke. Dr. Wendler aber sagte:

„Wer ist der unangenehme Bursche?"

„Ein Pfahl im Fleisch unseres Korps," erwiderte Schmidt — „wo Licht ist, ist auch Schatten, und wir haben noch mehr Elemente, angesichts derer man mit Moor sagen möchte: «Ich will unter Euch treten und fürchterlich Musterung halten.»" ...

Dr. Wendler bewohnte ein freundliches Haus in einer Vorstadt, und Schmidt fand sich trefflich bei ihm aufgehoben. Daß er mit Körner unter einem Dache hauste, war ihm besonders erfreulich, und die beiden für gleiche Ziele begeisterten Jünglinge kamen sich rasch freundschaftlich nahe. Die Tage vergingen schnell und schön, und vor dem ernsten Kriegesspiel war es noch einmal wie ein freundliches Idyll, das die jungen Krieger umgab. Da ging am 23. April die Kunde, es sei der Befehl von Scharnhorst eingetroffen zum sofortigen Ausmarsch, wobei das Fußvolk sich in den Harz, in den Sölling oder in den Lippeschen Wald werfen, die Reiterei die Verbindung der einzelnen Abteilungen erhalten und den Feind in den Flanken und im Rücken belästigen sollte.

Die Nachricht brachte Erregung unter die Streiter und ihre gastlichen Wirte. Die Waffen wurden immer wieder geschärft und geputzt, Briefe an Verwandte und Freunde geschrieben, und manch' bewegter Abschied ward genommen.

In dem Garten des Dr. Wendler, auf dem in der Sonne flimmernden Kiesweg ging Konrad Schmidt neben Elise. Der Frühling hatte rings die ersten Blüten gelockt, ein Veilchenduft lag in den Lüften, und das junge Grün an Baum und Strauch lachte ins Herz. Da ging den beiden Menschen die Seele auf. Konrad hatte erzählt von seinem stillen Vaterhause und von seiner kranken, heldenmütigen

Mutter, und die Augen des schönen Mädchens an seiner Seite leuchteten.

„Ja, auch das Weib kann stark sein, wenn es das Vaterland gilt!“ sprach sie mit glühenden Wangen. — „O daß ich die Kraft zeigen könnte, die in mir lebte. Aber ich muß hier ruhig sitzen mit gefalteten Händen, und kann nur wünschen und beten.“

„O nein, Sie können mehr — Sie haben es bewiesen im «Rosenthal», wo Ihre Worte die Herzen entflammten, und Sie werden es beweisen, wenn unsere wunden Leiber im Lazarett liegen und der Pflege bedürfen werden. Dort wird der Schauplatz des weiblichen Heldensinnes sein.“

Das Mädchen schauderte leicht zusammen:

„O daß ich keinen, der mir lieb ist, dort finden müßte — und doch, wenn's wäre, ich wollte Nacht und Tag nicht rasten, um ihn der Genesung entgegenzuführen und dem Vaterlande zu erhalten.“

Von einer seltsamen Rührung ergriffen, streckte Konrad ihr beide Hände entgegen, und sie legte langsam, wie zu einem stummen Gelöbnis, die ihrigen hinein:

„So gern ich mein Blut und Leben dem Vaterlande opfere, so glücklich wäre ich doch, Sie im befreiten Vaterlande wiedersehen zu können; dürfte ich darauf zählen, daß Sie auch für mich ein Blatt des Lorbeers hätten, es mir auf die heiße Stirn zu legen, und daß Sie ein freundliches Willkommen mir böten?“

„Das dürfen Sie. Was soll heute thörichte Zurückhaltung? Wer dem andern einen Trost und eine Freude mitgeben kann auf seinen Weg, der mag es thun. Ja, als ich Sie im «Rosengarten» sah und hörte, wie Sie aus innerster Seele Körners Lied in heiliger Begeisterung sprachen, da hat es mich hingezogen zu Ihnen, und ich weiß seitdem, daß ich Sie lieb habe und daß mein Denken mit Ihnen geht in den herrlichen Streit!“

„Elise!“ rief er mit einem mühsam verhaltenen Aufjauchzen, dann hielt er einen Augenblick nur die Jungfrau im Arm und fühlte ihren Kuß auf seinem Munde, sogleich aber wand sie sich los und sagte errötend:

„Genug! Dazu ist jetzt nicht Zeit!“

„Ja, du hast Recht, du Herrliche, aber wie ein Geweihter gehe ich nun zum Streite und fechte auch für dich. Helfe Gott uns und dem Vaterlande!"

Sie riß einen kleinen blühenden Zweig vom nächsten Strauche und reichte ihn dem Jüngling. „Zur Erinnerung an diese Stunde!" sprach sie dabei; er aber nahm die Blüten und legte sie in seine Brieftasche und barg diese an der Brust über dem Herzen.

„So geht der Zweig mit mir in Kampf und Streit — vielleicht auch in den Tod!" sagte er leise, und dann gingen sie schweigend, Hand in Hand, den umbuschten Weg entlang.

Zwei Tage später brach das Lützowsche Korps von Leipzig auf in einer Stärke von 1000 Mann Fußvolk und 340 Reitern, wozu noch 50 Kosaken stießen, die der russische General Winzingerode beigestellt hatte. Nur eine kleine Abteilung unter dem Rittmeister Fischer blieb zunächst noch zurück.

Vielfach marschierte man die Nächte hindurch und rastete am Tage abseits von den Straßen in Gehölz oder in einem entlegenen Dorfe, wobei Streifdetachements und Patrouillen nach verschiedenen Seiten zur Rekognoszierung ausgesandt wurden. Mancher kleine glückliche Handstreich gelang, Couriere wurden aufgefangen, Kassen aufgehoben, feindliche Transporte weggenommen, aber die Sehnsucht, so recht eigentlich an den Feind zu kommen, schien sich nicht sobald erfüllen zu sollen.

Just da das Korps über die Elbe gehen wollte, kam die Nachricht von der Schlacht bei Großgörschen, die am 2. Mai geschlagen worden war. Wohl waren die Verbündeten von Napoleon zum Rückzug gezwungen worden, aber der Reiter, der die Kunde brachte und selbst mitgefochten hatte, erzählte von der Begeisterung, die Aller Herzen erfüllte, und wie keiner das Gefühl einer Niederlage habe, denn die Franzosen hätten viel Leute und auch zahlreiches Geschütz verloren, und die deutschen Truppen brennten vor Begierde nach neuem Kampf.

Lützow aber mußte unter diesen Umständen doch seine Absicht, den Harz zu gewinnen, aufgeben, und gedachte sich mit dem General Wallmoden zu vereinen, um sich mit diesem gegen den Marschall Davoust zu wenden, der Hamburg bedrohte.

Einige kleinere Abteilungen jedoch sollten in der Altmark bleiben und diese in der gewohnten Weise durchstreifen.

Bei einer derselben befanden sich Schmidt und Zander. Unter Führung des Lieutenants von Reiche trabte die kleine Schar fröhlich und unternehmungslustig in den schönen Maimorgen hinein. Sie war von Seehausen ausgeritten, um den Elbe-abwärts stehenden Feind aufzusuchen. Über Schnackenburg ging es nach Dannenberg und Dalenburg, immer mit der nötigen Vorsicht. Schmidt und Zander bildeten die Vorhut und ritten etwa ein halbes Stündchen den Andern voraus. Bei Dalenburg hielten sie vor einem einsamen Mühlengehöft einige Augenblicke an, um einen Trunk zu begehren. Der Müller war herausgetreten und sah sie einigermaßen verwundert an.

„Wo wollt Ihr denn hin? — Wenn Ihr hier die Straße weiter reitet, kommt Ihr auf Ulanen."

„Was für Ulanen?" fragte Schmidt.

„Ja, ich meine, es sind Polen — sie schnackten so unverständlich — Preußen sind's nicht. Auch müssen wohl morgen oder übermorgen viel Franzosen nach Berge und Clenze kommen wollen, denn sie müssen dort große Lieferungen aufbringen," sagte der Mann.

„Habt schönen Dank, Müller," rief Schmidt, und gleich darauf stoben die beiden Lützower davon, die Straße zurück, auf welcher sie gekommen waren. Der Müller sah ihnen mit schmunzelndem Behagen nach und murmelte: „Sind frische Jungen und zu gut für 'ne Franzosenkugel!"

Die beiden hatten dem Lieutenant von Reiche ihre Meldung gemacht, dieser überzeugte sich am nächsten Tage, daß die Reklamationen in Clenze nur zum Schein gemacht worden waren und um irrezuführen, und schickte nun die beiden Freunde zu dem Lieutenant Obermann nach Seehausen zur weiteren Meldung.

Von dieser Sendung ritten die Beiden gegen Neuhaldensleben zurück, wo ihre kleine Abteilung stand. Der Abend war hereingebrochen und Schmidt fand, daß sie sich verirrt hatten. Ihre Pferde waren müde, und Roß und Reiter war einige Rast zu gönnen.

Im dämmerigen Zwielicht hatten sie einen kleinen Flecken mit einem größeren Gebäude, vielleicht einem Gutshofe, etwas seitab bemerkt, und auf diesen ritten sie zu. Der Maiabend war trübe, gegen Sonnenuntergang stand eine Wolkenwand, und der kleine Ort lag, wie sie näher kamen, wie in einen Nebelschleier gehüllt. Den Beiden war das nicht unangenehm, sie kamen so unbemerkt bis an das erste

Gehöft, und unfern desselben stieg Schmidt vom Rosse und bat seinen Gefährten, mit den zwei Pferden zurückzubleiben, indes er selbst sich in den Ort schleichen und kundschaften wolle, ob alles sicher sei.

Zander ritt ein wenig seitab vom Wege mit den Rossen, Schmidt aber huschte durch den Nebel fort, bis er an einen Gartenzaun kam. Rasch und gewandt kletterte er über denselben, und geräuschlos setzte er seinen Weg fort durch den Garten, in welchen er geraten. Da vernahm er unfern ein eigentümliches Geräusch, wie das Arbeiten eines Messers in frischem Holze und dann ein Knacken. Vorsichtig eilte er näher, und nun vermochte er, gedeckt von einem kleinen Gebüsche, deutlich zu sehen, wie ein Mensch zwischen den jungen Stämmchen einer Baumschule stand und eben jetzt wieder eines derselben anschnitt. Mehrere waren schon geknickt und senkten traurig die gebrochenen Kronen mit dem junggrünen Laube.

Das war ein empörender Frevel, und ohne Überlegen sprang Konrad vor und fiel dem Menschen mit raschem Griff in den rechten Arm. In der ersten Bestürzung ließ dieser das Messer fallen, dann sah er seinen Gegner in der dunklen Uniform, deren Knöpfe deutlich blinkten, an, und da er sah, daß dieser jung und scheinbar nicht allzu kräftig sei, wollte er mit einem Fluche sich ihm entwinden. Aber Konrad war stärker als er aussah und hielt den Burschen eisern fest.

So rangen sie stumm, denn Jeder hatte ein Interesse, Lärm zu vermeiden, obwohl es dem Lützower in dem Augenblicke nicht klar war, was er mit dem Burschen wollte. Jetzt bellte ein Hund, und gleich darauf kam das Tier in langen Sätzen herbei. Der Mensch rief es halblaut an: „Sultan, Sultan — faß!“ und aufs neue suchte er mit allem Kraftaufwande sich frei zu machen.

Nun war das Tier zur Stelle, aber anstatt Konrad anzugreifen, stand es bei den Ringenden und erhob ein wütendes Gebell, das notwendigerweise Aufsehen erregen mußte. Nun kannte auch Schmidt keine Rücksicht mehr, er rief laut: „Herbei, Hierher!“ und schon nach wenigen Augenblicken kamen Schritte in großer Hast. Ein älterer Mann in Bauerntracht erschien, hinter ihm ein junger Bursche.

„Was giebt es da?“ rief der Erstere schon von weitem.

„Einen verruchten Baumfrevler“, antwortete Konrad, der eben jetzt den verzweiflungsvoll ringenden Gegner auf das Knie niedergedrückt hatte.

Zu Seite 48.

Der Bauer sah im ersten Augenblicke, was geschehen war, und rief entsetzt beim Anblick der Bäumchen: „Wer hat mir das gemacht?“

„Hier ist er, ich selber traf ihn, wie er just ein Stämmchen umbrach,“ war Konrads Antwort.

Gleich darauf war der Bauer ganz zur Stelle und riß den Knieenden empor, der keinen Widerstand mehr leistete.

„Du, Jakob?! — Hund, elende Bestie — was thu' ich nun mit dir?“

Er schüttelte den Verbrecher mit beiden Fäusten an den Schultern, und der jüngere Bursche, der jetzt herangetreten war, schlug auf denselben in stummer Wut ein. Der Lützower wehrte ab. „Nicht so — übergebt ihn dem Gericht!“

„Ach, wo haben wir ein Gericht!“ — sprach der Alte, noch immer in heftiger Erregung. — „Seit der Schelmfranzose hier haust, giebt's für uns kein Recht, als das der Faust, und das muß der Schurke fühlen!“

Er schlug nun gleichfalls auf den Frevler ein, der mit den Armen sich vergebens bemühte, die Schläge zu parieren, und dem nun auch der Hund in die Beine fuhr, so daß die Fetzen von den Hosen herabhingen.

„Haltet ein, sag' ich — das ist nicht menschlich, das ist tierisch! Hat Euch denn die Not der Zeit so roh gemacht?“ schrie jetzt entrüstet der Lützower, und die beiden andern hielten ein, ohne den Verbrecher loszulassen.

„Ja, Herr, so nehmt Ihr ihn mit — Ihr seid doch so etwas wie ein Gendarm!“ sprach der Alte.

„Das bin ich nicht. Ich bin ein Reiter vom Lützowschen Korps und kann den Burschen nicht brauchen. Laßt ihn laufen mit seiner Prügel und mit seiner Schande und ruft ihm ein Pfui! hinterdrein, daß ein deutscher Bursche heute seine Kraft nicht anders als zu solcher Schlechtigkeit verwendet.“

Die drei andern sahen alle nach dem jungen Manne, der hochaufgerichtet dastand und mit von dem Ringkampf noch bewegter Stimme redete; dann sagte der Bauer:

„Ihr habt Recht, Herr . . aber laufen lasse ich ihn nicht, nicht jetzt, denn er ginge doch hin und verriete Euch an die Franzosen, die wir nah' genug haben. Georg" — sprach er zu seinem Sohn — „wir sperren ihn in den Keller bis morgen — dann mag er laufen, der Hund. — Ihr aber, Herr, nehmt einen Bissen und Trunk!"

Die zwei Männer zerrten den wundgeschlagenen Menschen fort, Konrad folgte. Im Flur des Hauses brannte ein Lämpchen, dort sah er dem Frevler ins Gesicht. Es war das eines jungen Burschen, um dessen erhitztes und verzerrtes Antlitz kurz geschorenes dunkles Haar sich schmiegte, und der mit finstern, bösen und trotzigen Augen den Lützower ansah. Binnen kurzem war er im Keller untergebracht, und der Bauer war zurückgekehrt.

„Es war mein Knecht, den ich heute wegen seiner Faulheit und seines widerborstigen Wesens entlassen habe," sagte er wie zum Verständnis der ganzen Sache, dann lud er Konrad ein, in die Stube zu treten, aus welcher eben sein Weib kam. Konrad dankte.

„Ihr seid ein wackrer Mann und habt ein deutsches Herz, das ist mir klar geworden — ich darf Euch trauen. Draußen vor dem Orte hab' ich noch einen Kameraden mit unsern Pferden, wir brauchen kurze Rast — sind wir hier sicher?"

„Ganz sicher nicht, Herr! Denn seht, das Rittergut gehört dem französischen General Sebastiani, und wenn er auch selber nicht da ist, einige von dem verdammten Schmeißzeug sind immer da, und wenn sie Euch hier witterten, könnt's bös werden, denn wir könnten nicht einmal helfen; uns sind die Hände gebunden, wenn wir nicht wollen, daß sie uns den roten Hahn aufs Dach werfen. Darf Euch doch kaum im Hause hier Jemand sehen, denn heutzutage kann man beinah Keinem mehr trauen."

Ein kleiner Junge von etwa 12 Jahren war herangetreten, sah verwundert den fremden Soldaten an und tastete jetzt zutraulich nach seinen Waffen.

„Mein Jüngster, Herr — der wird gut. Was willst, Hannes?"

„Vater, 's sind zwei Chasseurs auf dem Gutshof — sonst keiner, die Gendarmen sind fortgeritten nach Hadmersleben."

Über Konrad kam eine plötzliche Erregung.

„Ist das gewiß, Kleiner? — Nur zwei sind da? Und ist das Hofgut zugänglich?"

„Was habt Ihr vor?" fragte der Bauer.

„Wir wollen die Chasseurs aufheben; vielleicht findet sich auch sonst noch etwas für uns."

Die Augen des Jungen blitzten; er rief:

„O das thut! — Ich gehe und halte Euch das Hofthor offen und sag' Euch, wo Ihr sie findet!"

Er wollte fort, aber die andern hielten ihn zurück.

„Noch nicht, Hannes!" sprach der Bauer, und legte ihm wie mit väterlichem Stolze die Hand auf den Kopf. „Ihr müßt mit Euerm Kameraden erst ein wenig rasten, die Franzosen entwischen Euch später erst recht nicht."

Konrad war einverstanden, und nach kurzer Zeit hatte er Zander, der seinetwegen schon in Besorgnis gewesen war, herbeigeholt und beide erquickten sich an Speise und Trank, indes auch ihre Pferde ein gutes Futter erhielten. Aber sie hatten keine Ruhe, und nach einer Stunde etwa drängten sie zum Aufbruch. Sie wollten zu Fuß sich nach dem Hofe begeben, sich dort der Leute und der Pferde bemächtigen, und dann zu ihren Rossen zurückkehren, die man am Gartenzaun ihnen anbinden sollte.

Hannes war bereits vorausgeeilt, und als sie in die Nähe des Hofes kamen, sprang er ihnen entgegen und meldete, die beiden Franzosen säßen in einem Zimmer im Erdgeschoß beim Wein, und nur die alte Wirtschafterin ginge bei ihnen ab und zu; sie seien wohl auch nicht mehr nüchtern. Geräuschlos betraten die Lützower den Flur und hörten jetzt das laute Sprechen und Lachen der Chasseurs. In diesem Augenblicke erschien die alte Dienerin und mit einem Aufschrei des Schreckens taumelte sie gegen die Wand. In der nächsten Sekunde öffnete sich eine Thüre, und ein weinrotes Gesicht, das aus einem Uniformkragen herausschaute, zeigte sich. Aber wie erstarrt waren im folgenden Momente die Augen in demselben, als sie die beiden deutschen Reiter sahen; doch ehe aus der gepreßten Kehle noch ein Laut hervorkam, war schon Zander vorgesprungen, hatte die Thür aufgestoßen, so daß der Franzose zurücktaumelte, und hielt ihm sein Pistol entgegen. In der nächsten Sekunde war Schmidt an seiner Seite, und in französischer Sprache rief er den beiden zu, sich zu ergeben.

Die Chasseurs waren plötzlich nüchtern geworden, sie sahen sich um nach ihren Waffen, welche sie abgelegt hatten, aber die Drohung, daß sie bei dem Versuche, sich zu wehren, niedergeschossen würden, ließ sie widerstandslos sich in ihr Schicksal ergeben. Sie wurden einstweilen im Keller, von dessen Festigkeit und Sicherheit vorher erst genaue Kenntnis genommen war, eingesperrt, dann machten sich die Lützower daran, die Gemächer des Generals Sebastiani zu durchsuchen. Dabei fanden sie ein Schreiben, welches an ihn gerichtet und vielleicht von den Chasseurs überbracht worden war. Sie öffneten es und lasen darin von einem Anschlag, der gegen das kleine Streifkorps der Lützower unter Reiche gerichtet war, das am nächsten Tage in Neuhaldensleben durch Gendarmen und polnische Ulanen aufgehoben werden sollte.

Da galt es kein Säumen. Ohne Verzug mußte durch die Nacht weitergeritten werden, wenn möglich auf frischen Pferden. Darum begaben sich die beiden in den Stall, wo sie die Tiere der Chasseure, aber auch einige prächtige Rosse des Generals fanden. Das war gute Beute, und so verließen sie, nachdem sie die Pferde der beiden Franzosen, welche diese bestiegen hatten, zusammengekoppelt hatten, und hart vor sich hertraben ließen, den Hof und sprengten durch das Dorf.

Der Nebel hatte sich einigermaßen gelichtet, und der Mond machte einen schwachen Versuch, sich aus den Wolken herauszuringen. Am Gartenzaune des Bauern, der sie aufgenommen, standen ihre Pferde, dabei aber noch ein drittes, in dessen Sattel ein Reiter saß. Es war der Sohn des Bauern, und er sprach:

„Nehmt mich mit! Ich will ein Reiter werden wie Ihr, und dem deutschen Vaterlande dienen.“

Konrad reichte ihm die Hand.

„Weiß dein Vater drum?“

„Ja,“ sprach in dem Augenblicke der Alte und trat näher — „und auch seine Mutter weiß es. Reit' mit Gott, Friedel, und hilf uns bessere Zeit erkämpfen! Trag' ihn gut, und bring' ihn wieder, Liese!“ — Damit klatschte er leicht das Pferd auf den Schenkel, reichte seinem Jungen stumm die Hand, desgleichen den beiden Lützowern, und dann ritt der kleine Zug hinein in die Mainacht. Hannes aber stand am Gartenzaun und sah ihm nach, und Thränen rannen dem Jungen über die Wangen, daß er nicht mitkonnte.

Am Morgen trafen die Reiter in Neuhaldensleben ein, wo sich eben auch ein Kosakenpulk unter dem Obersten Timar eingefunden hatte. Die Lützower, die mit ihrer Beute freudig begrüßt wurden, brachten den Brief, welchen sie erlangt hatten, zu Lieutenant v. Reiche, und da Friedel, der Bauernbursche, wußte, daß sich etwa 80 Gendarmen in's Kloster Hadmersleben geworfen hatten, drängte Timar dazu, dieselben zu überrumpeln und aufzuheben.

Man war dazu um so mehr entschlossen, als gerade in den letzten Tagen manches geglückt war; durch kleine Streifpatrouillen war ein Mehltransport, eine französische Kasse und ein Trupp Pferde weggenommen und ein Courier aufgehoben worden, und das kleine Häuflein war in trefflicher Stimmung, als es von Neuhaldensleben ausritt. In der Nähe von Aschersleben hielt man Rast, da man erst gegen Abend den Uberfall zu machen gedachte, und sattelte in einem Gehölz ab. So vorsichtig man dabei zu Werke ging, hatte man doch den Burschen nicht bemerkt, der, im Buschwerk versteckt, geschlafen hatte und nun erwachte. Mit finstern Blicken schaute er aus dem hohen Farnkraut hinüber nach den Reitern, die an ihm vorbeiritten, und da er Konrad Schmidt bemerkte, leuchtete es gehässig in seinen Augen auf.

Es war der Baumfrevler. Der war noch am Abend aus seinem Kellergefängnis entwischt und hatte sich trotz seines zerprügelten Leibes weitergeschleppt. Er kam von Hadmersleben, und im Augenblicke war es ihm klar, daß ein Anschlag gegen die dortigen Gendarmen geplant sei. Das wollte er verderben — das sollte seine Rache sein!

So mühselig es mit ihm auch vorwärts ging, er hastete auf Feld- und Waldwegen weiter, und sah mit dem einbrechenden Abend das Kloster in Hadmersleben, dem er nun zueilte. Zur selben Zeit aber waren die Lützower und die Kosaken ebenfalls in die Nähe gekommen und hatten mit Leichtigkeit die sorglosen französischen Sicherheitsposten aufgehoben, und hofften auch des Klosters Herr zu werden.

Als die Dämmerung niedersank, ritten sie gegen dasselbe heran, in der Erwartung, um diese Zeit, da man das Vieh hereintrieb und die Knechte mit den Pferden aus der Schwemme kamen, das Thor nicht geschlossen zu finden, aber der Verrat hatte gut gearbeitet. Lieutenant Reiche sprengte mit noch einem Gefährten über die Brücke bis an's Thor und rief mit lauter Stimme, die Bemannung solle sich ergeben. Da krachten Schüsse aus den Fenstern, und an dem Ohre Reiches sauste die Kugel pfeifend vorüber.

Die Lützower standen unschlüssig, während die Kosaken sich ängstlicher hinter eine Scheune zurückgezogen hatten. Oberst Timar aber hielt bei den Lützowern gegenüber dem Thor der Kirche und schien nicht abgeneigt zu sein, die Leute absitzen und stürmen zu lassen. Reiche hielt das für aussichtslos, und während sie noch darüber redeten, traf den Russen ein Schuß in den Unterleib und er sank vom Pferde. Die Seinen waren bestürzt, die Lützower unmutig, aber Reiche befahl den Rückzug. Den Franzosen rief man zu, daß man in der Nacht mit Verstärkung wiederkehren werde, und dann zog der kleine Trupp, den todtwunden Mann in der Mitte, ab. Ein lautes, höhnisches Lachen scholl ihnen nach, und eine Stimme rief: „Der Jakob zahlt die Prügel heim!"

Nur Konrad Schmidt und Friedel verstanden das Wort, und heißer Ingrimm erfaßte ihre Seelen. — Unmutig, schweigend ritt die Schar, nachdem Timar auf einem rasch requirierten Leiterwagen gebettet war, gegen Seehausen zurück.

Wenige Tage später hatte sich die kleine Streifschar wieder mit Lützow vereinigt, welcher über die Elbe gekommen war und einen Zug durch den Thüringer Wald zu unternehmen gedachte, um auch hier mit Hilfe der patriotischen Bevölkerung die Etappenstraßen der feindlichen Armeen zu beunruhigen bezw. eine Volkserhebung herbeizuführen. Der Marsch ging über Ermsleben und Mansfeld gegen Weimar zu, das aber, ebenso wie die Umgebung, von französischen und polnischen Truppen besetzt war, und dem man ausweichen mußte. Im Dorfe Osmanstedt, wo man die Ilmenau überschritt, lagen 300 Franzosen, die aber so wenig wachsam waren, daß die Lützower ungehindert passierten.

Auch im Thüringerlande wurden kleinere Abteilungen und Patrouillen ausgesandt, um die Stimmung zu erkunden und feindliche Bestrebungen zu vereiteln, und so sehen wir in den ersten Junitagen unsere beiden Freunde wieder zusammen durch den freundlichen Bergwald reiten. Konrad Schmidt zog es nach seinem Heimatsorte, der in wenigen Stunden zu erreichen war, und Zander war gern mit einem Besuche desselben einverstanden. Es war in den ersten Nachmittagsstunden eines freundlichen Frühlingstages, als sie von einer Höhe das anmutige Dorf mit seinem alten Kirchturme liegen sahen, so friedlich und idyllisch, als ob gar kein Krieg in der Welt wäre. Es war eingehüllt in blühende Gärten, und ein blauer Himmel lag darüber.

Konrad pochte das Herz vor Lust, und er preßte die Hand des Gefährten, der den Druck verstand und warm erwiderte. Dann ließen sie die Pferde munter ausgreifen und erreichten bald den stillen Ort. Einen Jungen, den sie vor demselben begegneten, und der neugierig die fremden Reiter ansah, fragten sie, ob Franzosen in dem Dorfe seien, und als er es verneinte, setzten sie ihren Weg fort.

Vor dem Thore des Gutshofes, an dem sie vorüberkamen, stand ein großer, starker Mann mit gerötetem Gesicht und grauen Haaren in einer Art Jagdjoppe. Der stutzte, wie er die beiden kommen sah, und hielt die Hand über die Augen. „Das sind doch Lützower,“ murmelte er, indem er sich die leichte Mütze ins Genick schob.

Da rief auch schon Schmidts Stimme: „Guten Tag, Herr Bastian!“ und der Angeredete trat rasch einige Schritte vor auf die Straße.

„I, sieh da, Konrad! Na, das ist ja eine angenehme Überraschung! Was macht mein Junge?“

„Sitzt im Sattel wie wir und lauert den Franzosen die Gelegenheit ab; er ist munter,“ war die Antwort, und nun parierten die beiden Reiter ihre Pferde vor dem Gutsbesitzer.

„Sie steigen doch bei mir ab und sind meine Gäste?“ sagte dieser mit ehrlicher Freundlichkeit, aber Schmidt erwiderte:

„Ich muß nach dem Pfarrhofe!“

„Das versteh' ich wohl; nun, es geht dort ziemlich gut. Doch darf ich Sie nicht aufhalten, aber wenn Sie Vater und Mutter gesehen, dann rechne ich darauf, daß Sie mich auch aufsuchen. Ihr Pferd und Ihren Kameraden behalte ich gleich als Pfand da, denn die Tiere sind hier ohnehin besser untergebracht, als im Pfarrhause!“

„Das soll gelten, Herr Bastian!“ rief Konrad und schwang sich, wie sein Freund, aus dem Sattel. Jetzt reichte er dem alten Herrn die Hand, stellte ihm Zander vor, den jener herzlich begrüßte, und nachdem ein lauter Pfiff einen Knecht herbeigeholt, der die Pferde übernahm, führte Bastian seinen Gast in sein Haus, wo auch seine

Frau den Lützower freundlich begrüßte, Schmidt aber eilte hinter den Zäunen und den blühenden Hecken hin, wobei er freilich noch von manchem gesehen wurde, der die Kunde weiter trug: Pastors Konrad ist gekommen als Soldat.

Da lag das alte, stille Pfarrhaus in seinen grünen Gehägen, und Goldregen und Flieder blühten in dem kleinen Garten, und in der Laube saß eine bleiche ältliche Frau und ein Mann mit freundlich ernstem Gesicht. Da vermochte der Jüngling nicht an sich zu halten. Und während das Pförtchen unter seiner Hand knarrte, rief er auch schon aufjauchzend: „Vater — Mutter,“ und gleich darauf hielt er die blasse Frau im Arme, der die Thränen über die Wangen liefen, und der Pfarrer faßte nach seinen Händen. Zu beiden Seiten führten sie ihn dann, wie man es Kindern thut, nach dem Hause, wo Knecht und Magd zur Begrüßung kamen, und dann saßen sie zusammen um den reinlich gedeckten Tisch, und Allen ging die Seele auf.

Auch auf dem Gutshofe war herbeigeschafft, was Küche und Keller leisten konnten, und nachdem der erste Ansturm der mütterlich besorgten Fragen erledigt war, kam die Unterhaltung in ein anderes Fahrwasser. Die Not der Zeit und die Erhebung des deutschen Volkes! Das war es ja, wovon Allen das Herz überlief, und der Gutsherr zeigte sich als ein echter und rechter Patriot, und Zander gefiel der prächtig, einigermaßen derb-landjunkerliche alte Herr weit besser als dessen Sohn. Er erfuhr, daß man hier wie an andern Orten nicht müßig war, daß man den Volksaufstand vorbereitet und in einem verborgenen Schlupfwinkel Waffen zusammengebracht hatte, und nur der rechten Stunde harrte, um sich zu erheben.

So waren mehr als zwei Stunden vergangen, und Zander dachte eben daran, nach dem Pfarrhause zu gehen, um seinen Freund aufzusuchen, als unten im Hofe Pferdegetrab laut wurde. Bastian sprang an das Fenster, fuhr aber im nächsten Augenblicke erschrocken zurück.

„Chasseurs!“ rief er.

Da sprang auch der Lützower auf und griff nach seiner Waffe. Der Gutsherr aber, rasch gefaßt, zog ihn mit sich fort nach einem anderen Zimmer, dessen Fenster, nach der Rückseite gelegen, offen stand.

„Hier springen Sie hinaus — es ist nicht hoch, und unten ist ein Sandhaufen — eilen Sie zum Pfarrhaus und bleiben Sie dort mit Schmidt versteckt, ich hoffe, der Besuch bleibt nicht lange. Nur schnell fort — ich will schon die Burschen aufzuhalten suchen!"

Im nächsten Augenblicke hatte Zander den Sprung gethan und eilte nun an den Zäunen hin, während Bastian sich zu den Franzosen begab. Es waren zwölf Reiter mit einem Offizier, und dieser fluchte und wetterte in allen Tonarten. Einige von den Soldaten waren abgesessen und eben im Begriffe, ihre Pferde nach den Ställen zu führen, der Lieutenant aber verlangte Quartier und Lebensmittel für seine Leute. Wie Bastian, der sich nur unvollkommen französisch auszudrücken vermochte, noch mit ihm verhandelte und ihn mit seiner festen Würde zu beruhigen suchte, kam einer der Chasseurs hastig aus dem Stalle und brachte das Sattelzeug der Lützower.

Darüber entstand eine neue heftige Erregung, und Bastian selbst war einen Augenblick bestürzt.

„Feinde im Hause!" schrie der Franzose, — „wo sind sie — heraus damit!" Und mit dem blanken Säbel fuchtelte er dem Gutsherrn vor dem Gesichte herum. Der hatte bereits seine Fassung wieder; er sprach fest:

„In meinem Hause sind keine deutschen Soldaten, keine Preußen, und die Pferde gehören mir; das Sattelzeug habe ich vor langer Zeit gekauft."

Der Offizier ließ sich nicht täuschen. Er gab seine Befehle, und im nächsten Augenblicke begaben sich vier der Chasseurs in das Haus, um es einer gründlichen Durchsuchung zu unterziehen, vier andere besetzten zu Pferde alle Ausgänge des Gutshofes, und die andern blieben zurück mit dem Offizier bei Bastian, der seine volle Ruhe wieder gewonnen hatte in dem Gedanken, daß man im Hause nichts finden werde.

So war es auch. Nach einiger Zeit kamen die Soldaten zurück mit ihren Meldungen, der Lieutenant begann aufs neue zu fluchen und zu wettern und wollte eben den Befehl auch für die andern geben, abzusatteln, als einer der Chasseurs, der das Haus nach der Rückseite zu umritten hatte, eilig die Mitteilung machte, daß dort ein Fenster im Obergeschoß geöffnet sei, darunter in einem Sandhaufen die deutliche Spur sich finde, daß Jemand herabgesprungen sei, und in dem weichen Boden, der von dem Regen des vorhergehenden Tages noch nicht fest geworden, die Abdrücke von schweren Stiefeln sich fänden.

Bastian wurde einigermaßen bleich; der Offizier, zorniger als zuvor, schnaubte etwas von „Verrat" und von „Füsilieren lassen" und befahl in der That, den Gutsherrn zu fesseln. Nun war auch dessen Frau herbeigekommen, die schluchzend in Thränen ausbrach, aber Bastian beruhigte sie mit festen, milden Worten. Indes ward der Gutshof neuerdings von allen Reitern besetzt, damit niemand hinaus konnte, und fünf Chasseurs unter einem ältern, bärtigen Unteroffizier folgten der Spur, die an den Gartenzäunen entlang führte.

Im Erdgeschosse des alten Pfarrhauses saßen drei glückliche Menschen, die Eltern im Anschauen des prächtigen, kernfrischen Sohnes versunken, und dieser, Herz und Augen voll Begeisterung und mit beredtem Munde, erzählte von der gewaltigen Bewegung im deutschen Lande, die nur mit leichten Wellen in diese stillen Waldwinkel hereinbrandete.

Auch hier verging die Zeit wie im Fluge, und die kranke Mutter schien von Minute zu Minute mehr aufzuleben; die bleichen Wangen hatten sich gerötet, und aus den hellen Blicken redete Stolz und Glück. Da wurde plötzlich die Thür hastig geöffnet; im Eingang stand ein hochgewachsener Lützower, dem die Erregung auf dem Antlitz stand, barhäuptig und tief atmend, und ehe noch die andern ihrer Überraschung und ihrem Erschrecken Ausdruck geben konnten, rief er:

„Verzeihung! — Konrad, es sind Chasseurs im Dorfe, auf dem Gutshofe!"

Die drei an dem Tische waren aufgesprungen, und mit raschem Griffe hatte Konrad seine Waffe an sich gerissen und den Tschako aufgesetzt.

„Hätten wir nur unsere Pferde!" rief er unmutig und wollte hinausstürzen, aber die andern hielten ihn zurück.

„Es sind ihrer zu viele," sprach Zander, und während die Mutter besorgt und ängstlich die Hand auf den Arm des Sohnes legte, fand der Pfarrer seine Ruhe.

„Hier bleibt nichts übrig, als sich zu verbergen, und ich denke, im Pfarrhause seid ihr am sichersten. Hier suchen sie euch nicht, und wenn ihr auch gesehen worden seid, hier ist kein Verräter im Dorfe. Die Reiter fouragieren wohl auch nur und ziehen dann weiter — darum nur ruhig' Blut!"

Den beiden Lützowern war es unbehaglich, sich verbergen zu sollen, aber sie erkannten auch, daß dies unter solchen Umständen das Beste sei, und nun ward beraten, wo man sie am sichersten unterbringen könne. Der Vater war für ein Kellerversteck, die Mutter für die Räucherkammer, aber wenn die Franzosen wirklich in das Haus selbst gerieten, dann waren diese beiden Orte erfahrungsmäßig die ersten, welche man durchsuchte. Da machte der Pfarrer den Vorschlag, sie sollten Kleider von dem Knechte anziehen, und dieser, der ganz zuverlässig war, sollte ihre Uniformen im Stalle oder an einem andern geeigneten Orte verbergen.

Der Knecht war ein braver, treuer Mensch und mit Feuereifer bei der Sache. Er wußte im Stalle ein kleines Versteck, und wenn das mit Stroh und Mist bedeckt würde, mochten die Franzosen umsonst die Uniformen suchen; die beiden aber sollten sich für Freunde des Knechts ausgeben, die gekommen wären, ihn zu einer Hochzeit einzuladen. Der Bursche hatte auch Überlegung genug, die Vorder- und Hinterthür des Hauses zu verriegeln, indes die beiden in einer kleinen Kammer im Erdgeschoß ihre Umwandlung vornahmen. Sie kamen indes dabei nicht weit, denn kaum hatten sie die Röcke abgelegt, als auch der Knecht erschien mit dem Schreckensrufe:

„Sie sind da! Gebt schnell eure Röcke und zieht meine Jacken an!"

Dabei riß er die Uniformstücke an sich und eilte mit denselben wie mit den Waffen fort . . . er wußte freilich in diesem Augenblicke nicht recht, wohin, aber er eilte die Treppe hinauf nach den Bodenräumen. Indes donnerten fast gleichzeitig die Schläge der Franzosen an die Vorder- und Hinterthür.

„Nach der Räucherkammer!" rief die Mutter entsetzt noch den beiden zu, indes der Pfarrer, mühsam seine Aufregung bekämpfend, die Eingangsthür öffnete und den Chasseurs entgegentrat.

Zander suchte den Freund mit sich fortzuziehen, die Treppe hinauf, aber schon auf den untersten Stufen blieb derselbe stehen, um zu lauschen. Er hörte die Stimme eines Franzosen:

„Hier sind preußische Soldaten, gebt sie heraus!"

Der Pfarrer erwiderte ruhig:

„Hier sind keine preußischen Soldaten!“

„Das werden wir sehen! Allons! Wir werden das Haus durchsuchen.“

„Um Gotteswillen komm!“ flüsterte Zander — wir holen unsere Waffen, und findet man uns, so verkaufen wir uns teuer!“

Aber Konrad horchte weiter; das war die Stimme seiner Mutter.

„Ich habe einen kranken Sohn im Hause — jede Erregung, jede Störung kann ihm den Tod bringen . . .“

Konrad ward es seltsam zu Mute; seine Mutter, die jede Unwahrheit wie die Pest verabscheute, ließ sich zu einer solchen herbei, um ihn zu retten — welche furchtbare Überwindung mußte sie dies gekostet haben . . . und doch wie ungeschickt war sie im Lügen! Als ob ein solches Wort die Franzosen abhalten könnte!

„Wir werden mit aller Rücksicht suchen“ — sprach der Chasseur mit einer ironisch klingenden Höflichkeit, und was jetzt geschah, vermochte Konrad nicht zu sehen. Er sah nicht, wie seine Mutter in unüberlegtem und thörichtem Widerstande die Arme vor der Thür ausbreitete, und wie der Vater, der wohl die Absicht seines Weibes erkannte, den beiden wenigstens Zeit zum Umkleiden zu verschaffen, sich vergebens bemühte, ihr durch Zeichen und Zuflüstern kundzuthun, wie sie mit ihrem Gebahren mehr schade als nütze — er hörte nur die Worte der Frau:

„Hier herein geht der Weg nur über mich!“ dann die Erwiderung des Franzosen: „Wenn Sie es nicht besser wünschen,“ und gleich darauf einen lauten schmerzlichen Aufschrei seiner Mutter. Da vermochte er sich nicht zu halten; gewaltsam riß er sich von dem Freunde los, und im nächsten Augenblicke stand er an der Thür. Er sah seine Mutter auf dem Boden liegen, seinen Vater über sie gebeugt, und wußte, daß der Franzose sie roh und gewaltsam niedergestoßen hatte, als sie ihm den Weg verwehren wollte. Ihm schwand auch der letzte Rest der Überlegung, und voll Wut stürzte er sich gegen den Chasseur, der eben eindringen wollte.

„Elender Bursche — das meiner Mutter?“ schrie er und würgte dann mit seinen Fäusten den Franzosen, der sich bemühte, ihn abzuschütteln. Er drängte ihn hinaus in den Hof, und die übrigen Chasseurs waren im ersten Augenblick so verdutzt, daß sie wie erstarrt standen. Dann aber kam Leben in alle Beteiligten, und mit großer Schnelle spielte sich das nun Folgende ab.

Entsetzt hatte die Mutter bei dem Selbstverrat des Sohnes sich emporgerafft und wurde von dem Vater umklammert, den jetzt ein kaltes Entsetzen erfaßte, aus dem Hause war Zander herbeigesprungen, der auf jede Gefahr hin den Freund nicht im Stiche lassen mochte, trotzdem er wie dieser wehrlos war. Einer der Franzosen schrie, auf die verräterischen Beinkleider der beiden Lützower weisend: „Das sind sie!" Der Chasseur, welchen Konrad gepackt hatte, riß sich los, sprang zurück, zog in Wut und Aufregung sein Pistol, in demselben Moment aber hatte auch die Frau sich losgerissen aus dem Arme des Gatten und warf sich schützend vor den Sohn. Da krachte der Schuß, und ohne einen Laut, in's Herz getroffen, brach die opferfreudige Mutter an der Brust Konrads zusammen.

Der that einen Aufschrei wie ein zum Tode verletztes Tier, und während der Pfarrer herzusprang, sank er selber neben der teuren Toten nieder und küßte ihr die Hände und schluchzte ... unbekümmert um alles andere.

Das Ereignis blieb selbst auf die Franzosen nicht ohne Eindruck. Sie standen regungslos und wagten nicht, den Sohn von der Mutter hinwegzureißen oder sich an Zander zu vergreifen, der sich zu dem Freunde niederbeugte und ihm den Arm um die Schulter legte.

Es war mit einem Male tiefstille geworden, und in die Stille hinein klang naher Hufschlag. Der weiche Boden hatte denselben gedämpft, so daß man ihn erst merkte, als die Reiter schon da waren, und aufschreckend erkannten die Franzosen die ernsten Uniformen von Lützower Husaren. An ihrer Spitze ritt ein Offizier mit gebräuntem Gesicht und weißem Bart, der einen seltsamen, unheimlichen Sarraß in der Hand schwang — der alte Fischer. Er rief:

„Ergebt euch! Werft die Waffen weg, wenn ihr Pardon wollt!"

Der französische Unteroffizier sah einen Augenblick sich um, dann erkannte er angesichts der Uberzahl der Feinde, daß kein anderer Ausweg sei, und in der nächsten Sekunde flog sein Säbel klirrend zu Boden. Die andern Chasseurs folgten seinem Beispiel, und nun stiegen einige von den Lützowern ab. Da erst sah Fischer, wen er vor sich habe und was hier geschehen war.

„Schmidt, Zander! Um Gottes willen — was ist hier?"

„Seine Mutter!" sagte Zander dumpf, Konrad aber sprang jetzt auf, sah mit irrem Auge umher und stürzte sich dann abermals auf den Franzosen, der den Schuß gethan. „Den da — diesen einen überlaßt mir, daß ich ihm die verruchte Hand abschlage, die diese That gethan, und daß ich mit seinem eigenen Pistolenkolben ihm den Schädel zerschmettere!"

Er hatte mit Riesenkraft den Chasseur niedergeworfen und zerrte ihn jetzt zu der Leiche heran, bei welcher noch immer der Pfarrer kniete, Fischer aber rief:

„Schmidt — das ist unwürdig — losgelassen, Lützower Reiter, ich befehl's!"

Da erhob sich Konrad; seine Brust bewegte sich heftig, seine Hände zitterten, aber fest aufgerichtet, dienstlich stramm stand er vor seinem Vorgesetzten.

„Die Sache wird ehrlich untersucht werden, und wenn's ein Meuchelmord ist, dann wehe ihm! Jetzt aber sagt: Sind noch mehr Franzosen im Orte?"

„Etwa ein halb Dutzend noch auf dem Gutshofe," sprach Zander, und nach wenigen Augenblicken trabte das kleine etwa 20 Mann starke Detachement, von welchem nur vier Mann zur Bewachung der Gefangenen zurückblieben, nach dem Gutshofe.

Eine Viertelstunde später war Rittmeister Fischer wieder da; von den überraschten Franzosen war nicht einer entkommen, Bastian aber, der noch dazu die Freude hatte, seinen Sohn wiederzusehen, hatte die Lützower gastlich aufgenommen und bewirtet. Fischer brachte in seiner rauhen Weise Trost: Das sei eben der Krieg, und wie hundert Mütter ihre Söhne opfern müßten, so müsse auch ein Sohn seine Mutter verschmerzen können; auch sie sei für das Vaterland gestorben. Und Konrad wurde ruhiger und vermochte jetzt sogar seinen Vater zu trösten, der unendlich gebeugt war.

Im Gutshof aber hatte der wackere Besitzer nicht nur nach den Reitern, sondern auch nach den Pferden gesehen; auch sie sollten auf das Beste versorgt werden. Bei dem Rosse, das seinem Sohne gehörte, blieb er stehen. Das Tier fraß ohne die freudige Gier der andern, und zuckte manchmal zusammen.

Zu Seite 61.

„Dem Gaul fehlt etwas," sprach er zu seinem Sohne, der mit ihm ging und nun einigermaßen verlegen schien, und trat ganz nahe an den Braunen heran, um ihn zu streicheln. Da bemerkte er, daß derselbe gedrückt und aufgerieben war, und eine Röte des Unwillens stieg ihm ins Gesicht.

„Hermann, wie behandelst du dein Pferd? — Bist du ein schlechter Reiter oder ein Tierschinder? — Das erste glaub' ich nicht, und das andere möcht' ich nicht glauben. Das Pferd ist der gute Kamerad des Soldaten, und der Reiter, der auf sein Pferd nicht hält, ist ein Schandkerl. Sieh' den Braunen an! Du hast ihn wundgeritten und nun läßt du ihn hier stehen, ohne etwas zur Linderung zu thun, und packst ihm den Sattel wieder auf die Wunde? Pfui ... daß ich daran denken muß, wie du den armen Hund mißhandelt hast!"

Er übergab einem Knechte das Pferd zu ganz besonderer Pflege, aber er war von diesem Augenblick an verstimmt und gedrückt, zumal er kein zweites Roß in gleichem Zustande fand. Sein Sohn aber sah finster und giftig drein, nicht bloß, weil noch zwei Kameraden den Unmutsausbruch seines Vaters gehört, sondern weil in ihm wieder der Ingrimm gegen Konrad geweckt worden war, und während alle andern mit tiefem Mitleid des armen Genossen dachten, erfüllte ihn in dieser Stunde ihre Teilnahme erst recht mit zornigem Hasse.

Das Detachement des Rittmeisters Fischer bildete den Vortrab für die Lützower Kavallerie, welche am nächsten Tage unter Führung des Majors selbst durch den Ort kommen würde, und Fischer mußte, seiner Ordre gemäß, noch in der Nacht weiterreiten. Aber gern ließ er vier Mann noch bei Zander und Konrad zurück, damit der letztere am andern Tage noch seine Mutter begrabe und sich dann Lützow selbst wieder anschließe.

So saß der Jüngling an diesem Abend bei der geliebten Leiche, und wenn er den ergrauten und gebeugten Vater ansah, kam ihm lebhaft der Abend in dem abgelegenen schlesischen Forsthause in Erinnerung und der brave Walther, der wohl jetzt mit der Infanterie vor Leipzig liegen mochte. Und auf die erkalteten Hände der teuren Toten schwur er auf's neue, Blut und Leben an die Befreiung des Vaterlandes zu setzen und auch diesen Mord als ein ehrlicher Reiter und Streiter zu rächen.

Es war eine erhebende Leichenfeier, die am nächsten Spätnachmittag das Weib des Pfarrers hatte. Lützow selbst hatte kurze Rast gehalten, und um die stille Grube, in die man den eilig gezimmerten Sarg versenkte, standen die Offiziere des Freikorps, und eine Abteilung Husaren bildete das Ehrengeleit. Der alte Pfarrer hielt seiner Lebensgefährtin selbst die Grabrede; die Thränen rannen ihm dabei über die Wangen, und manchmal erstickte es ihm die Stimme, aber er ward wieder fest, und wie den Prediger im Kirchlein von Rogau überkam ihn Begeisterung und der Prophetenton des patriotischen Sehers. Er verkündete den Sieg der guten Sache, wenn nur jeder bereit sei, sein Liebstes zu opfern.

Dann breitete er die Hände segnend über das Grab und hob sie wieder nach den wehrhaften Männern, und gab ihnen ein Weihewort mit, so daß alle tief ergriffen waren.

Als jedoch die Erdschollen niederrollten auf den Sarg, fielen Vater und Sohn sich schweigend in die Arme. Keiner vergoß eine Thräne, aber innig hielten sie eine Weile sich verbunden.

Jetzt riß sich Konrad los und drückte die Hände der Kameraden, die sich teilnahmsvoll ihm entgegenstreckten, Körner aber sprach:

„Deine Mutter hat ein erhebend' Leichenbegängnis gehabt, das sei dir zum Trost: Sie hat bei ihrem Heimgang noch uns die Herzen entflammt, und das Gedächtnis auch dieser Stunde wird in uns fortleben. Du aber hast eine Weihe erhalten, um die du beinahe beneidet werden magst."

Vom Grabe der Mutter weg stieg Konrad in den Sattel. Vor der kleinen Thüringer Dorfkirche waren die Lützower aufgeritten, laut erscholl das Kommandowort des Majors, und während die Leute, die ringsum standen, ihre Mützen schwenkten und ihr Hurra nachriefen, trabten sie fort in den sinkenden Abend, der untergehenden Sonne entgegen.

Beim Gutshofe stand der alte Bastian mit seinen Knechten und schwenkte seine Kopfbedeckung. Lützow reichte ihm, den er am Friedhofe kennen gelernt, die Hand, ebenso sein Sohn und Konrad, und dieser bat:

„Verlassen Sie meinen Vater nicht!"

Der Gutsherr erwiderte:

„Da seien Sie unbesorgt, Konrad! Wir beiden Alten stehen zusammen bis ans ehrliche Ende, und ich will ihn schon herausgraben aus seinem Bau, wenn er sich etwa verkriechen wollte."

Die Hörner klangen in einer mutig auffordernden Weise, die Rosse trabten, und von hundert kräftigen Stimmen erklang es:

Was glänzt dort vom Walde im Sonnenschein?
Hör's näher und näher brausen.
Es zieht sich herunter in düster'n Reih'n,
Und gellende Hörner schallen darein
Und erfüllen die Seele mit Grausen.
Und wenn ihr die schwarzen Gesellen fragt:
Das ist Lützow's wilde, verwegene Jagd.

Die wilde Jagd und die deutsche Jagd
Auf Henkersblut und Tyrannen!
Drum, die ihr uns liebt, nicht geweint und geklagt;
Das Land ist ja frei und der Morgen tagt,
Wenn wir's auch nur sterbend gewannen!
Und von Enkeln zu Enkeln sei's nachgesagt:
Das war Lützow's wilde, verwegene Jagd.

Dem Gutsherrn liefen Thränen über die gebräunten Wangen, Thränen der Begeisterung; er erfaßte die Hand seiner Frau, die neben ihn getreten war, und wie in der Ferne mit dem Hufschlag auch das Lied Theodor Körners verklang, sprach er tief atmend:

„Das ist Lützow's wilde, verwegene Jagd."

Viertes Kapitel.

Der Verrat bei Kitzen.

Auf dem Marktplatze der kleinen Stadt Roda stand eine Abteilung von Rheinbundstruppen, die mit Napoleon verbündet waren. Sie machten sich eben zum Ausmarsch bereit, als durch die Gasse herein Hufschlag erklang und gleich darauf fünf schwarze Reiter dahergesprengt kamen, an ihrer Spitze Konrad Schmidt. Der Offizier der Rheinbündler rief ein Kommando, im nächsten Augenblick waren 200 Flintenmündungen gegen die Lützower gewendet und der Ruf erscholl:

„Ergebt Euch!"

„Halt, Herr Hauptmann!" rief Schmidt dagegen. „Lassen Sie Ihre Leute die Gewehre bei Fuß nehmen, denn wir kommen, Sie zur Ergebung aufzufordern; unmittelbar hinter uns reitet Major von Lützow mit 4 Eskadronen, ein Widerstand Ihrerseits wäre Wahnsinn — opfern Sie nicht nutzlos das Leben Ihrer Leute!"

Der Offizier ließ den gehobenen Säbel sinken.

„Verhält sich das wirklich so?"

„Ich gebe Ihnen mein Ehrenwort."

„Dann lassen Sie uns in Waffenstillstand warten, bis der Major kommt!"

Die Lützower zogen sich ein wenig zurück, die Rheinbündler hielten sich ziemlich gleichmütig in Ruhe, und als nach einem halben Stündchen Lützow kam, befahl er ohne weiteres dem Offizier, die Gewehre strecken zu lassen, was auch mit ordnungsmäßigen Griffen ausgeführt wurde. Die gefangenen Offiziere wurden gegen ihr Ehrenwort, in diesem Kampfe die Waffen nicht mehr führen zu wollen, entlassen, den Soldaten aber redete Lützow in seiner kurzen, kräftigen Art ins Gewissen, daß sie doch deutsche Männer wären und daß es eine Schande sei, in solchem Kampfe auf der Seite der Feinde des Vaterlandes zu stehen, und schon nach kurzem erklärte eine größere Anzahl der Leute, in die Dienste Lützows treten zu wollen, der so auch hier eine kleine Infanterie-Abteilung gewann, welche er unter den Befehl des Lieutenants von Reiche stellte.

Um stärkeren feindlichen Truppen auszuweichen, ritten die Lützower im Bette des Rodaflüßchens aufwärts bis auf die Straße nach Neustadt, und hier wurde ein Rasttag gehalten, der Pferden und Reitern gleich nötig war. Hier war es, wo nach gewohntem Brauche und Recht Konrad Schmidt von seinen Kameraden zum Volontäroffizier ernannt wurde, und nur Einer hatte sich widerwillig der von Theodor Körner gemachten Anregung gefügt, Bastian.

In seiner Seele war der alte Groll mit erneuter Heftigkeit gerade in seinem Heimatorte erwacht, und dieser wurde um so erbitterter, je weniger er sich offen kundgeben durfte, wegen der allgemeinen Sympathien, welche Schmidt genoß. Bastian selbst war bei seinen Kameraden nicht beliebt wegen seiner Neigung zum Trunk und zu Roheiten, unter welchen nicht bloß sein Pferd zu leiden hatte, und er stand ziemlich vereinsamt im Korps. Das ließ die geringe Begeisterung, die er gehabt hatte, bald völlig erkalten, so daß er am liebsten den Rock wieder ausgezogen hätte, den er doch nur besonders auf Antrieb seines Vaters angelegt hatte.

Auch seinen Mut begann man, wenigstens heimlich, in Zweifel zu ziehen, wenigstens konnte man eine besondere Bethätigung desselben ihm nicht nachsagen.

Über Schleiz, wo abermals hundert Rheinbündler aufgehoben wurden, ging es ins Vogtland, und in Plauen wurde Rast gehalten, während eine Abteilung gegen Hof vorgeschoben wurde, um sich dieser Stadt zu bemächtigen.

Alles war in trefflichem Zuge, um so mehr als die Nachricht von der Schlacht bei Bautzen alle Gemüter bewegte. Zwar hatten die Verbündeten den Rückzug antreten müssen, aber es war in aller Ordnung geschehen, und der alte Blücher hatte gesagt: „Ein Schuft, wer da spricht, daß wir fliehen!“ ja Napoleon selbst hatte in seinem

Unmut geäußert: „Nach einer solchen Schlacht kein Resultat, keine Gefangenen, keine Kanonen, keine Fahnen? — Diese Menschen werden mir keinen Nagel zurücklassen."

So war die Stimmung eine gehobene und kampfesfrohe. Im Biwak saßen die jungen Reiter beisammen, frische Liedesweisen erklangen, und selbst Konrad war über den Schmerz um den Tod der Mutter hinweggekommen. Er saß bei Körner, der mittlerweile Lützows Adjutant geworden, und der mit seiner sonnigen Heiterkeit ihm schon über manche trübe Stunde hinweggeholfen hatte, und der auch heute wieder, die Guitarre im Arme, die Kameraden mit seinen frischen, trefflichen Liedern ergötzte.

Da erschien mit einem Male der Major selbst in dem fröhlichen Kreise. Sein Gesicht war finster und erregt, unmutig hatte er die Enden seines blonden Schnurrbarts aufgedreht, und während sich alle zu seiner Begrüßung erhoben, rief er:

„Laßt das Quinkelieren und Jodeln, Kinder! Wir können den Säbel in die Scheide stecken — — Waffenstillstand giebt's!"

Das Wort brachte eine allgemeine Erregung hervor, alle drängten um den Sprecher, und dieser fuhr fort:

„Eben ist der Lieutenant von Kropff von Hof eingetroffen und hat's mitgebracht — wir sind lahm gelegt, und müssen wieder zurückgehen auf preußisches Gebiet!"

Die Fröhlichkeit war wie herausgewischt aus den jungen Herzen, unmutig warf Körner sein Saitenspiel auf den Tisch, bittere Worte über „die Herren am grünen Tische" gingen hin und her, und Lützow, der sich nun mit niedergelassen und ein Glas Wein angenommen hatte, war selbst in viel zu zorniger Erregung, als daß er hätte beruhigende Worte finden können.

„Ich warte nur noch ab, daß mir eine amtliche Mitteilung zugehe, denn man wird uns einer solchen doch noch für wert halten, und dann wenden wir unsern Pferden die Köpfe. Aber der Henker hole alle die Schreiberfedern, wenn aus dem Waffenstillstand ein fauler Friede werden sollte, gerade jetzt, da wir im besten Zuge waren, dem Korsen den deutschen Grund und Boden heiß zu machen."

Während aber der Major und andere so ihrem Unmut Luft machten, und dazwischen doch wieder von neuen Plänen sprachen, hatte

Körner sich in einen stillen Winkel zurückgezogen und schrieb. Dann erhob er sich mit leuchtenden Blicken und rief:

„Kameraden! Ich will euch einen Trost geben — hört mich an!"

Und stille ward's ringsum. Die ferner saßen, kamen heran, und der junge Reiter las mit warmer, aus dem Herzen kommender Stimme:

Herz! laß dich nicht zerspalten
Durch Feindes List und Spott.
Gott wird es wohl verwalten;
Er ist der Freiheit Gott.

Laß nur den Wüt'rich drohen,
Dort reicht er nicht hinauf,
Einst bricht in heil'gen Lohen
Doch deine Freiheit auf.

Glimmend durch lange Schmerzen
Hat sie der Tod verklärt,
Aus Millionen Herzen
Mit edlem Blut genährt.

Wird seinen Thron zermalmen,
Schmelzt deine Fesseln los,
Und pflanzt die glüh'nden Palmen
Auf deutscher Helden Moos.

Drum laß dich nicht zerspalten
Durch Feindes List und Spott.
Gott wird es wohl verwalten;
Er ist der Freiheit Gott!

Lützow war aufgestanden und an den Dichter herangetreten:

„Körner, Sie sind ein guter Engel für unser Korps; möge der Himmel Sie uns und dem Vaterlande erhalten!"

Er drückte dem Jüngling die Hand, dann ging er schweigend, seltsam bewegt, den Tschako tief in die Stirn pressend, von dannen, und auch die andern scharten sich um ihren Tyrtäus, um ihm den Dank für seinen „Trost" zu bekunden.

Am nächsten Morgen — es war der 15. Juni — ritten die Lützower von Plauen aus gegen Gera, und von da gegen Leipzig. Als man über das Schlachtfeld von Groß-Görschen kam, hoben sich die Reiter in ihren Sätteln und durch jede Brust ging ein seltsames Empfinden. Hier war vor kurzem erst blutig gestritten worden und hoffentlich nicht vergebens, nicht für einen faulen, traurigen Frieden. Der Hörnerklang war verstummt, in Schweigen ritten die Eskadronen zwischen den zahlreichen Gräbern hin, und da Körner etwas seitab von der Straße sich hielt, sank sein Pferd mit den Vorderfüßen in eines derselben ein. Ein eigentümlicher Schauer überrieselte ihn in diesem Augenblicke, und da er an Konrad heranritt, sprach er zu diesem:

„Freund — ich fürchte, wir haben heut' noch ein Unheil zu erwarten. Wir sind überall von Feinden umgeben, und mir will's ahnen, als ob es unehrliche Feinde wären!"

Der andere lächelte:

„Wie, Körner — dich überkommt ein Bangen? Dich, den nie Verzagten? Ich meine nicht, daß du abergläubisch bist."

„Es kommen doch Augenblicke, da man sich wie hellsehend fühlt, und ich habe eben einen solchen gehabt. Vorbei!"

Er gab seinem Pferde einen leichten Druck und sprengte an die Seite des Majors von Lützow, Konrad aber konnte gleichfalls jetzt ein Unbehagen nicht unterdrücken.

Gegen Abend kam man in das Dorf Kitzen, etwa 4 Stunden vor Leipzig. Auf dem Gutshofe stand der Amtmann, um Lützow zu begrüßen, und berichtete von zahlreichen feindlichen Truppen, die in der Nähe wären. Dabei erzählte er auch mit Schauder und Ingrimm, wie in seiner eigenen Stube zwei verwundete preußische Offiziere von den Franzosen im Schlafe erschossen worden wären, und die Hörer überkam ein heißer, heiliger Zorn.

Vor Kitzen war das Biwak aufgeschlagen worden; die Pferde waren abgesattelt, die Mannschaften lagerten, und der Friede eines freundlichen Frühlingsabends schien sich über Natur und Menschen niedersenken zu wollen. Die Wachtfeuer waren angezündet und an einem derselben saßen Konrad und Zander, zu welchen sich Friesen und Körner gesellten. Das Gespräch, das sonst so heiter hin- und herging, wollte heute nicht recht in Fluß kommen, jedem lag dieser Rückzug schwer auf der Seele und in den Gliedern, und zuletzt wurden sie ganz stumm, nur Zander pfiff halblaut eine alte Studentenweise.

Schmidt hatte hinausgeblickt auf das weite, abendstille Gelände und eben wieder an seinen einsamen Vater gedacht, da bemerkte er eine Staubwolke in der Ferne. Er machte die andern darauf aufmerksam, und Körner sprang auf, um dem Major davon Meldung zu machen. Eben als er bei diesem anlangte, traf eine Ordonnanz ein von der andern Seite des Dorfes her und meldete, daß auch von dieser Seite eine größere Truppenbewegung sich bemerkbar mache. Dem Major mußte das auffällig erscheinen, und er hatte den Eindruck, als ob man ihn zu einer Überschreitung des Waffenstillstands reizen wolle. Sofort gab er dem Rittmeister von Bornstaedt die Weisung, die Eskadronen aufsitzen zu lassen und sie gegen Altranstädt zu führen, während Körner an Schmidt den Befehl brachte, daß dieser den von Westen heranrückenden Truppen entgegenreiten und ihre Absicht erkunden sollte.

Alles geriet in lebhafte Bewegung, und während sich die Eskadronen marschmäßig reihten, sprengte Konrad fort. Aus der Staubwolke, die er bemerkt, lösten sich jetzt Abteilungen von Kavallerie und Infanterie, teils Franzosen, teils Württemberger; er hatte den Säbel in der Scheide und schwenkte sein weißes Tuch, traf auch bald auf einen Parlamentär, welcher mit dem Major von Lützow selbst sprechen wollte.

Er überbrachte diesem das Ersuchen des französischen Generals Fournier und des württembergischen Generals von Normann, sie zum Zweck einer Unterredung aufzusuchen. Lützow ritt, von Körner und Schmidt wie von zwei Trompetern begleitet, der feindlichen Kavallerie entgegen, die indes ziemlich nahe gekommen war. Seitwärts der Straße war sie auf den Wiesen in zwei Treffen aufmarschiert. Bei dem ersten traf Lützow den General von Normann und forderte ihn auf, doch während der Verhandlungen den Weitermarsch einzustellen, aber er erhielt die Antwort, er habe Befehl vorzugehen und das Dorf zu besetzen.

Unmutig und erbittert ritt der Major weiter mit seinen Begleitern, zwischen der feindlichen Kavallerie und an den Reihen des Fußvolks und an den Geschützen vorüber, bis er hinter den letzten Bagagewagen auf den General Fournier traf. Er stellte sich ihm vor und sprach die Hoffnung aus, daß, da er mit seinem Korps in jeder Weise den Bestimmungen des Waffenstillstandes gerecht geworden sei, man ihn auch ungehindert werde die Elbe passieren lassen. Er schloß mit den Worten:

„Durch das fortwährende Vorrücken Ihrer Kolonnen sehe ich mich genötigt, zu fragen, ob Sie mich angreifen wollen oder nicht."

Der Franzose erwiderte höflich:

„Ich gebe Ihnen mein Ehrenwort, daß ich Sie nicht angreifen werde, wenn Sie ruhig auf der Straße nach Leipzig abziehen."

Die Lützower waren indes unter dem Rittmeister von Bornstaedt auf der Altranstädter Straße aufgeritten, hielten aber im Marsche inne, da die Nachricht sich verbreitete, Lützow sei beim Hineinreiten in die feindlichen Kolonnen gestürzt. Sein Pferd war allerdings zu Fall gekommen gewesen, aber er war schnell wieder im Sattel. Da er das Halten seiner Reiterei bemerkte, schickte er Schmidt mit der Weisung, zu dreien abgebrochen auf der Straße nach Leipzig abzuziehen.

Noch sprach der Major mit Fournier, als er plötzlich wahrnahm, wie die württembergischen Dragoner das Gewehr aufnahmen, und die französischen Reiter, die im zweiten Treffen standen, sich in Trab setzten. Stutzig geworden, fragte er, was dies zu bedeuten habe, und mit einem bösen Lächeln erwiderte der Franzose:

„Der Waffenstillstand gilt für Alle, für Sie nicht."

„Pfui!" brauste Lützow auf, im gleichen Augenblicke aber hatte er sein Pferd herumgeworfen, und gefolgt von Körner und den beiden Trompetern jagte er windschnell an den feindlichen Kolonnen vorüber, hinaus über das freie Feld, und alle erreichten ungefährdet die Spitze des Freikorps.

Die Dämmerung begann langsam niederzusinken und trug dazu bei, die feindlichen Bewegungen einigermaßen zu verhüllen, und die Lützower ritten nahezu ahnungslos in ihr Verhängnis. Den Feinden zum Trutz hatten sie ihr Lied angestimmt: „Was glänzt dort vom Walde im Sonnenschein . . ." und so waren sie bis an die ersten Gehöfte von Kitzen herangekommen, die rechts von der Straße lagen. In diesem Augenblick brach es von allen Seiten über sie herein. Von links her stürmte die württembergische Reiterei plötzlich gegen sie an, und von rechts her attackierten die französischen Dragoner und warfen sich mit Hurrageschrei und mit dem Rufe: „Nehmt Pardon, ihr preußischen Hunde!" auf die Überraschten.

Mit Heftigkeit wurden die Eskadronen aufeinander gestoßen und vermochten sich, beengt durch die Gehöfte und Gärten zur Seite der Straße, nicht zu entwickeln; viele glaubten wohl auch noch an ein Mißverständnis und so kam es, daß der größte Teil der Husaren und der Jäger-Eskadron, von allen Seiten umzingelt, sich ergeben mußte.

Konrad Schmidt rief den anstürmenden Feinden entgegen:

„Es ist Waffenstillstand!“ Aber ihm ward die Antwort:

„Werft die Waffen weg und herunter von den Pferden!“

Schon im nächsten Augenblicke wurde ihm von einem Säbelhieb der Tschako vom Kopfe geschlagen, aber nun hieb auch er in blinder Wut um sich und bahnte sich mit einer Anzahl seiner Gefährten eine Gasse. Seitwärts der Straße sah er Lützower Ulanen im Kampfe mit französischen Dragonern. Einen Augenblick schien es ihm, als tauche im Getümmel die Gestalt des Majors von Lützow auf, und das genügte ihm, sich dahin zu wenden. Da hörte er auch Körners Zuruf: „Hierher, Lützower!“ und gleich darauf war er aufs neue mitten im Gewühl.

Es war in der That Lützow, der hier eingekeilt in drangvoller Enge sich heldenhaft wehrte gegen die Übermacht. Gegen ihn wandte sich der ganze Ansturm, und man suchte lebend seiner habhaft zu werden. Als die Dragoner erst an ihn herangekommen waren, hingen sie sich auch überall an ihm fest und zerrten und rissen, so daß er zuletzt vom Pferde stürzte, und jetzt hob der Drang erst recht an. Ein kleines Häuflein Husaren mit Theodor Körner hielt mit verzweiflungsvoller Wut hier stand, eine Schar Ulanen eilte zur Unterstützung heran, und nun brach auch Schmidt mit einigen Kampfgenossen, die unbewußt sich ihm angeschlossen, den französischen Reitern in den Rücken. Jetzt ward Luft geschafft, Lützow vermochte sich aufzuraffen und in das nächste Gehöft zurückzuziehen, während seine braven Genossen ihm den Weg deckten und sich weiter mit den Dragonern herumschlugen.

Nun hörte man durch den sinkenden Abend überall Kampfesruf und Schwerterklirren, Trompeten- und Hornsignale, Wiehern und Stöhnen von Pferden und knatternde Flintenschüsse. Vereinzelt, in kleinen Gruppen suchten die braven Reiter durchzubrechen, aber manch einer stürzte, von Säbelhieben getroffen, vom Pferde, manch anderer sah keinen Ausweg und ergab sich. Es war ein schwerer Unglückstag für das wackere Korps.

Lützow hielt es nicht in dem Gehöft, in das er geflüchtet. Ohne Pferd, den Säbel in der Faust, eilte er wieder hinaus, um, wenn irgend möglich, das Gefecht zum Stehen zu bringen. Befehlend, mahnend, zornig und bittend klang seine Stimme, umsonst — die Verwirrung war zu höchst gestiegen, die Auflösung eine allgemeine, und so sah er sich genötigt, durch die Gärten nach dem Dorfe zurückzueilen, wo ein schlichter Husar, namens Gebhardt, ein braver Kerl, ihm sein eigenes Pferd aufnötigte, damit er sich für König und Vaterland rette. Mit blutendem Herzen sprengte der Major von dannen und entrann mit einer kleinen Schar von 21 Mann glücklich über die Saale.

Das ganze Korps war auseinander gesprengt.

Konrad war Seite an Seite mit Körner geritten. Die Aufforderung zur Ergebung war immer wieder an ihr Ohr gedrungen, aber ihre Antwort war ein kräftiges Dreinschlagen und das Bestreben, das freie Feld zu gewinnen. Körner war bereits verwundet, aber er hielt sich brav im Sattel. Jetzt traf ihn ein zweiter Hieb, daß er wankte, und Schmidt, der es bemerkt hatte, riß, unbekümmert um jede eigene Gefahr, das Pferd des Genossen am Zügel fort in rasender Eile. Schüsse krachten, sein eigener Brauner bäumte, so daß er das Roß Körners loslassen mußte, das jetzt mit seinem Reiter wild in die einsinkende Dunkelheit hinaussprengte.

Unmittelbar hinter ihm war ein neues Gefecht entbrannt, eine kleine Zahl versprengter freiwilliger Jäger war auf die vorstürmenden Franzosen geraten, aber Schmidt vermochte sein scheu gewordenes Pferd nicht zu halten, das wie in dämonischer Hast ihn forttrug aus dem verhallenden Gewühl, bis es mit einem Male plötzlich zusammenbrach.

Der Reiter kam glücklich genug zu Fall und vermochte sich sogleich wieder aufzuraffen. Er erkannte, daß sein braves Tier, das in Zuckungen um sich schlug, von einer Kugel getroffen und am Verenden war, aber so bitter er das empfand, er mußte es im Stiche lassen. Jetzt aber fühlte er auch erst die furchtbare Müdigkeit in den Gliedern, trotzdem schlich er weiter, um vielleicht doch eine geschützte Stelle zu erreichen. Durch die Dunkelheit sah er einen Lichtschimmer, der mußte aus dem Dorfe Groß-Zschocher kommen, und dahin beschloß er sich zu wenden, um sich einigermaßen zu erquicken.

Das Dorf war still, als er hinter demselben herkam, ein Hund schlug in der Ferne an, sonst war keine Spur eines lebenden Wesens. Da trat aus der Dämmerung einer Gartenhecke ein Mann in ländlicher Tracht. Konrad erschrak nur einen Augenblick, dann redete er ihn an und bat um Unterkommen für die Nacht.

„Ihr seid ein Lützower Reiter?“ fragte der Mann.

„Ja, und bin versprengt vom Korps, das bei Kitzen verräterisch überfallen wurde.“

Der andere that einen halblauten zornigen Ruf, dann sprach er:

„Kommt, Ihr seid unter meinem Dache sicher; ich bin der Gärtner Häußer. — Freilich müßt Ihr vorsichtig sein; ich hab' einen neuen Gehilfen, dem trau ich nicht recht, und vor dem muß ich Euch verbergen. Ich bring' Euch heimlich in ein Dachstüblein, dort mögt Ihr ruhen und Euch erlaben, und wenn's nicht anders ist, morgen in Bauerkleidern weiterziehen, denn die Franzosen werden wohl auf die Versprengten jagen. Kommt!“

Der brave Mann führte ihn durch eine Hinterthür in sein Haus und in ein freundlich Stübchen; seine Tochter, ein frisches Mädchen von etwa 19 Jahren, die er ins Geheimnis zog, sorgte für Speis' und Trank, und bald lag der Ermüdete in tiefem, ruhigem Schlafe.

Als er erwachte, schien die Sonne in seine Kammer und weckte ihn auf; er erhob sich, zog die bäuerlichen Kleider an, die vor seinem Bette lagen, und trat ans Fenster. Unter ihm lag der Garten im vollen Frühlingsschmuck mit grünen Bäumen, blühendem Gesträuch und farbenleuchtenden Blumenbeeten, und drinnen hantierte ein Bursche, der eben jetzt, auf den Spaten sich stützend, ein Scherzwort der Gärtnerstochter zurief, die vorüberging. Sie hatte offenbar keine Neigung, sich weiter mit ihm einzulassen, sondern schritt ohne Antwort fort; Konrad aber erschrak, als er das Gesicht des Burschen sah: das war der Baumfrevler aus der Altmark.

Ein unbehagliches Gefühl beschlich ihn, und er trat vom Fenster zurück; der Mensch konnte diesem Hause und ihm selber nur Unheil bringen, und er wollte seinen redlichen Wirt vor ihm warnen. Häußer kam auch bald, und er wurde voll Unmut bei der Erzählung seines Gastes.

„Ich habe von vornherein kein rechtes Vertrauen zu dem Burschen gehabt," sagte er; „es ist aber schwer, jetzt einen Gehilfen zu bekommen, denn alles junge Volk steht in den Waffen. Wenn jedoch einer, der jung und gesund ist, dabei fehlt, da hat's wohl einen Haken. Der Jakob hats auf meine Lene abgesehen — aber da mag er die Finger davon lassen! Auf die Hände will ich ihm schon sehen, und sobald es geht, muß er aus dem Hause . . . Ihr seht übrigens gut aus in dem bäuerlichen Anzug, und ich denke, er schützt Euch."

In diesem Augenblicke kam Lene und brachte das Frühstück. Sie berichtete dabei eilig, daß zwei Kinder da wären, die heute früh beim Beerensuchen im Walde einen verwundeten Offizier gefunden hätten, der wie tot dagelegen wäre; er sei jung und hübsch. Sie hätten auch seine Brieftasche mitgebracht, die neben ihm gelegen wäre.

Das Mädchen zeigte dieselbe vor, und hastig nahm Konrad sie aus ihrer Hand; sie zeigte Blutflecken, und da er sie öffnete, las er auf der letzten beschriebenen Seite Verse:

Die Wunde brennt; die bleichen Lippen beben. —
Ich fühl's an meines Herzens matter'm Schlage,
Hier steh' ich an den Marken meiner Tage —
Gott, wie du willst! dir hab ich mich ergeben.
Viel gold'ne Bilder sah ich um mich schweben;
Das schöne Traumbild wird zur Totenklage.
Mut, Mut! — Was ich so treu im Herzen trage,
Das muß ja doch dort ewig mit mir leben! —
Und was ich hier als Heiligtum erkannte,
Wofür ich rasch und jugendlich entbrannte,
Ob ich's nun Freiheit, ob ich's Liebe nannte:
Als lichten Seraph seh' ich's vor mir stehen; —
Und wie die Sinne langsam mir vergehen,
Trägt mich ein Hauch zu morgenroten Höhen.

„Das ist Theodor Körner! Der besten einer! O kommt ihn zu suchen! Er darf nicht verbluten, nicht sterben! Wo sind die Kinder?"

Und schon eilte Konrad hinaus und die Treppe hinab, so daß Häußer kaum zu folgen vermochte.

„Vorsicht, Vorsicht!" rief er ihm nach. — „Wartet doch! — Ich lasse den Gehilfen durch Lene fernhalten, dann gehen wir!"

Bald darauf schritten die beiden Männer, geführt von den Kindern, einem Gehölz zu, das nicht allzufern lag, und nun standen sie vor Körner. Der war vom Roß gestürzt, bewußtlos geworden, dann wieder erwacht, hatte sich bis hierher geschleppt und war immer aufs neue in Ohnmacht gesunken. In einigen Augenblicken letzter Kraft hatte er das Gedicht geschrieben, in dem er Abschied nahm vom Leben. Jetzt sah er mit großen, müden Augen den Männern entgegen, und ein Leuchten ging durch dieselben, da er den Freund erkannte.

„Konrad! Gott sei Lob!“

„Rege dich nicht auf, Theodor! Wir bringen dich fort in das Haus dieses braven Mannes, der auch mir ein Asyl gegeben hat.“

Auch Häußer sprach einige freundliche Worte und reichte Körner ein Fläschchen mit Wein, aus welchem dieser einen tiefen Zug that. Dann verband man notdürftig seine Wunden, und mehr getragen als geführt von seinen Begleitern kam er langsam vorwärts.

Den Kindern wurde strengstes Stillschweigen anbefohlen gegen Jedermann, als man an das Dorf kam, und es gelang auch, ohne daß man Jemandem begegnete, den Verwundeten in das Gehöft Häußers zu bringen. Da trat plötzlich hinter einer Hecke der Gehilfe hervor. Lene hatte ihn fortgeschickt, aber er mochte wohl irgend einen Verdacht geschöpft haben, und hatte sich verborgen gehalten. Nun stand er mit einem hämischen Lächeln da, sah Konrad stechend an und sprach nur das eine Wort: „Preußen?“

Der Gärtner war erschrocken und erblaßt, aber er faßte sich und sagte:

„Ein verwundeter Landsmann und Soldat! Ein Schurke ist's, wer ihn preisgiebt! Greif zu, daß wir ihn betten!“

Der Bursche gehorchte schweigend; sie trugen Körner nach dem Obergeschoß, und schon nach kurzem lag er auf einem weichen, guten Lager, und Konrad saß als Pfleger ihm zur Seite. Im Erdgeschoß aber stand Jakob trotzig vor seinem Herrn.

„Es sind alle beide Lützower! Ihr wißt, was es wird, wenn die Franzosen erfahren, daß Ihr sie im Hause habt!“

„Wer soll's ihnen sagen?“ murrte finster der Alte. „Ich thue einfach meine Pflicht als Mensch, als Christ und als deutscher Mann, und wenn du selber einen ehrlichen braven deutschen Vater hast, so kannst du nicht so verlumpt sein in deiner Seele, daß du eines andern deutschen Vaters Sohn preisgiebst. Das halte ich für abgemacht — jetzt laß uns an die Arbeit gehen!“

Finster und schweigend ging der Bursche, und verhielt sich den ganzen Tag über seltsam still, nur wenn Lene sich zeigte, sah er sie mit heißen und lauernden Blicken an, und am Abend trat er, da sie allein im Garten war, an sie heran. Er sprach mit einer vor Erregung heiseren Stimme:

„Lene — du weißt, wie ich dir gut bin! Weiche mir nicht aus — ich möcht' ein ordentlicher Mensch werden und hab' das Wandern satt. Werd' mein Weib — dein Vater braucht einen Schwiegersohn . . .“

Das Mädchen machte eine abwehrende Bewegung und wandte sich zum Gehen; er hielt sie an der Rockfalte zurück, und seine Stimme wurde noch erregter:

„Laß dir eins noch sagen: Ihr habt zwei Lützower im Haus, dein Vater muß dafür büßen, wenn es rauskommt . . . Lene, mach' mich nicht schlecht . . . wenn du mich abweisest, geh' ich nach Leipzig und sage, was ich weiß, dem Herzog von Padua.“

Lene wandte sich herum — ihr Gesicht glühte, und schon wollte sie dem Burschen das Wort „Schurke“ in das Gesicht werfen, als sie eines andern sich besann. Sie atmete tief und sprach mit zitternder Stimme:

„Jakob, das wirst du nicht — wenn ich nicht allen Glauben an den guten Kern in dir verlieren soll. — Sieh, ist's denn jetzt Zeit zum Freien, wenn das Vaterland in Not ist? — Laß uns wieder von solchem reden, wenn die Zeit besser geworden, und wenn ich gesehen habe, daß du ein braver Bursche bist!“

In dem jungen Menschen schienen der gute und der böse Engel um die Seele zu streiten; endlich nahm er die Hand, welche Lene ihm hingereicht, und sagte:

„Gut — ich warte!“

Das Mädchen aber huschte durchs Gesträuch davon. Sie suchte erregt den Vater und berichtete ihm alles. Dieser war empört über den frechen Burschen, und zugleich besorgt um seine beiden Gäste, denn er traute Jakob nicht. Darum hielt er noch am Abend mit den Lützowern Rücksprache, und Konrad machte den Vorschlag, er wolle am andern Morgen als Gärtnerbursche nach Leipzig gehen zu Dr. Wendler und sehen, ob dieser etwas für den Verwundeten thun könne. Ihm

Zu Seite 73.

selber schlug das Herz höher, wenn er an diesen Besuch dachte und — an Elise.

Häußer war damit einverstanden, und in schlichter Gärtnerjacke, das Gesicht künstlich gebräunt, einen derben Stock in der Hand, wanderte Konrad am andern Morgen in die Pleißenstadt. Er kam ohne Anstand hinein und suchte das Haus des Doktors. Dieser war eben nicht daheim und Elise trat ihm entgegen. Sie erkannte ihn nicht sofort, erst als er mit wärmerem Tone ihren Namen nannte, erschrak sie freudig, und wortlos sank sie ihm an die Brust.

Dann saßen sie beisammen, und Konrad erzählte von den Fahrten und Abenteuern der Lützower und von Körner, und das Herz des begeisterten Mädchens schlug höher:

„O, warum kann ich nicht dabei sein! — Aber mein Wort löse ich: Ich will den Verwundeten pflegen, treu und unermüdlich, daß er dem Vaterlande erhalten bleibe!"

Dann aber erzählte sie von der Stimmung in Leipzig, und wie man jedem preußischen Reiter, der als Parlamentär in die Stadt käme, zujauchze trotz des Herzogs von Padua und der Franzosen, und wie eine allgemeine Erbitterung in den Herzen sei über die Behandlung, welche man den bei Kitzen gefangenen Lützowern bereite. Man behandle sie nicht als Soldaten, sondern als Räuber.

Während dessen kam Dr. Wendler und war nicht wenig erstaunt und erfreut über seinen Gast. Aber auch er war unmutig und zornig erregt:

„Denkt Euch, diese elenden Schurken haben die armen verwundeten Lützower einfach in eine alte Kirche gesperrt, und wollten ihnen sogar den ärztlichen Beistand versagen. Ich habe im Namen der Menschlichkeit dagegen protestiert beim Herzog selbst, und habe mir den Eintritt erzwungen in das seltsame Lazarett. Es ist ein Jammer, wie die Armen dort herumliegen auf elendem Stroh und nicht einmal Nahrung erhalten. Nun, ich hoffe, die Leipziger Bürger werden es für eine Ehrenpflicht halten, für solche zu sorgen. Elise, was wir thun können, muß geschehen!"

Das Mädchen sank dem trefflichen Manne an den Hals, und Konrad reichte ihm mit stummer Anerkennung die Hand.

„Ja, und Körner" — fuhr der Doktor fort —, „Körner muß

herein. Die Sache muß gehen. Zu mir kommen viele Kranke vom Lande, und könnt Ihr ihn in Bauerkleider stecken und Häußer ihn auf seinem Fuhrwerk als Patienten herbringen, so hat die Sache wohl keine Not und wir flicken den prächtigen Jungen bald wieder aus!"

Dann sprachen sie vom Waffenstillstand, und wie derselbe ungelegen genug kam und gerade in Leipzig den schmerzlichsten Eindruck machte. Die Lützower Infanterie hatte eben, vom General Woronzow aufgefordert, einen Handstreich auf die Stadt unternehmen wollen, war in beschwerlichen und gefährlichen Märschen von Havelberg herangerückt, der letzte Teil des Weges war geradezu im Trabe zurückgelegt worden, so daß mehrere vor Erschöpfung zusammenbrachen, und da man hart vor den Thoren stand, kam der Waffenstillstand. Mancher brave Mann hatte Thränen des Zornes darüber geweint.

Die Zeit verging den dreien rasch und Konrad, der noch mehr als an Speise und Trank sich an dem Umgang mit den lieben Menschen gefreut, mußte an den Aufbruch denken. Ehe er ging, reichte er dem Doktor herzlich die Hand, dann Elisen, und wie er ihr so tief und warm in die Augen sah, vermochte sich das Mädchen nicht zu halten, und mit einem Aufschluchzen legte sie die Arme um seinen Nacken. Verwundert, ja verblüfft sah Wendler die beiden an, dann sprach er:

„Steht es so? — Na, dann in Gottes Namen — verlobt euch! Konrad, Sie sind brav und tüchtig, und wenn der Himmel Sie gesund wiederbringt und Sie ein Amt haben, dann holen Sie Elisen. Und nun gebt euch einen redlichen Kuß und dann genug! Macht euch das Gemüt nicht weich, das Herz nicht schwer!"

So geschah's, aber die Seele Konrads war voll Sonnenschein, als er zum Stadtthor hinausschritt, lustig pfeifend vorbei an dem französischen Wachsoldaten, der sich gar nicht um ihn kümmerte. Als er in Groß-Zschocher in den Garten Häußers kam, begegnete ihm der Gehilfe. Er trat ihm in den Weg und sagte:

„Ihr meint wohl, ich kenne Euch nicht? — Die Prügel in der Altmark sind Euch gutgeschrieben, und die Zeit kommt, da ich sie heimzahle!"

„Pfui, schämt Euch!" erwiderte Konrad. „Seid Ihr ehrlicher und braver deutscher Eltern Kind, und könnt in dieser Zeit der Not des Vaterlands Rachegedanken hegen? — Pfui!" Er schritt weiter, und der andere hielt ihn nicht auf. In seiner Seele mochte es doch einen Winkel geben, wo ein besseres Empfinden ruhte, und die Erinnerung an seine Eltern hatte vielleicht in diesen Winkel hineingeleuchtet.

Am nächsten Morgen sollte Körner nach Leipzig gebracht werden. Häußer hatte den Gehilfen nach einem andern Dorfe geschickt in einer geschäftlichen Angelegenheit, und nachdem man sich überzeugt, daß er gegangen, wurde der Verwundete sorgsam aus seiner Stube herabgeführt und auf einem leichten Korbwagen zwischen weichen Decken gebettet. Er trug ländliche Kleidung, hatte die Haare schlicht nach Bauernart gekämmt, sein Schnurrbärtchen beseitigt, und lehnte nun wie ein richtiger kranker Junge vom Lande in dem Sitze. Er hatte herzlichen Abschied von Konrad genommen und ihn brüderlich geküßt; dann sagte er:

„Tausend Dank für all deine Liebe, und laß uns beten, daß unser und unserer Brüder Blut nicht umsonst geflossen sei. Gott bewahr' uns jetzt vor einem schlechten Frieden! Drauf und drein auf die französischen Schelme und unter Lützows Reitern auf Wiedersehn!"

Schmidt fühlte, wie es ihm feucht in die Augen kam, und Häußer, der neben Körner saß und den Zügel des Pferdes hielt, strich sich mit der rauhen Hand über das Gesicht. Ein letztes Winken, der Gaul zog an, und das Gefährt rollte auf der Straße gegen Leipzig hin und kam ohne Schwierigkeiten vor das Haus Dr. Wendlers. Der Sänger von „Leyer und Schwert" war geborgen.

An demselben Vormittag verließ auch Schmidt in seiner ländlichen Kleidung, als Gärtnergehilfe, das gastliche Haus in Großzschocher, um die Reste seines Freikorps aufzusuchen, zuvor aber, wenn möglich, noch einmal seinen Vater und das Grab seiner Mutter zu sehen.

Als es in Großzschocher zu Mittag läutete, war der Gehilfe Jakob wieder zurück; er fand nur Lene daheim, die ihm das Essen vorsetzte und sich dann wieder zurückziehen wollte.

„Wo sind denn die andern?" fragte der Bursche.

„Welche andern?"

„Je nun, der Meister und die zwei Lützower" — sagte der Mensch höhnisch. — „Sie sind wohl entwischt? — Höre, Lene, auf das hin könntest du mir doch einen Kuß geben!"

Er wollte sie umarmen, aber das Mädchen stieß ihn erregt zurück.

„So weit sind wir nicht!"

„Hei!" lachte er zornig und spöttisch zugleich, und es schien, als ob er auf seinem Wege getrunken hätte — „hei! Was soll denn das Sprödethun? — Ich hab euch doch in der Hand alle beide, dich und deinen Vater, und den kranken Lützower dazu; der kann nicht weit sein, höchstens in Leipzig . . ."

Heiße Röte des Ingrimms und der Erregung stieg Lene ins Gesicht, aber sie würdigte den Burschen keiner Anwort, sondern ging hinaus; finster blieb er zurück, er ließ sein Essen fast unberührt, und dann machte er sich an seine Arbeit, fleißiger, als er seit langem gewesen war.

Gegen Abend kam Häußer heim und erfuhr von seiner Tochter die Äußerungen des Burschen. Auch in ihm erwachte der Zorn; er suchte ihn auf im Garten und sprach:

„Jakob, wir sind geschiedene Leute. Drohen lasse ich mir und meiner Tochter nicht. Und wenn du meinst, uns in der Hand zu haben, so geh hin und erzähle, was du weißt. Sie können mir Haus und Garten, vielleicht auch mein Leben nehmen, aber besser als braver deutscher Mann sterben und verderben, wie als Schurke und Verräter am Vaterlande leben. Das ist meine Meinung, und hier ist dein Lohn und dort die Thüre!"

Der Bursche erwiderte nichts; schweigend legte er den Spaten weg, nahm das Geld und ging ins Haus, seine Sachen zu holen. Noch an demselben Abend verließ er das Dorf. Vor demselben auf einer kleinen Anhöhe stand er eine Weile, sah den letzten Sonnenschein über die kleinen, friedlichen Hütten hinhuschen und erwog, wohin er sich wenden sollte. Hier führte die Straße nach Leipzig — zum Verrat, zu den Franzosen, dort hinaus in preußisches Land. Da kam ein Bauer vom Felde her; sein kleiner Junge lief ihm entgegen und rief jauchzend: „Vater, Vater!" Der Mann aber nahm sein Kind auf seinen Arm, schwenkte es einigemale durch die Luft und zog es dann an sich und küßte es.

Da ward es dem Burschen seltsam zu Sinne; er gab sich einen plötzlichen, heftigen Ruck und wandte sich auf die Straße, die ins Preußenland führte.

Fünftes Kapitel.

Im Königreiche Westfalen.

Es war ein milder Sommerabend, als Konrad Schmidt in seiner bäuerlichen Tracht in das Thal herabstieg, in dem sein Heimatsdorf lag. Der Kirchturm hatte ihn schon von ferne begrüßt und die große Linde auf dem Friedhof, und das Herz schlug ihm erregter. Seiner Mutter, die für ihn gestorben war, galt zumeist sein Denken, ihren Hügel wollte er zuerst aufsuchen. Auf einem Feldwege schritt er dahin, ließ den Gutshof zur Seite liegen und kam hinter der Kirche her. Durch die offene hölzerne Pforte betrat er die Ruhestätte der Toten, deren heiliges Schweigen nur durch den Gesang der Vögel aus den Lindenzweigen her unterbrochen ward. Ein leichter Blumenduft lag über den schlichten Gräbern, und auf manch einem von ihnen blühten die Rosen.

Nahe an der Kirchenwand war das Grab seiner Mutter, und Konrad sah schon von weitem, daß auch hier der Schmuck des Frühlings nicht fehlte. Ein einfaches Holzkreuz stand zwischen den Rosenbüschen, das trug auf einer Blechtafel den Namen der Toten und darunter die Worte: „Sie starb für das Vaterland und für ihren Sohn."

Eine unendliche Wehmut erfaßte den Jüngling; er lehnte den Kopf gegen den Querbalken des Kreuzes, umklammerte dies mit beiden Armen, als wäre es die Teure, die hier schlief, selbst, und die Thränen rannen ihm aus den Augen. Er war so versunken in seinem Schmerze, daß er nicht die Schritte vernahm, welche von der Kirchenecke herkamen und durch den weichen Boden allerdings gedämpft wurden.

Zwei bejahrte Männer traten heran, und der eine mit dem weißen Haar und dem dunklen, langen Gehrock legte ihm jetzt sanft die Hand auf die Schulter. Da wendete er sich um und im nächsten Augenblicke lagen die beiden einander in den Armen, und der dritte stand seltsam ergriffen dabei.

Es waren Pfarrer Schmidt und der Gutsherr Bastian.

„Hier sind wir auseinander gegangen, hier finden wir uns wieder," sagte der Pfarrer — „gelobt sei Gott, daß du lebst."

Auch Bastian trat herzu und grüßte ihn mit herzlichem Händedruck.

„Wir haben schwere Sorge gehabt um Sie und um meinen Jungen, als wir die schmachvolle Geschichte von Kitzen gehört haben," sagte er, „aber es wird wohl wieder ins Gleis gebracht werden, wenn nur erst dieser gottverlassene Waffenstillstand zu Ende sein wird. Heute Abend aber, denk' ich, kommt ihr beiden zu uns, mein Weib wird auch etwas hören wollen."

Sie standen noch einige Augenblicke schweigend an dem Grabe, dann verließen sie den Friedhof. Am selben Abend aber saßen vier Menschen um den reichlich gedeckten Herrentisch des Gutshofs, und Konrad, der sein eigenes Gewand wieder angelegt, erzählte von dem empörenden Bruche des Waffenstillstands und von dem Schicksale Theodor Körners. Er dagegen erfuhr erst jetzt, welche Verluste das Freikorps gehabt, und wie über 300 brave Reiter teils tot, teils gefangen waren.

Erst heute war eine Kunde eingetroffen von Bastians Sohne, der glücklich mit entkommen war und der nun flüchtig mitteilte, wie Lützow selbst durch die Opferwilligkeit des braven Husaren Gebhardt gerettet wurde, bei Merseburg mit einem kleinen Häuflein von Reitern die Saale überschritten und dann in einem Walde bei Sangerhausen kurze Rast gehalten habe. Der wackere Amtsrat Breymann bei Bernburg habe Lebensmittel und Fourage beschafft, auch für Kähne gesorgt zum Elbübergang, und am 21. habe man unter guter Führung den Marsch angetreten gegen Sandersleben und Plötzkau, um die Elbe zu überschreiten und nach Havelberg zu gelangen, wo der übrige Teil des Freikorps, zumal die Infanterie, ihr Lager aufgeschlagen hatte.

Diese Nachrichten erfüllten Konrad mit Freudigkeit und Mut,

und schon am nächsten Tage gedachte er aufzubrechen und seinen Kampfgefährten nachzueilen. Bastian aber mahnte ihn, einige Tage zu rasten, und da es doch Waffenstillstand sei, dem vereinsamten Vater seine Gegenwart länger zu schenken. Eben hatte man die Gläser erhoben, um darauf anzustoßen, als eine Magd erschien und meldete, es sei ein fremder Herr da, welcher die Herrschaft zu begrüßen wünsche.

„Hat er seinen Namen genannt?"

„Zander, und er wär' schon einmal dagewesen."

Der Gutsherr und Konrad sprangen gleichzeitig auf, aber ehe sie noch die Thür erreichten, stand in derselben schon ein städtisch gekleideter junger Mann mit einem kleinen Koffer in der Linken.

„Ludwig Zander, Geschäftsreisender — in Firma Lützow und Kompagnie; mache in Stahl und Eisen und Franzosenblut! Hurra . . . ist das nicht Konrad Schmidt?"

Er hatte jetzt erst den Freund erkannt, ließ seinen Koffer fallen und riß Jenen in seine Arme.

„Herzensjunge — du lebst — du bist hier? Und wir haben dich schon beweint. — Hurra, Herr Bastian, die Lützower sind noch da — Gott zum Gruß, Herr Pastor — Verzeihung, verehrte Frau, daß ich so ohne weiteres hereinschneie."

Es folgte ein allseitiges Begrüßen, und bald darauf saß der Neuangekommene mit an dem Tische und hob sein Glas.

„Auf einen frischen, fröhlichen Krieg und den Sieg der deutschen Waffen!" rief er und die Gläser läuteten hell zusammen. Dann ward gefragt nach dem und jenem von den alten Gefährten, und Zander sagte wieder:

„Gott Lob, daß Körner wieder zusammengeflickt werden kann, um den prächtigen Burschen wär's besonders schade."

„Und wie bist du selber bei Kitzen davon gekommen?" fragte Schmidt.

„Da ist nicht viel zu erzählen, «Unkraut verdirbt nicht», würde der alte Fischer zu mir sagen, und ein Verdienst habe ich ebensowenig wie Bastian jun. dabei, daß ich davon gekommen bin. Ich hatte mich an einen Trupp Ulanen unter dem braven Beczwarzowski angeschlossen, und wir suchten auf dem Wiesengrunde links von der Straße uns zu sammeln, wobei wir uns mühsam durch die Lücken einer Hecke durcharbeiten mußten. Da stürmten französische Dragoner auf uns ein, wir aber wandten uns, und ehe sie noch durch die Hecke kommen konnten, hatten wir sie zurückgeschlagen und jagten nun querfeldein gegen Norden zu. Wir überschritten glücklich die Straße nach Merseburg, setzten über die Luppe und bei Schkeuditz über die Elster, und ritten dann weiter auf der Halle-Leipziger Straße. In Großkugel hab' ich einen Vetter, bei dem hielt ich an, denn ich wollte den Waffenstillstand ausnützen. In seinen Kleidern und mit seinem Passe — er heißt Ludwig Zander, wie ich — streife ich jetzt als Kaufmann durchs Land und betreibe die Geschäfte der Lützower, d. h. ich werbe, wo immer es geht, denn unsere Lücken müssen ausgefüllt werden, ehe der Waffenstillstand zu Ende ist. Auf ein gut' Geschäft!"

Der prächtige, muntere Mensch hob sein Glas und wieder klangen die Gläser zusammen, Konrad aber sagte:

„Dann laß uns ein Kompagniegeschäft machen!"

„Abgemacht! Wir haben in der schwarzen Jägertracht gemeinsam unsere Streifen unternommen und wollen es in Gottes Namen wieder einmal anders versuchen. Aber ohne Paß geht's nicht, denn wir werden manchmal mitten unter die Franzosen gehen und unsere Leute suchen müssen, denn wo die Welschen am dicksten in Deutschland beisammen sitzen, da gedeiht auch der deutsche Haß am besten, und der ist unser Bundesgenosse."

„Den Paß verschaffe ich!" sagte Bastian. „Konrad Schmidt, Ökonom, auf der Reise, um für den Gutsbesitzer Bastian Geschäfte abzuschließen — was?"

Der Pfarrer hatte schweigend dabei gesessen und die Hand seines Sohnes gehalten; er schüttelte das ergraute Haupt und sagte wehmütig:

„Daß selbst die Unwahrheit herhalten muß als Mittel zum guten Zweck!"

„Ja, fragt denn der Schelmfranzos um Moral?" fragte Zander, und Bastian fügte hinzu:

„Wenn im Kriege schon einmal Mord und Totschlag gelten, da ist ein falscher Paß eine Harmlosigkeit, und viel falsches ist ja nicht dran. Denn wenn Konrad unterwegs meine Hammelzucht verkaufen kann, die ich aufgeben will, so soll er's thun und sein Gewissen ist gerettet."

Bis in die Nacht hinein saßen die fünf Menschen plaudernd beisammen, dann ging Konrad mit seinem Vater nach dem Pfarrhofe, Zander aber blieb bei Bastian.

Zwei Tage später wanderten die beiden Lützower aus dem Dorfe hinaus, nachdem beide noch einmal am Grabe der Pastorin gestanden hatten. Konrad hatte eine Rosenknospe von demselben abgepflückt und barg sie neben dem Zweiglein, das er von Elise erhalten, an seiner Brust.

Sie gingen zunächst durch Thüringen und fanden zu ihrer Freude überall einen guten patriotischen Geist, Ingrimm gegen den fremden Dränger, und Bereitwilligkeit, im Dienste des Vaterlandes Gut und Blut zu opfern. Sie hielten zumeist auf Gutshöfen Einkehr, um hier Einblicke in die Verhältnisse zu gewinnen, und durften über die Aufnahme, die sie fanden, fast allenthalben höchlich zufrieden sein. Auch für ihr Freikorps hatten sie manchen gewonnen, der gegen die Elbe aufbrach, um Lützower Jäger zu werden, und das Herz schlug ihnen wärmer bei den Erfolgen, welche sie errangen. Auch war ihnen zunächst nichts Widerwärtiges widerfahren, und das ließ sie den kecken Entschluß fassen, unmittelbar unter dem Wappen und der Herrschaft Frankreichs für ihre Sache zu werben.

In dieser Absicht betraten sie den Boden des Königreichs Westfalen, das Napoleon auf deutschem Grunde errichtet und über das er seinen Bruder Jerôme als Herrscher gesetzt hatte. Der gesunde, deutsche Stamm, der hier saß, hatte sich mit Zähneknirschen gefügt, aber wie man spottete über den König „Alleweil lustick!" der in Kassel saß und in schwelgerischen Hoffesten das Mark des Landes verpraßte, so brannte man vor Sehnsucht, daß die deutschen Waffen dem unwürdigen Treiben ein Ende bereiten würden.

Den beiden Lützowern war es wunderlich, am Grenzpfahl das fremde Wappen zu sehen, und auf deutschem Boden von französisch redenden Gendarmen nach ihren Pässen befragt zu werden. Aber die letzteren waren in Ordnung, und ob man auch da und dort sie mißtrauisch betrachtete, man vermochte von Rechtswegen ihnen nichts anzuhaben. Vorsicht bei ihrem „Geschäft" galt es freilich zu üben, denn es gab auch feiles Volk, das dem neuen Regimente sich verkaufte, und die Stimmung mußte peinlich sondiert werden, um so größer aber war die Freude, wenn es auch hier gelang, Streiter für die deutsche Sache und das Freikorps zu werben.

Solche Erfolge machten sie kühner, so daß sie fast unter den Augen der westfälischen Gendarmen ihre agitatorische Thätigkeit übten und nicht mehr bloß auf dem Lande, sondern auch in den Städten auftraten.

So waren sie eines Tages in eine freundliche Landstadt gekommen und hatten in einem Gasthause ihr Quartier aufgeschlagen. Schon als sie zum Thore herein passiert waren, hatten sie gemerkt, daß hier eine größere Garnison lag und daß sie darum besonders vorsichtig sein müßten. Der Wirt des Gasthauses hatte sich auch sogleich nach ihren Pässen erkundigt und schien, nachdem er Einblick in dieselben genommen, durchaus befriedigt zu sein. Er setzte sich selbst zu ihnen in der Gaststube, wo sie Speise und Trank sich bestellt hatten, und ließ sich mit ihnen in ein Gespräch ein, nachdem er vorsichtig sich nach allen Seiten umgeblickt.

„Was meinen die Herren mit dem Waffenstillstand? Wird ein Friede draus werden?“

„Der Himmel weiß es — nun, der Friede thäte endlich einmal not,“ sprach Zander, der Wirt aber sagte hastig und leise:

„Nur kein schimpflicher Friede, nur ein Friede, der uns wieder deutsch sein läßt!“

Die beiden sahen verwundert und beinahe mißtrauisch den grauhaarigen Mann an, aber aus seinen Augen leuchtete ein warmes Feuer, und seine Stimme klang bewegt, da er fortfuhr:

„Ja, ja, ’s ist mein voller, heiliger Ernst. Sie sind Preußen, Sie verstehen mich, und mir thut’s wohl, einmal darüber reden zu können. Die Verhältnisse hier sind jetzt schmachvoll und erbärmlich, und die Wirtschaft in Kassel und auf der Wilhelmshöhe zerreißt jedem ehrlichen Manne, der an seinem angestammten Landesherrn hängt, das Herz. Das Schlimmste aber ist, daß die Landeskinder selber sich herandrängen in den fremden Dienst und mit dem welschen Anzuge prunken und zusammengehen mit dem verlaufenen Gesindel, das sonstwo ausgeworfen worden und das der reichliche Lohn und das lustige Leben hier lockt. Meine Herren, ich habe zwei Söhne, Zwillinge, die ich selber manchmal nicht recht unterscheiden konnte; heute kann ich's, denn der eine trägt die königl. Westfälische Offiziersuniform, und hat sich ködern lassen, daß mir das Herz darüber blutet, der andere aber vergeht vor Sehnsucht nach der Befreiung Deutschlands. Er hat schon einige Male einen Anlauf genommen, unter die Lützower zu treten, und ich glaube, wenn es wieder losgeht, kann ich ihn nicht mehr halten, und ich will's auch nicht!"

Die beiden sahen einander verständnisvoll an, dann sprach Konrad:

„Wenn's so liegt in Ihrem Hause, haben wir nicht Ursache, unser wahres Gesicht zu verstecken. Wir sind beide Lützower, und suchen Leute für unsere Schar zu werben. Lassen Sie Ihren Sohn seinem Herzen folgen!"

Überrascht sah der Mann seine beiden jungen Gäste an, dann griff er rechts und links nach ihren Händen, umspannte sie mit warmem Drucke und sagte:

„Das soll ein Fingerzeig des Himmels sein — ich will ihn rufen!"

Er stand auf, und ehe noch die beiden Freunde halblaut ihre Meinung über den Vorfall ausgetauscht, kehrte er mit einem hochgewachsenen jungen Mann mit frischen Zügen und leuchtenden Augen zurück.

„Hier ist er" — sprach er —, „Erich, das Lützowsche Freikorps grüßt dich in den beiden Herren!"

Zweifelnd, fragend sah der Angesprochene nach seinem Vater, dann nach den Fremden. Diese aber erhoben sich, und Zander sprach halblaut:

„Das Vaterland braucht Arme, und die deutsche Freiheit warme Herzen und starke Hände!"

„Und ihr seid wahrhaftig Lützower?" fragte der andere erregt.

„Wir sind's," erwiderte Konrad.

„Hier habt ihr mich!" sagte Erich fest und reichte den beiden seine Hände, dann aber jubelte er auf in freudiger Begeisterung: „das ist Lützow's wilde, verwegene Jagd," so daß der Vater ihn erschrocken am Arme faßte und ein warnendes Pst! hören ließ, dem er sofort beifügte: „Und nun wollen wir anstoßen auf das freie Vaterland und auf seine ehrlichen Streiter!"

Gleich darauf saßen die vier Menschen um den Tisch in der stillen, leeren, schwülen Gaststube, und der beste Wein, den der Keller bot, perlte in den Gläsern; die beiden Lützower aber erzählten von ihren Kämpfen und ihren Fahrten, und Erichs Augen leuchteten dabei in mutigem Glanze auf.

Da klang das Klirren eines Säbels auf dem Flur, und schon im nächsten Augenblicke trat ein junger Offizier in der westfälischen Uniform ein, der dem Wirtssohne am Tische außerordentlich ähnlich sah.

Über das Gesicht des Hausherrn flog ein Schatten, als der Lieutenant näher trat und, nachdem er einigermaßen verwundert die kleine Tafelrunde betrachtet hatte, grüßte und sprach:

„Ist's erlaubt, hier Platz zu nehmen?"

Der Wirt stellte ihn als seinen Sohn Karl vor und nannte die Namen der Fremden, dann fügte er bei:

„Die Herren haben ein gut Stück Deutschland gesehen und wir hören auch gern, was jenseits des neuen Staats Westfalen geschieht."

Das Gespräch nahm eine völlig harmlose Wendung, aber das eigentliche Behagen fehlte dem Kreise; ein fremder, kühler Hauch war über die patriotischen Herzen hingehuscht, und die beiden Lützower hatten mit einem Anfluge der Verachtung zu kämpfen gegen den jungen stattlichen Offizier, der in seiner Seele vergaß, wohin er gehörte.

Nach einiger Zeit erschien in der Thür ein Soldat, der, wie es schien, eine dienstliche Meldung zu machen hatte. Er ließ seine Blicke über den Tisch fliegen, und da er Konrad erblickte, der das Gesicht, hell beleuchtet, ihm voll zuwendete, zuckte er leicht zusammen, und faßte auch Zander schärfer ins Auge. Die am Tische Sitzenden kümmerten sich nicht weiter um ihn, nur der Wirt hatte seinen Sohn aufmerksam gemacht, und dieser erhob sich und kam nach dem Soldaten heran, um dessen Meldung entgegenzunehmen. Dieser hatte sich indes so gestellt, daß er dem Tische halb den Rücken kehrte, und nun, nachdem er seinen eigentlichen Auftrag erfüllt hatte, stieß er leise flüsternd hervor:

„Herr Lieutenant, ich möchte Ihnen noch eine heimliche, dringende Mitteilung machen."

Der Offizier stutzte, dann winkte er dem Burschen hinauszugehen und folgte ihm nach. Im Hausflur aber sprach der erstere hastig:

„Herr Lieutenant, die beiden, die da drin sitzen, sind Spione; ich kenne sie alle zwei. Es sind Lützower Reiter; der eine ist mir ganz gut bekannt, und auch den zweiten hab' ich in der Uniform gesehen."

Auch der Offizier wurde erregt.

„Täuschest du dich nicht, Jakob?"

„Nein, Herr Lieutenant; ich habe gute Ursache, mir besonders den einen zu merken, und es thät mir leid, wenn sie entwischten."

Der Offizier kannte seinen Vater und seinen Bruder; ihr Zusammensitzen mit den beiden erschien ihm mit einem Mal bedeutsam. Einen Augenblick schwankte er, denn er sah sich in die Wahl gestellt vor dem Zorne, ja der Verachtung seiner Angehörigen, und andererseits vor einer Anerkennung und vielleicht einer Beförderung, und der Ehrgeiz, den er in seinem Gewissen mit dem Pflichtgefühl maskierte, siegte. Er befahl dem Soldaten, sofort nach der Wache zu eilen und eine bewaffnete Patrouille herbeizuholen, dann kehrte er in das Wirtszimmer zurück und setzte sich mit möglichster Ruhe wieder an den Tisch, wo das Gespräch sich noch immer um ganz gleichgültige Dinge drehte.

Es währte indes nicht lange, als man auf dem Flur das Geräusch von Waffen vernahm, und als die Thür sich öffnete, sah man vor derselben vier Soldaten, die Gewehre bei Fuß, während ein Unteroffizier eintrat, begleitet von Jakob, und dem Offizier die Meldung machte, daß er zur Stelle sei. Dieser war mit einem Male bleich geworden, aber er erhob sich und sprach, zu den beiden Lützowern gewendet:

„Meine Herren, darf ich um Ihre Pässe ersuchen?"

Wie ein Blitzstrahl fuhr das Wort in die am Tische Sitzenden. Der Wirt und Erich waren aufgesprungen und machten eine Bewegung, als wollten sie schützend sich vor die beiden Gäste stellen, diese aber hatten rasch ihre Fassung wieder und überreichten die gewünschten Papiere. Der Lieutenant durchflog dieselben.

„Die Pässe sind formell in Ordnung," sagte er — „aber Sie sind nicht, was hier angegeben ist."

„Wie können Sie das behaupten?" fragte Konrad — „mein Name ist Konrad Schmidt, der meines Gefährten Ludwig Zander —"

„Und wir reisen in Geschäften," fügte dieser bei. Da rief der Offizier den Soldaten heran, der sie verraten hatte.

„Kennen Sie den Mann?"

Jetzt erst betrachteten die Lützower denselben und Schmidt erkannte nun in der westfälischen Uniform den Gärtnergehilfen aus Großzschocher, den Baumfrevler aus der Altmark. Ihn überkam Zorn und Entrüstung, so daß er, jede Vorsicht vergessend, rief:

„Der Mann ist ein Schurke, dem jeder ehrliche Deutsche ausweichen muß wie dem Aussatz."

Jakob zuckte wie unter einem Schlage, der Offizier aber sprach:

„Dann hat es wohl seine Richtigkeit, daß Sie dem Lützowschen Freikorps angehören?"

„Sie sehen ja, daß wir in Civilkleidung sind," brauste Zander auf.

„Das schließt nicht aus, daß Sie dem erwähnten Korps angehören und für dasselbe Spion- oder andere Dienste thun. Jedenfalls erachte ich es für meine Pflicht, Sie zu verhaften."

Mit Blicken unaussprechlicher Verachtung sahen die beiden den Offizier an, der jetzt seine Augen niederschlug, indes sein Bruder in zorniger Aufwallung an ihn herantrat und ihm zuraunte: „Das ist ein Schurkenstreich!"

Wie von einem Peitschenhiebe getroffen fuhr der Lieutenant auf, aber er sah in das von einem heiligen Zorne lodernde Gesicht Erichs, sowie in das tiefblasse seines Vaters, der erregt sprach:

„Und das in deinem Elternhause? — Fühlst du denn nicht, daß von dieser Stunde an eine Schmach auf diesem Dache, in diesen Räumen ruht, die uns alle erdrücken muß? Entarteter — verhafte doch auch mich und deinen Bruder, wenn du schon überhaupt den traurigen Mut hast, auf die Denunziation eines Schurken hin brave Männer ins Elend zu bringen!"

Der Offizier war totenblaß geworden, dann preßte er hervor: „Ich thue nur meine Pflicht!"

„Pflicht!" sagte der Wirt und seine Stimme klang heiser vor Erregung. „Weißt du, was deine Pflicht wäre? — O daß du es wüßtest, aber die Stunde wird kommen, wo du in Scham erröten und vergehen wirst, weil du nicht gethan hast, was deine Pflicht war. Von diesem Augenblicke habe ich nur noch einen Sohn!"

Der tief erschütterte Mann trat zu den beiden Lützowern:

„Meine Herren, rechnen Sie mir nicht an, was dieser Verlorene thut, der sein Mutterhaus entehrt!“

Sie reichten dem braven Manne die Hand, ebenso Erich, der kein Wort zu sprechen vermochte. Der Unteroffizier stand dabei und in dem Gesichte des alten Kriegers arbeitete es seltsam, aber er hatte zu schweigen, der Blick jedoch, den er dem Verräter zuwarf, der jetzt den Kopf gesenkt hatte, redete seine deutliche Sprache.

„Komm!“ sagte Konrad zu dem Freunde — „ich hoffe, man wird uns nicht richten ohne eine Untersuchung.“

„Pah, französische Gerechtigkeit!“ lachte Zander bitter — „ich gratuliere zur Beförderung, Herr Lieutenant!“

Da bäumte sich Erich wild auf — er sprang gegen seinen Bruder vor, erfaßte ihn am Halse und begann ihn zu würgen, stumm, wortlos — der Vater aber trat dazwischen und riß die beiden Brüder auseinander.

„Ruhig, Erich, — der ist nicht wert, daß eine deutsche Hand ihn berührt!“ sprach er — dann schritten die Lützower hinaus, gefolgt von dem Unteroffizier und Jakob; der Offizier aber wankte wie ein Trunkener hinterdrein.

Der Zug ging durch die Gasse; hochaufgerichtet und stolz schritten die beiden Freunde daher inmitten der Soldaten, der Offizier aber hielt sich seitwärts hinter ihnen, als ob er den Schein vermeiden wollte, daß er zu der Eskorte gehöre. An allen Thüren und Fenstern erschienen Leute, und die Kinder liefen dem Zuge nach. Manches ehrliche Mannesgesicht verfinsterte sich, und manche Faust ward geballt, denn es konnte niemandem unklar sein, um was es sich handle — um verratenes, preisgegebenes deutsches Blut. Als der Zug an einer Schmiede vorüberkam, aus deren dunklem Hintergrunde der rote Feuerschein leuchtete, trat der Meister heraus, der noch ein glühend Eisen in der berußten Hand hielt. Auch er wußte, was es hier gebe, und als der Lieutenant an ihm vorüberkam, spuckte der brave Handwerksmann mit einem lauten Pfui auf das glühende Metall, daß es zischte, und trat in seine Schmiede zurück; der junge Offizier aber biß die Zähne zusammen vor Unmut und Scham.

Die beiden Lützower wurden vor den Obersten des in dem Städtchen garnisonierenden Militärs gebracht. Auch er war ein Westfale. Der Lieutenant rapportierte, und mit finsterem Blicke durchflog der Oberst die Pässe.

„Die Pässe sind in Ordnung," sprach er, da fiel sein Blick auf den Soldaten, der mit dem Lieutenant gekommen war, und der ihn seltsam lauernd ansah. Er wendete sich zu diesem.

„Was hast du zu melden?"

„Zu Befehl, Herr Oberst — die beiden sind Lützower Reiter. Den einen, Konrad Schmidt, habe ich in der Altmark getroffen, wo er im Schlosse des Generals Sebastiani zwei Chasseurs niedermachte ..."

„Das ist eine infame Lüge!" brauste Zander auf.

„Sind sie Konrad Schmidt?" fragte der Oberst.

„Nein, Ludwig Zander!"

„Wie kommen Sie dazu, die Anschuldigung zurückzuweisen?"

„Weil ich dabei war, Herr Oberst! — Konrad, was wollen wir hier Versteckens spielen und uns wie Verbrecher inquirieren lassen? — Wir sind ehrliche Leute und verbergen unser deutsches Herz nicht und verkaufen es nicht, brauchen auch vor niemandem schamrot zu werden ..."

Auch Schmidt wurde von den Worten des Freundes fortgerissen; er unterbrach ihn:

„So ist's, Herr Oberst, und mein Freund und ich, wir haben auf dem Schlosse des Generals Sebastiani als Lützower Reiter zwei Chasseurs gefangen genommen. Das war im ehrlichen Kriege, und den Gefangenen ist kein Übel widerfahren; wir haben auch bei Kitzen mitgefochten, wo man uns verräterisch trotz des Waffenstillstands überfiel, und da ich mich gerettet in das Haus eines braven Mannes, der mich und einen verwundeten Kameraden aufnahm, sah uns dieser Bursche dort, der als Gärtnergehilfe im Hause lebte, und der mir in der Altmark eine wohlverdiente Tracht Prügel verdankt, weil ich ihn bei einem empörenden Baumfrevel festnahm. Das Königreich Westfalen mag stolz auf diesen Lumpen sein, für das deutsche Volk ist er ein Schandfleck."

Der Oberst hatte den erregten jungen Mann sprechen lassen; er stand da, mit gekreuzten Armen, das Gesicht bleich, und nagte an seinem Schnurrbart; ein Blick unsäglicher Verachtung traf den Soldaten, der anfangs mit wilder Wut nach Konrad geblickt, dann aber plötzlich die Augen niedergeschlagen hatte.

Zander hatte seinem Freunde die Hand gereicht und so standen die beiden Lützower fest und ruhig da. Es herrschte einige Augenblicke eine peinliche Stille in dem Gemache, nur der Säbel in der Hand des Lieutenants, der in dienstlicher Haltung dastand, klirrte leise und zeugte von der Erregung des jungen Offiziers.

Nun sagte der Oberst:

„Und was führt Sie jetzt auf westfälisches Gebiet?"

„Unsere Pässe besagen das: wir reisen in Geschäften!" sagte Zander rasch.

„Hm! Und Sie gehören dem Freikorps Lützows nicht mehr an?"

Einige Sekunden schwiegen die Freunde, sie tauschten einen Blick des Einverständnisses und jedem war es klar, wenn es auch mehr ehrlich als klug schien, die Fahne nicht zu verleugnen, der sie angehörten. Konrad Schmidt sprach:

„Wir haben Waffenstillstand, und da man meint, daß der Friede darauf folgen werde, haben wir Urlaub genommen, um die Geschäfte des Friedens zu betreiben. Spione sind wir nicht."

„Und wenn kein Friede wird?" fragte der Oberst.

„So kehren wir zu Lützow zurück als ehrliche Soldaten und sind dann Ihre ehrlichen Gegner."

„Und glauben Sie, daß der Friede kommt?"

„Wir wünschen nur einen solchen, der uns Deutsche nicht schamrot werden läßt, einen Frieden, der ehrenvoll ist für unser Vaterland und es frei macht von jedem fremden Fuße," sprach Konrad — „und ich meine das sagen zu dürfen, weil in diesem Raume Keiner ist, den nicht eine deutsche Mutter geboren."

Der Oberst und der Lieutenant wechselten einen seltsamen scheuen Blick, dann folgte wieder ein kurzes Schweigen, bis der erstere sagte:

„Solche Äußerungen darf ich hier nicht hören ... In Ihrer Sache aber mag ich nicht entscheiden. Herr Lieutenant, Sie werden selbst morgen früh die beiden Gefangenen nach ... (er nannte den Namen der nächsten größeren Stadt) geleiten und dem General Garnier rapportieren; den Mann dort -- er zeigte auf Jakob —

mögen Sie mitnehmen; ich will niemanden um eine Anerkennung oder Belohnung bringen."

Es lag ein kalter Ton der Verachtung in diesen Worten, das fühlte zumal der junge Offizier, der mit blutleerem Angesicht dastand, und nachdem er eine Bewegung, als wollte er abwehren, unterdrückt hatte, hervorpreßte:

„Zu Befehl!"

Der Oberst aber trat an die beiden Lützower.

„Meine Herren, denken Sie nicht zu schlimm von uns; die Verhältnisse sind oft stärker als wir! Ich wünsche Ihnen glückliche Heimkehr!"

Er wollte ihnen die Hände reichen, aber keiner von den beiden nahm sie an; sie wendeten sich schweigend ab; der Oberst aber biß die Zähne aufeinander und winkte stumm, sich zu entfernen.

Am andern Morgen ging ein ähnlicher Zug, wie er Tags vorher durch die Gasse gekommen, zum Thor des Städtchens hinaus und auf der Straße nach der Kreisstadt. Die zwei Lützower schritten ungefesselt zwischen den Soldaten, und einige Schritte hinterdrein kam der Lieutenant. Der ganze Auftrag hatte etwas Beschämendes und Demütigendes für ihn, dessen war er sich wohl bewußt, und wo man durch ein Dorf kam, ging er auf einem andern Wege als die Soldaten und die Gefangenen.

Die Kreisstadt war nur etwa zwei Stunden entfernt. Daselbst angelangt, meldete sich der junge Offizier bei dem General Garnier und führte die zwei Lützower zu ihm. Der General empfing ihn mit einer unangenehmen Herablassung und redete in gebrochenem Deutsch — er war offenbar Vollblutfranzose. Sobald er hörte, daß die beiden jungen Männer dem Lützowschen Freikorps angehörten, rötete sich sein Gesicht:

„Ah ces brigands!" sprach er höhnisch.

„Wir sind keine Räuber, sondern ehrliche Soldaten," sagte Schmidt fest.

„Silence!" schrie der Franzose. — „L'armistice est pour tout le monde, excepté pour vous." (Der Waffenstillstand gilt für Alle, für euch aber nicht.)

Das waren dieselben Worte, welche der französische General dem

Major von Lützow bei Kitzen zugerufen hatte, und die beiden Freunde faßte heiße Entrüstung.

„Das ist eine Schmach und ein Wort, das einer gebildeten großen Nation unwürdig ist!“ rief Zander, der General aber brauste von neuem auf, gebot in seinem geradebrechten Idiom Schweigen, bis er fragen würde, und fügte dann bei, daß er sie als Spione vor das Kriegsgericht stellen werde. Er befahl dem Lieutenant barsch, sie abzuführen und in den prison zu bringen.

Das geschah auch, und das Gefängnis, das man ihnen anwies, war nicht besonders freundlich; nur den einen Trost hatten sie, daß man sie nicht trennte. Der Lieutenant hatte beim Abschied noch ein entschuldigendes Wort sprechen wollen, aber sie hatten ihm den Rücken gewendet und waren froh, als sie allein waren. Sie setzten sich nebeneinander auf die harte Pritsche und suchten sich gegenseitig Mut einzureden, obwohl jeder von ihnen darüber klar war, daß ihre Sache schlimm und bedenklich stehe, bis endlich Konrad ruhig sprach:

„Was quälen wir uns mit gegenseitiger Tröstung, Freund! Fassen wir die Sache wie sie ist; das Schlimmste, was uns geschehen kann, ist, daß sie uns erschießen, und dann sind wir ja auch fürs Vaterland gestorben.“

Fest drückte ihn Zander an die Brust.

„Du bist ein excellenter Junge, Konrad! Sieh, das ist meine Meinung auch, und da wir uns darüber erst klar sind, laß uns mit der Resignation des guten deutschen Gewissens abwarten, was nun kommen wird. Laß uns zuvörderst einmal Umschau halten von unserm Tuskulum!“

Ein einziges, kleines, hochliegendes und vergittertes Fenster gab dem Raume ein spärliches Licht; unter dasselbe rückten sie die Holzpritsche, und wenn sie sich darauf stellten und die Köpfe dicht nebeneinander legten, konnten sie hinausblicken ins Freie. Da lag die Welt im lachenden Sommersonnenschein: Zunächst vor ihnen die Stadt mit weißen Häusern und grünen Gärten und über dieselbe hinaus ein freundliches Gelände, Felder und Wiesen, durchschnitten von dem glitzernden Bande eines Flüßchens, und im Hintergrunde blauten Berge; es mochte wohl das Rhöngebirge oder der Thüringerwald sein. Den beiden ward es wunderlich ums Herz, und es wollte sie doch etwas wie Wehmut erfassen, daß sie vielleicht von alle dem für immer scheiden oder mindestens nicht auf freier deutscher Erde einen frischen Reitertod finden sollten. Konrad dachte auch an Elise und sandte über Thal und Höhen hinweg seinen Herzensgruß der fernen Braut. Sollte auch hier sein schönstes Hoffen zu nichte werden?

Um die Mittagszeit kam ein graubärtiger Schließer und brachte ihnen das einfache Mahl und frisches Trinkwasser. Er sah bärbeißig aus, aber aus seinen Augen leuchtete doch ein Schein von Gutmütigkeit; er war ein Deutscher und gab auf einige ihrer Fragen kurze, nicht unfreundliche Antworten. Als sie fragten, was er wohl wegen ihres Schicksals meine, zuckte er die Achseln, sah sich dann um, als ob er unberufene Ohren fürchtete, und knurrte:

„Die Gerechtigkeit arbeitet hier manchmal rasch, und der General ist Franzose!"

Dann ging er schnell, als ob er schon zu viel gesprochen, und die Thüre schlug hinter ihm zu.

Die beiden Freunde schliefen diese Nacht mit der Ruhe des guten Gewissens und sahen am nächsten Morgen wieder in das sonnige Land hinaus, als es draußen von Waffen klirrte. Sie stiegen von der Holzbank. Die Thür aber öffnete sich und ein junger Offizier kam, gefolgt von einigen Soldaten, um sie vor das Kriegsgericht zu führen. Ja der alte Schließer, der ihnen ernst nachsah, hatte recht: die Justiz ging sehr schnell.

Sie wurden über die Straße nach einem andern Gebäude geführt und dort in einen kleinen Saal gebracht, wo an einem länglichen Tische einige höhere Offiziere und der General Garnier saßen. Ein Auditeur, welcher der deutschen Sprache mächtig war, führte das Verhör, das öfters durch barsche Zwischenrufe des Generals unterbrochen wurde. Es währte nicht lange, und da die beiden Gefangenen nicht in Abrede stellen konnten noch wollten, daß sie unter Lützow gefochten, lautete die allgemeine Entscheidung dahin, daß sie als Spione und Aufwiegler ins Land gekommen, und demgemäß wurde auch das Urteil gefällt, das am nächsten Tage bereits vollzogen werden sollte: Tod durch Pulver und Blei.

Ein leises Erbleichen huschte eine Sekunde über die Züge der Freunde, aber keinen Augenblick verloren sie ihre würdige Fassung, und Konrad sagte ruhig und in französischer Sprache:

„Wir protestieren im Namen des Völkerrechts und des allgemeinen Menschenrechts gegen dieses Urteil, indem wir auf Ehrenwort erklären, daß wir nicht Spione sind.“

Schweigen folgte den Worten, einige der französischen Offiziere sahen zu Boden, der General aber befahl barsch die Gefangenen abzuführen. In ihrer Zelle sanken sich beide in die Arme, hielten sich schweigend umfaßt und Zander sprach dann:

„Konrad, sie sollen uns nicht schwach noch feige finden!“

„Bei Gott nicht!“ erwiderte dieser, und wieder stiegen sie auf ihre Warte, um noch einmal die Welt zu sehen. Am Mittag brachte der Schließer ihnen Wein und eine reichlichere Mahlzeit, und sie aßen mit ruhiger Heiterkeit und dachten an Sokrates, wie er mit seinen Jüngern sich unterhielt, ehe er den Giftbecher trank.

Langsam verging der Nachmittag und doch schnell für die beiden, die jeder Pendelschlag rascher dem frühen Ende entgegenführte. Langsam dämmerte der Abend, und in ihre enge, kleine Zelle kam er früher noch, ehe er sich auf die Welt draußen niedersenkte. Der Schließer hatte das Abendbrot gebracht, hatte sie auch mit unverkennbarer Teilnahme gefragt, ob er ihnen noch irgend etwas zu Gefallen thun könne, und da sie ihn baten, einige Grüße, die sie auf Blätter ihrer Taschenbücher an ihre Angehörigen und Freunde geschrieben, zu bestellen, war er dazu bereit, und jeder händigte ihm zugleich den Rest seines Geldes ein.

Es kam die Nacht, die letzte, und sie hatten sich nebeneinander gebettet, unausgekleidet ... da ging noch einmal die Thür auf. Der Schließer, der eine Laterne trug, öffnete einem Offizier in westfälischer Uniform und hieß ihn eintreten. Die Lützower erhoben sich und erkannten bei dem müden Lichtschimmer den Lieutenant Karl . . ., der sie hierher eskortiert hatte. Er sagte mit einer seltsam bewegten Stimme, die einen ganz andern Klang als vorher hatte:

„Meine Herren, Ihre Unschuld hat sich herausgestellt, und ich komme im Auftrage des Generals, um Sie noch einmal zu ihm zu führen und Ihnen die Freiheit zu verkünden.“

Überrascht, erstaunt sahen die Freunde erst den Sprecher, dann sich selbst an; der erste aber sprach:

„Ich bitte ohne Verzug mir zu folgen.“

Aber auch der alte Schließer trat jetzt heran:

„Verzeihen Sie, Herr Lieutenant! Die Herren hatten mir Grüße zu bestellen gegeben; soll ich das noch besorgen?"

„Nein, braver Alter!" sagte Zander — „ich hoffe, das können wir nun selbst besorgen."

„Aber das Geld?" sprach verlegen der Mann.

„Ach so! — Ja, etwas davon werden wir wohl nun brauchen. Wir haben dem wackern Mann unsere Barschaft gegeben!" fügte Konrad erläuternd bei.

„Mag er es behalten!" sprach der Lieutenant; „für Ihre Weiterreise wird gesorgt werden. Doch nun rasch. Der General wartet."

Die beiden reichten dem Schließer die Hand, dann gingen sie mit dem Offizier durch den Korridor, vorbei an den salutierenden Wachen, und traten hinaus in die Nacht. Der Offizier wendete sich schweigend nach einer engen, dunklen Gasse, und hier erst sagte er halblaut, rasch:

„Kennen Sie mich wirklich nicht? — Ich bin nicht Karl sondern Erich . ."

Überrascht sahen ihn die Freunde an und wollten sprechen, er aber fuhr fort:

„Still, um Gotteswillen! Sehen wir, daß wir die Stadt hinter uns lassen, dann sollen Sie alles erfahren. Wir sind bald am Thore, und die Offiziere sind heute beim General geladen, so daß wir wohl ohne Gefahr entkommen!"

Schweigend, mit rascheren Schritten eilten sie fort. Der Wache, die am Stadtthore stand, gab Erich das Paßwort, und nach wenigen Augenblicken waren sie im Freien. Noch immer schwiegen sie, bis sie nach etwa zehn Minuten langem Wandern einen Wagen fanden, in welchen Erich sie einzusteigen einlud. Sie folgten der Aufforderung, die Pferde zogen an, und in raschem Trabe ging es die Straße entlang, hinein in die Sommernacht.

Jetzt reichte Erich den Freunden seine Hände.

„Gott Lob, wir kommen hoffentlich in Sicherheit und über die Grenze, ehe der Morgen tagt."

„Aber sprechen Sie um Himmelswillen — das ist ja wie ein Wunder, daß Sie uns das Gefängnis öffnen, hart bevor es zu Ende gehen sollte," sagte Konrad, und Zander fügte bei: „Und noch dazu in diesem Aufzuge."

„Das alles geht ganz natürlich zu; ein wenig Mut und ein wenig mehr Glück — das ist alles. Als Sie verhaftet wurden, stand es bei meinem Vater und bei mir fest, daß wir alles daran setzen wollten, Sie zu retten. Daß Sie am nächsten Morgen und zwar durch meinen Bruder hierher eskortiert würden, war in der kleinen Stadt, wo man alles sieht und wo außerdem ein gesunder Haß gegen die Fremden vorhanden ist, bald bekannt; was Ihnen hier von Garnier drohte, konnte nicht zweifelhaft sein. Mein Plan war jetzt rasch gefaßt. Ich wußte von dem Burschen meines Bruders, einem gutmütigen beschränkten Menschen, mir unter dem Vorwande einer Reparatur eine Uniform des Letzteren zu verschaffen, und habe mich niemals so gefreut, daß wir beide einander täuschend ähnlich sahen. Dieselbe führte ich wohl verpackt bei mir, als ich hierher fuhr, und bei einem Freunde meines Vaters, der nahe dem Thor wohnt, das auf die Straße nach meinem Heimatsorte führt, abstieg. Ihn weihte ich in die ganze Sache ein, und er hat auch den Wagen beschafft. In seinem Hause lagen wir ununterbrochen auf der Lauer, bis wir sahen, daß mein Bruder heute früh die Stadt verließ. Nun zog ich seine Uniform an, fest überzeugt, daß der Schließer, an welchen er Sie gestern übergeben hat, mich für ihn ansehen werde. Ich ließ es Abend werden, begab mich dann zu ihm, meldete ihm, daß der General Sie zu sehen wünsche, weil Ihre Sache sich anders herausgestellt habe, und der alte gutmütige Bursche, dem jedenfalls nichts Schlimmes widerfahren wird, war nicht schwer zu täuschen. Das heutige Paßwort erfuhr ich durch meinen Wirt, der Beziehungen zu Offizieren hat, die nicht besonders dem König von Westfalen gewogen sind und es darum mit ihrer Pflicht ihm gegenüber nicht ernst nehmen, und so sind wir glücklich heraus aus den gefährlichen Mauern. Und nun fahren wir zu Lützow — denn ich bin der Eure!"

Kräftig fügten sich die Hände der jungen Männer ineinander. In herzlichen Worten dankten die beiden Lützower dem prächtigen Menschen, der seinerseits glücklich war über ihre Befreiung, und den sie warm als einen der Ihrigen begrüßten.

Mild und weich lag die Sommernacht über dem Lande, der

Mond glänzte, und die Bäume, unter denen sie hinfuhren, rauschten leise — den drei Menschen aber war es zu Mute als wären sie nie so selig gewesen. Als sie gegen Morgen in die Nähe der Grenze kamen, verließen sie den Wagen, um nicht am Grenzpfahl angehalten zu werden, und dieser fuhr leer weiter nach dem nächsten preußischen Städtchen, wo er sie wieder erwarten sollte. Erich aber, der die Gegend kannte, führte die Freunde auf geheimen Wegen glücklich hinüber auf sicheres Gebiet, und als der Morgenschimmer die verjüngte Erde küßte, waren alle drei im Hause eines Vetters Erichs auf preußischem Boden geborgen. Hier legte dieser seine Uniform ab und schickte sie mit einigen Worten an seinen Bruder, dem er mitteilte, daß er seinen schlechten Streich wieder gut gemacht habe in seinen Kleidern und daß er um deswillen ihm selbst vergeben wolle.

Der Kutscher sollte Wagen und Pferde auf anderem Wege zurückbringen, aber der brave Bursche wollte nichts wissen vom König „Alleweil lustick!“ sondern wollte auch unter die Waffen des Königs von Preußen treten, und gern nahmen ihn die andern mit sich, um ihn gleichfalls Lützow zuzuführen. Wagen und Pferde brachte Erichs Vetter selbst an Ort und Stelle und berichtete dabei sowohl dem wackern Eigentümer wie dem erfreuten Vater Erichs, daß die Flucht wohlgeglückt war.

Zu viert setzten die jungen Männer ihren Weg fort, und Erich, der wohl mit Geldmitteln versehen war, machte den Zahlmeister. „Er lieh es den Freunden und dem Vaterlande,“ wie er sagte.

In Brandenburg hielten sie einen Tag Rast, und da sie eben in ihrem Gasthause beim Mittagessen saßen, fuhr ein Reisewagen vor. In unbewußter Neugier schauten sie zum Fenster hinaus und sahen einen älteren Herrn und eine junge Dame aussteigen. Im nächsten Augenblicke aber war auch Schmidt aufgesprungen und hinaus geeilt. Gleich darauf sahen die Zurückgebliebenen, wie er den beiden Reisenden die Hand reichte und wie das schöne Mädchen auf freier Straße ihn küßte.

Jetzt erkannte Zander die beiden: Es waren Dr. Wendler und seine Tochter. Sie traten ein, und das Gesicht Konrad Schmidts strahlte vor Glück und Freude.

„Meine Braut — Dr. Wendler!“ und dann stellte er die andern vor, auch den braven Kutscher, den man nicht aus der Gesellschaft lassen wollte, und dann saßen alle sechs um den runden Tisch, und da niemand sonst in der Stube war, mochten sie frei und nach Herzenslust erzählen. Auf die Frage, wie Dr. Wendler mit seiner Tochter hierhergekommen, berichtete dieser, daß er im Begriffe sei, Elise zu einer Großtante nach Bremen zu bringen, die sehr an dem Mädchen hänge, zur Zeit schwer krank sei und dasselbe vor ihrem Ende dringend zu sehen verlange. Die Familie schulde der alten braven Dame viel, und so seien sie ihr auch diesmal zu Willen gewesen trotz der Beschwerden der Reise und der unruhigen Zeit. In Potsdam bei einem Oheim hätten sie zuvor Rast gemacht, und dadurch seien sie auch zu dem Umwege über Brandenburg veranlaßt worden.

Dr. Wendler wußte auch zu erzählen von dem immer lebhafter werdenden Herzenswunsche des deutschen Volkes, daß der Waffenstillstand, der bis Anfang August geschlossen war, kein Frieden werden möge, und wie zu einem solchen, allem Anscheine nach, auch keine Aussicht vorhanden sei. Mit Freuden nahmen die jungen Männer diese Mitteilung auf, und die Sehnsucht nach den lieben „schwarzen Genossen" wurde zumal bei den beiden Lützowern noch lebhafter.

So wurde der Tag in schöner Gemeinschaft verlebt, und Konrad war vor allen glücklich. In Elisens Seele aber loderte eine Begeisterung, die eines Mannes wert gewesen wäre, und am liebsten wäre sie selbst mitgegangen, um ihr Herzblut der Sache des Vaterlands zu weihen. Schmidt war stolz auf seine Braut.

Am andern Morgen schied man nach herzlichem Abschiede und mit beiderseitigen Segenswünschen. Dann wendete sich der Reisewagen, aus dem noch lange das weiße Tüchlein Elisens grüßend wehte, auf die Straße gegen Magdeburg, während die vier Genossen den Weg nach Rathenow einschlugen. Vor der Stadt draußen in einem Eichenhaine rissen sie kleine Zweige von den Bäumen und schmückten sich damit, und hell in den sonnigen Morgen hinein klang es:

Was glänzt dort vom Walde im Sonnenschein?
Hör's näher und näher brausen.
Es zieht sich herunter in düsteren Reih'n,
Und gellende Hörner schallen darein
Und erfüllen die Seele mit Grausen.
Und wenn ihr die schwarzen Gesellen fragt:
Das ist Lützow's wilde, verwegene Jagd.

Sechstes Kapitel.

In Kampf und Drang.

In der Nähe von Havelberg, da wo die Havel in die Elbe läuft, stand das Lützowsche Freikorps in den Julitagen des Jahres 1813. In den Kantonierungen herrschte ein reges Leben und Treiben, und über die Muße des Waffenstillstandes suchte man sich, so gut es irgend gehen mochte, wegzuhelfen. Die nach der Affaire von Kitzen gedrückte Stimmung war allmählich gewichen, und zumal die Lücken wieder ergänzt waren, wuchs auch die Kampfesfreudigkeit und der Thatendrang.

An einem schwülen Nachmittage, just als im Westen ein Wetter aufzuziehen schien, kamen unsere vier Genossen bei den äußersten Kantonierungen an, und Schmidt und Zander schlugen die Herzen höher, als sie von weitem schon die ersten dunklen Uniformen sahen. Es war Infanterie, welche hier lagerte und deren Lagerwache sie anhielt, aber sogleich passieren ließ, als Schmidt berichtete, wer sie seien. So gingen sie mitten durch die im Sonnenschein sich tummelnden Leute. Eine kleine Gruppe derselben erweckte ihre besondere Aufmerksamkeit. Sie kamen näher an diese heran und sahen, wie ein kräftiger älterer Mann, die Pfeife im Munde, die Uniform mit den Oberjägerschnüren aufgeknöpft, damit beschäftigt war, einen Rehbock auszuweiden. Er kniete bei dem Wilde, und andere waren ihm behilflich oder sahen behaglich zu in angenehmer Erwartung des Schmauses, der hier winkte. Ein schöner Jagdhund stand zwischen den Männern, deren heiteres Plaudern man schon weithin hörte.

Uber Konrad kam eine seltsam-freudige Erregung. „Flott!“ rief er laut, und das schöne Tier wendete den Kopf und spähte nach der Richtung, woher der Ruf kam. Als dieser zum zweiten Male näher klang, machte der Hund einige Schritte vorwärts, dann aber kam er in langen Sätzen heran, lustig bellend, mit dem Schweife schlagend, und sprang hoch an Konrad hinan, der ihn freudig und freundlich liebkoste, aber nun rascher noch der Gruppe zuschritt.

„Holla, Kameraden, fällt da auch etwas für uns ab?“ rief er, da er nahe kam, und bei diesem Worte ließ der Oberjäger sein Weidmesser fallen und sprang auf.

„Konrad!“ — „Walther!“

Und wie Vater und Sohn hielten die beiden sich umschlungen, dann gab der wackere Förster Zander die Hand und begrüßte auch die beiden andern.

Bald waren die vier Ankömmlinge im Mittelpunkte des Interesses; man drängte sich um sie, sie mußten erzählen und sich manches erzählen lassen, und als erst das Wetter mit Blitz und Donner niederging, und man genötigt war, ein schützendes Dach zu suchen, da rückte man noch näher zusammen, ein frischer Trunk ging im Kreise, und Erich und der brave Kutscher Barthel fühlten sich binnen kurzem hier völlig heimisch. Da klang die allgemeine Begeisterung, in die man allgemach sich hineingeredet hatte, aus in Theodor Körners prächtigem Reiterliede:

Frisch auf, frisch auf mit raschem Flug!
Frei liegt vor dir die Welt,
Wie auch des Feindes List und Trug
Uns rings umgattert hält.
Steig', edles Roß, und bäume dich,
Dort winkt der Eichenkranz!
Streich' aus, streich' aus, und trage mich
Zum lust'gen Schwertertanz!

Da stand mitten unter den Singenden die Gestalt des Majors von Lützow, ohne daß er sogleich beachtet wurde. Erst als er den regentriefenden Mantel abnahm und näher trat, brach das Singen ab und die Leute erhoben sich, er aber rief:

„Bleibt sitzen, Kinder, laßt euch nicht stören, und reicht auch mir einen Trunk und laßt mich ein wenig trocken werden!“

Jetzt traten Schmidt und Zander in militärischer Haltung vor ihn hin:

„Volontäroffizier Schmidt und Oberjäger Zander melden sich gehorsamst wieder zum Dienst!“

Lützow fuhr überrascht zurück:

„Heidenelement — ihr Schwerenöter, seid ihr endlich wieder da? — Na, brav gehalten habt ihr euch, und das Freikorps ist euch Dank schuldig, habt auch manchen braven Burschen geworben, aber am meisten freut mich's, daß ich euch selber wieder habe.“

„Wären aber beinahe nicht wieder gekommen, Herr Major!“ sagte Zander.

„Donnerwetter — habt doch nicht desertieren wollen?“

„Behüte Gott, aber die Welschen wollten uns füsilieren und hätten's auch besorgt, wenn der da nicht war!“

Schmidt zog Erich herbei und stellte ihn vor; dann erzählte er, wie es ihnen ergangen. Lützow hatte sich mittlerweile mit an einen der Tische gesetzt, und als es Abend ward und er von Walther zu frischem Rehbraten eingeladen wurde, nahm er gern an, und der ganze Verkehr zeigte, wie sehr der Führer und sein Freikorps miteinander verwachsen waren.

Das Wetter war lange verrauscht, eine angenehme Kühle lag über Feld und Flur, da schritt der Major, von Schmidt, Zander und Erich begleitet, gegen Havelberg; Barthel war zurückgeblieben bei dem Förster, um in die Infanterie eingereiht zu werden. Noch am Abend aber suchten die Zurückgekehrten ihre eigentlichen Genossen auf, die sie mit großer Freude begrüßten; Friesen stellte ihnen auch eine Anzahl neue vor, darunter manchen, den sie selbst geworben, und in allen Herzen loderte dieselbe Begeisterung, die gleiche Kampfesfreudigkeit.

Als man schon auseinander gehen wollte, kam Bastian. Er sah, daß Konrad der Mittelpunkt war, um welchen alles sich drehte, und die alte Gehässigkeit schoß ihm ins Blut; auch schien er nach seiner Gewohnheit nicht ganz nüchtern zu sein.

„He, Hähnchen, haben dich die Welschen nicht gebraten? — Na, du verstehst ja, dich zu salvieren!“

So rief er, und der Ton war so hämisch und spöttisch bitter, daß Konrad seine gewohnte Ruhe vergaß, von seinem Sitze aufsprang, den andern an der Brust packte und erregt sagte:

„Was willst du damit behaupten? Ich verbitte mir alle gehässigen Anzüglichkeiten.“

„Oho, das Hähnchen will hacken — gieb acht, daß du nicht eins auf den Schnabel erhältst!“

Konrad versetzte dem andern einen Stoß vor die Brust, daß er taumelte, aber im nächsten Augenblicke hatte dieser seine Waffe blank gezogen und drang auf den Wehrlosen ein, ehe jedoch noch die andern zuspringen konnten, war schon Zander dem Erregten in den Arm gefallen und hatte mit raschem, kräftigem Griff ihm den Säbel entwunden.

Es herrschte allgemeine Aufregung, keiner war auf seinem Sitze, alle schrieen durcheinander, die beiden Gegner aber standen jetzt wie festgebannt. Zanders laute, zornig erregte Stimme klang durch den Lärm:

„Soll ich ihm die Waffe zerbrechen, nachdem er sie so unehrlich gezogen hat?“

Er stemmte bereits den Fuß gegen die Klinge, während Bastian todbleich und regungslos darauf hinstarrte, da sprang Konrad vor:

„Halt ein! — ich bin die Veranlassung gewesen zu der häßlichen Scene! Ich mußte Bastians Worte nehmen für das, was sie sein sollten — für Scherz! Gieb ihm die Waffe wieder, Zander!“

Schweigend, unmutig reichte sie dieser Bastian, der finsteren Blicks und schnell danach griff; Schmidt aber trat an diesen heran und sagte:

„Entschuldige, wenn ich heftig war — mir liegt wahrlich nicht daran, den Frieden und die gute Kameradschaft zu stören, noch weniger aber, den neuen Kameraden zu zeigen, daß wir hier nicht eins sind!“

Er reichte dem andern die Hand, der aber nahm sie nicht und schritt finster und wortlos hinaus. Konrad stand bleich vor Erregung, Zander aber, Friesen und andere traten auf ihn zu und faßten nach seinen Händen.

„Bist ein braver Kerl — ein goldiger Junge — ein famoses Haus!“ klang es durcheinander, und Zander fügte bei:

„Laß dich's nicht grämen, Konrad! Wir wissen's alle: der Bursche, der da gegangen, ist eine Eiterbeule an unserem gesunden Leibe, die, sobald es gehen wird, weggeschnitten werden muß. Wär's ein anderer Kerl, so würd' ich sagen: Nimm ihn vor die Klinge, weil's gerade

Waffenstillstand ist, und ich wollte das Gleiche thun, obgleich zwei Gegner viel zu viel für ihn sind, aber solch' Gelichter straft man mit stiller Verachtung. Schad' drum, und der Kerl hat einen so braven Vater. Prosit, Konrad!"

Alle drängten heran, um mit Schmidt anzustoßen, und von der Thür her rief eine gröhlende Stimme:

„Heiliger Fridolin! — Was feiert ihr denn da für ein Jubiläum — bin auch dabei!"

„Rittmeister Fischer — hurra!" schrie Zander, und während die andern vorschriftsmäßig grüßten, trotzdem der alte Offizier energisch abwinkte, sprang er schon auf ihn zu.

„Ach, mein verpfuschter Theologe — na Gott Lob, daß Ihr da seid!" sprach der Rittmeister jovial, indes er ihm die Hand drückte.

„Ja, 's wär doch schade um mich gewesen, wenn ich bei Kitzen hätte daran glauben sollen."

„Redet mir nicht von der verfl . . . Affaire! Wenn ich dran denke, krieg' ich das Gliederreißen — — ah, da ist ja auch Schmidt . . . na, ich konnt' mir's denken — ihr seid doch wie — — na, wie die beiden ollen Griechen . . . "

„Philemon und Baucis," rief einer.

„Das müssen wieder andere sein" — sagte Fischer gutmütig; „na, egal, weil ihr nur wieder da seid, denn los geht's doch wieder. Ich hab' heut so ein Vöglein pfeifen hören. Der Major hat eben jetzt eine Allerhöchste Kabinetsordre erhalten, daß wir an das 3. Armeekorps attachiert werden und unter dem Generallieutenant von Bülow stehen werden. Das ist ein ganzer Mann, Gott schütz' ihn! Und das Faullenzerleben hier bei Havelberg hört auf, wir marschieren gegen Nauen und gehen ins Mecklenburgische. Also, hübsch die Klingen gepflegt. Der Waffenstillstand geht bald zu Ende und dann hurra, mit Gott für König und Vaterland! So, jetzt hat euch der alte Fischer eine Rede gehalten, und jetzt gebt mir was zu trinken!"

Laute Hurrarufe durchbrausten den Raum und die Gläser klangen.

Schon in den nächsten Tagen steckten sie in der lieben schwarzen Uniform; auch Erich fühlte sich in derselben außerordentlich wohl und glücklich. Sie tummelten sich zu Roß unter den treuen Gefährten, die frisch darauflos exerzierten, als ob es jeden Tag wieder angehen müßte.

Nur einer war darunter, dem man die Verdrossenheit und das Unbehagen anmerkte — Bastian. Seit jenem Abend wichen ihm die meisten seiner Kameraden aus, wo es möglich war, und er verkehrte nur mit einigen wenigen, die nicht viel anders geartet waren als er, und die der Umstand bei ihm hielt, daß er ihnen stets eine reich gefüllte und offene Hand zeigte und sie am Wirtshaustische freihielt.

In ihrem Kreise machte er auch kein Hehl aus seinem blinden Hasse gegen Schmidt und that Äußerungen, die Schlimmes fürchten ließen. Zander hatte durch Zufall davon gehört und seinem Freunde gesagt:

„Nimm dich in acht vor der Canaille, Konrad, daß sie dir nicht einmal heimtückisch und meuchlerisch kommt. Ich will mit aufpassen, und Gnade ihm Gott, wenn ich ihn bei Unrechtem erwische; ich zertrete ihn wie einen Wurm."

Schmidt hatte den Aufgeregten beruhigt und war an demselben Nachmittag nach dem Lagerplatze der Infanterie gegangen, um seinen Freund Walther aufzusuchen. Er traf denselben, wie er eben sein Gewehr putzte. Es war im Freien, im Schatten einer Buche, und neben dem Alten beschäftigte sich in gleicher Weise ein junger Jäger, ein hübsches, frisches Blut mit einem weichen, beinahe mädchenhaften Gesicht.

„Kamerad August Renz," stellte ihn der Alte vor, und Konrad reichte ihm die Hand. Da die beiden Freunde bald in ein wärmeres Gespräch gerieten, entfernte sich der junge Mann mit freundlichem Gruße, und der Förster sagte:

„Das ist ein prächtiger Mensch, Konrad, so ruhig und so brav. Er liebt nicht die Gesellschaft, aber wenn's gilt, steht er seinen Mann. An mich hat er sich besonders angeschlossen, und ich hab' ihn auch herzlich lieb gewonnen. O daß mein Junge so wäre!"

Ein tiefer Seufzer schwellte dem Alten die Brust und Flott kam heran und leckte ihm die Hand. Der Förster lehnte seine Büchse an den Baumstamm und sagte wieder:

„Komm, laß uns sitzen! Hier ist's ruhig — und ich sehne mich nicht nach Gesellschaft, zumal seit ich weiß, daß mein Junge nicht da steht, wo er sein müßte, und ich hier so viele herrliche Menschen um mich sehe."

„Hast du denn irgend eine Nachricht von ihm?"

„Ja — aber nichts schönes. Da ist aus der Altmark ein Bursche bei den Husaren, ein Bauernsohn. Ich weiß nicht, wie ich ins Gespräch mit ihm gekommen . . . genug, er hat mir erzählt, daß ein Jakob Walther als Knecht im Hause seines Vaters gewesen und von ihm davongejagt worden sei. Aus Rache habe er einen verruchten Baumfrevel verübt, wobei ein Lützower Reiter ihn festgenommen habe. Aus dem Keller, in welchen man ihn eingesperrt hatte, war er entwischt — wohin? wer weiß es!"

Konrad fühlte, wie das Blut aus seinen Wangen wich, und er rang mit Mühe nach Fassung: Der verlotterte Bursche, der erbärmlich schuftige Verräter, der jetzt noch dazu die Uniform des Königs Jerôme trug, sollte der Sohn dieses grundbraven, herrlichen Alten sein — es war kaum glaublich! Er wagte nicht zu sagen, daß er selbst jener Lützower war, den der junge Bauer erwähnt hatte, und suchte den wackern Förster zu beruhigen mit dem Hinweis, daß ja eine Täuschung vorliegen könne, daß die Namensgleichheit noch nichts beweise, aber mit gesenktem Haupte sprach der Alte:

„Der ganzen Beschreibung nach ist er's — und er kann's wohl sein!"

Dann raffte er sich auf, schüttelte sich, als ob er eine Last von sich werfen wolle, streichelte den Kopf seines Hundes, der sich neben ihn gelagert hatte, und sagte:

„Ich hab' ja dich, Konrad, und manchen braven Jungen — Gott erhalt' euch!"

Dann begann er von anderem zu reden, von der verunglückten Expedition gegen Leipzig und von dem Leben im Feldlager.

Wie die zwei so beisammen saßen, kam ein Husar den Feldweg her; sie achteten wenig auf ihn, bis er nahe war und nun grüßte. Da erkannte ihn Konrad Schmidt — das war der Bauernbursche aus der Altmark, Friedel. Dieser stutzte einen Augenblick, dann kam er voll freudiger Erregung ganz heran:

„Sind Sie's, Herr Lieutenant? — Ach Gott, wie oft ich schon nach Ihnen gefragt habe . . . und mein Vater läßt auch grüßen!"

Konrad war aufgestanden und hatte ihn unterbrechen wollen, aber nun war das verräterische Wort heraus, und Walther, der sich gleichfalls erhoben hatte, stand bleich und tief atmend da.

„Der ist's wohl, der damals den Burschen — den — den Jakob faßte?" stammelte er.

„Jawohl, Herr Oberjäger . . ."

„Walther!" rief Konrad, dann umschlang er mit beiden Armen den alten Mann, während Friedel verdutzt dabeistand und nicht recht wußte, wie er sich verhalten sollte. Der Förster schluchzte, und wie er jetzt sein Gesicht hob, rannen ihm die hellen Thränen in den Bart.

„Du hast's thun müssen? — Und doch, es war brav von dir, ich hätt's auch gethan!"

„Ruhe, Ruhe, alter Freund!" tröstete Konrad, zu Friedel aber sprach er: „Der Oberjäger ist nicht wohl — laß uns jetzt — ich suche dich demnächst auf!"

Der Bursche salutierte und ging dann kopfschüttelnd weiter, die zwei andern aber hielten sich noch eine Weile schweigend umschlungen. Dann riß sich Walther los:

„Sieh — das ist mir altem Bären nicht passiert, seit ich ein Junge war — 's ist aber auch unendlich bitter. Aber nun ist's mir, als hätt' ich an seinem Grabe gestanden und mein letztes Restchen Liebe ihm nachgeweint. Wenn er mir vor Augen kommt in diesem Leben — ich kenne ihn nicht! So — aus ist's — nun bin ich fertig!"

Mit einer heftigen Gebärde fuhr er sich über die nassen Augen, nahm dann seine Büchse, warf sie nach Jägerart über die Schulter und sprach:

„Komm, laß uns ein wenig gehen — damit ich mir die dumme Weichmütigkeit verlaufe — hinüber dort nach dem Walde! 's ist zwar kein rechter Wald wie daheim bei mir, aber es sind doch Bäume! Nach meinem Walde sehn' ich mich manchmal, Konrad, und einmal möcht' ich ihn auch noch wiedersehen. Am liebsten wär' ich darin begraben, wenn mich nicht eine Franzosenkugel mitnimmt! Komm!"

Sie gingen langsam durch den sinkenden Nachmittag und lustig sprang der Hund hinterdrein. Die Kühle des Waldes, das leise Rauschen in demselben that dem alten Förster wohl. Ein Rehbock brach an ihnen vorbei, er lachte hinter ihm drein: „Bist heute sicher, Braunrock — wir sind noch versehen!" — Er rief auch den Hund, dem die Jagdlust aus den braunen Augen leuchtete, und der nur widerstrebend ruhig hinter den beiden herschritt.

Ein wunderbarer Friede kam in die Seele des alten Mannes; er träumte sich hinein, als ginge er durch sein Revier und hätte seinen eigenen Jungen bei sich, und erst als es anfing, dämmerig zu werden, suchten sie den Rückweg. Sie hatten schon beinahe die Grenze des Waldes erreicht, als ein Schuß krachte und eine Kugel hart an beiden Gesichtern vorüber fuhr, so daß sie das Pfeifen derselben hören konnten. Im nächsten Augenblicke rauschte es seitwärts in dem von Abendgrauen umhüllten Buschwerk, und auch der Förster hatte sein Gewehr an die Wange gerissen. Aber schon war der Hund vorgesprungen in wilden, zornigen Sätzen, laut bellend, und nach wenigen Augenblicken folgte ein Aufschrei. Die beiden Männer eilten heran und sahen, wie Flott auf einem mit dem Gesicht zur Erde gestürzten Manne stand und ihm die Zähne in den Nacken schlug. Der Mann aber trug die Uniform der freiwilligen Jäger.

Walther rief den Hund zurück, und nun hob sich ein bleiches, verzerrtes Gesicht aus dem Farnkraut — das Bastians. Konrad Schmidt war tieferschüttert, der Förster empört und erregt.

„Sie sind's?" fragte er grollend und voll zorniger Verachtung. „So weit sind Sie gesunken? Zum Meuchelmord an einem Kameraden? Mit dem Gewehrkolben wie einen tollen Hund müßt' ich Sie niederschlagen — —"

„Ruhig, Freund!" sagte Konrad, der sich mit größter Mühe bezwang. „Bastian hat jagen wollen und aus Versehen geschossen. Dessen ist er nicht fähig, was du aussprichst!"

„Jagen, wo nichts zu jagen ist? — Ich alter Waidmann hätt' wohl auch das Wild gespürt, und Flott wäre der elendeste Köter und wert erschossen zu werden, wenn er's nicht gewittert hätte — nein, die Giftkröte hat das Verderben nach dir spritzen wollen. Sieh ihn an, den Jammerkerl — dem ist's eine Wohlthat, wenn seine Schande nicht erst an die große Glocke und vor's Kriegsgericht kommt."

„Das soll's auch nicht, Walther! — Bastian, sprich: Es war so, wie ich sage: Du hast geschossen in übereilter Jägerhitze . . ."

Der Mensch stand bleich da, und sein Verbrechen stand in seinen Zügen; er stotterte hervor:

„Gewiß — ja, so ist's!"

„Dann ist die Geschichte abgethan! — Walther, du versprichst mir, davon zu schweigen!"

„Herrgott in deinem Reich! Was bist du für ein guter Junge, Konrad. Gut, ich will's für mich behalten bis auf weiteres, aber ein Auge will ich haben auf ihn, und dir rat' ich's auch. — Geh, Schuft, und sieh dich nicht mehr um — es könnt' mich doch gelüsten, dir eine Kugel nachzuschicken. Dein Gewehr laß hier — denn einem Meuchelmörder trau' ich nicht — morgen soll's einer von den Unsrigen dir wiederbringen."

Wie ein gepeitschter Hund schlich Bastian davon durch die Büsche, und heftig spuckte der Förster aus.

„Pfui — und so ein verlumpter Gesell darf noch den Rock des Vaterlandes tragen? Mir wendet sich die Seele um vor Gift und Galle, und das ganze bischen Frieden, das mir der Wald ins Herz gebracht hat, ist wieder heraus. O wenn's doch bald mit dem Waffenstillstand aus wär' — daß man auf andere Gedanken käme! — Konrad, du bist ein ... nein, du bist zu gut für all' das Lumpenpack auf der Welt, und gerade du mußt mit allen zusammentreffen, wie's scheint!"

Der Alte war in fürchterlicher Laune, und Konrad bemühte sich vergebens, dieselbe zu verbessern. Freilich war auch ihm das Herz schwer. Da kannte er nun zwei brave, tüchtige deutsche Väter, und von beiden die bis ins Mark verlotterten Söhne. Woher nur kam es, daß der Apfel so weit vom Stamme fiel?

Zuletzt waren beide schweigsam geworden und schritten in Gedanken nebeneinander hin, bis sie an die Kantonierungen kamen. Da wurden sie mit dem Rufe empfangen: „Morgen marschieren wir aus!" und überall zeigte sich ein so munteres, frisches Treiben, überall Zurüstungen, als ob es morgen schon zum Kampfe gehen sollte, daß es auch den beiden Freunden wieder freier ums Herz und wohler ward.

Es war in der That der Befehl gekommen, daß das Freikorps sofort nach Schwerin zu marschieren und dort und in der Umgebung Kantonnements zu beziehen habe. Dort sollte es weitere Befehle des Generals von Vegesack erwarten, der eine Division des Armeekorps des Generals von Wallmoden befehligte.

Am nächsten Morgen klangen die Hörner, die Trommeln rasselten, Marschlieder erschollen, und frohgemut rückten die Schwarzen aus ihren bisherigen Kantonierungen und zogen über Kyritz, Pritzwalk und Neustadt gegen Schwerin, wo sie am 9. August eintrafen. Kurz vorher aber war ein Reiter bei den freiwilligen Jägern eingeritten, dessen Ankunft allgemeine Freude und Begeisterung hervorrief — Theodor Körner. An einem Mittag war er da gewesen, frisch und kräftig, und alle hatten sich um ihn gedrängt. Er aber rief immer wieder: „Kameraden — aus ist's mit dem Waffenstillstand! Krieg wird's wieder, und Österreich geht mit uns! Noch in diesen Tagen werdet ihr die Feuerzeichen von den Bergen leuchten sehen! Hurra!"

„Hurra, hurra!" brauste es, wohin er kam, und er konnte nicht genug der Hände drücken. Lützow war hocherfreut, da er seinen Adjutanten wieder hatte, und noch begeisterter, gleichwie eine Ovation für den Dichter, erklangen jetzt seine herrlichen Lieder sowohl des Tags über beim Marschieren, als am Abende um die Wachtfeuer.

Körner aber hatte besonders herzlich Schmidt begrüßt, und in Neustadt hatte der Kreis der Besten wieder einmal beisammen gesessen und der junge Dichter hatte berichtet, wie er in geschickter Verkleidung aus Leipzig und aus dem gastlichen Hause Wendlers entkommen und glücklich nach Karlsbad gekommen war. Die Heilquellen Böhmens hatten das Ihrige gethan, aber die Sehnsucht nach seiner lieben „wilden Jagd" hatte ihn dabei beinahe verzehrt. Nun brachte er heile Knochen wieder und frisches Blut, das er, wie vordem, bereit war für das Vaterland zu opfern.

Und die Feuerzeichen stiegen auf von den Bergen, zuerst von jenen an der böhmischen Grenze, dann loderten sie empor überall in Deutschland, und alle patriotischen Herzen schlugen höher, und alle wußten, was das zu bedeuten habe: Krieg, Krieg bis zum Äußersten und Letzten für die heiligsten Güter des deutschen Volkes. Im Lager der Lützower war ein Freuen, ein Umarmen und Händedrücken, und der Major, der an den Fronten seiner Leute hingeritten war und dem überall die Begeisterung in stürmischen Zurufen entgegenbrauste, rief mit aufleuchtenden Blicken, immer wieder im Sattel sich hebend: „Kinder — diesmal gilt's! Siegen oder sterben fürs Vaterland!"

„Siegen oder sterben!" riefen sie alle, und als erst einige die letzte Strophe von Körners Reiterlied angestimmt hatten, da brauste es von tausend Stimmen:

Und wenn uns Gott den Sieg gewährt,
Was hilft euch euer Spott?
Ja! Gottes Arm führt unser Schwert,
Und unser Schild ist Gott!
Schon stürmt es mächtig rings umher,
Drum edler Hengst, frisch auf!
Und wenn die Welt voll Teufel wär',
Dein Weg geht mitten drauf.

Am 16. August um Mitternacht ging der Waffenstillstand zu Ende. Zu dieser Zeit standen zwei Bataillone Lützower Fußvolk bereits in Lauenburg, mit ihnen ein Häuflein Reiter, Lützower und Kosaken. Unter der Infanterie befand sich Walther, bei den Reitern Konrad Schmidt, Zander und Bastian. Die kleine Schar hatte Befehl, gegen die vordringenden Truppen des französischen Generals Davoust Lauenburg so lange zu halten, als es die Klugheit erlaube, dann das Flüßchen Stecknitz zu passieren und sich auf Gresse zurückzuziehen.

Lauenburg liegt an der Straße, die von Hamburg ins Mecklenburgische führt, und baut sich in freundlichen Terrassen auf in dem Winkel zwischen dem rechten Ufer der Elbe und zwischen der Stecknitz. Schon während des Waffenstillstandes waren westwärts von der Stadt zwei Redouten errichtet worden, die eine an der Elbe, und zwischen ihnen lief die Landstraße. Sie waren beide schwach und unvollendet. Über sie hinaus senkt sich das Terrain, das von Gräben und Hecken durchzogen ist, bis es allmählich wieder zu mäßigen, von Wald bekränzten Höhen emporsteigt. Aus dem Walde aber mußten die Franzosen kommen, wenn sie sich Lauenburgs bemächtigen wollten.

Auf der Straße gegen Hamburg waren 50 Mann Infanterie vorgeschoben. Die lagerten Artlenburg gegenüber und hatten einige bespannte Wagen bei sich, um sich im Notfalle rascher zurückziehen zu können. Noch weiter vorgeschoben auf der Straße war eine kleine Reiterabteilung, meist Kosaken, dazwischen einige Lützower unter Führung Schmidts.

Es war um Mittag des 17. August. Der Tag war wenig freundlich, und auf den Gemütern der Soldaten lag eine bange, erwartungsvolle Schwüle. Man wußte, daß die Franzosen sofort nach Ende des Waffenstillstands die Feindseligkeiten wieder aufnehmen und von Hamburg her anrücken würden. Man hatte bei Zeiten abgekocht und die

Reiter standen bei ihren Pferden, schweigend und erwartungsvoll. Jetzt kamen zwei Kosaken, die als Posten aufgestellt waren, herangejagt. Durch Zeichen gaben sie schon von weitem zu verstehen, daß Truppen hinter ihnen herzogen. Im nächsten Augenblicke folgte ein Kommando, und die Reiter saßen in den Sätteln und zogen sich in ein kleines Gehölz an der Straße, während einer weiter jagte, um das Infanteriepiket zu verständigen.

Die Vorhut eines französischen Regiments erschien. Man sah sie deutlich, jeden einzelnen Mann, da auf der feuchten Straße kein Staub von ihren Tritten aufwirbelte.

„Wir halten sie auf, um der Infanterie Zeit zu schaffen,“ sagte Konrad zu Zander. Gleich darauf rückte die kleine Schar dichter aneinander, alle Säbel waren gezückt, alle Herzen pochten. Die Franzosen kamen näher, und nun brach es über sie herein wie Gottes Wetter. Aber sie waren nicht unvorsichtig und unvorbereitet. Im Laufschritt rückten schon die nächsten nach, starrende Bajonette streckten sich den Reitern entgegen, Schüsse krachten und zornige Rufe erklangen. Aber die ersten Reihen der Vorhut wurden doch zersprengt und eine kleine Verwirrung unter die Nachrückenden gebracht, die auf der Straße sich nicht frei entfalten konnten, und ehe die Ordnung wieder hergestellt war, stoben die Reiter bereits windschnell davon, verfolgt von den nachsausenden Kugeln.

Da auch die Infanterieabteilung sich mittels ihrer Wagen eilig zurückgezogen hatte, besetzten die Franzosen den Wald und warfen auch die Tirailleurkette zurück, welche den trockenen Abzuggraben, der durch das Gelände lief, innegehabt hatte. Aber schon rückten die Schwarzen aufs neue vor. Sie schossen nicht, sondern im Sturmlauf kamen sie heran an den Graben mit zornigem, jauchzendem Hurra! und ob ihnen auch die Schüsse der Franzosen entgegenknatterten und mancher Brave getroffen zusammenbrach, sie griffen mit blanker Waffe, mit dem Kolben des Gewehres die Feinde an und jagten sie heraus aus dem Rinnsal. Sie flüchteten die Höhen hinan und nahmen dort Stellung, aber der Mut der Lützower wagte sich auch an diese Position.

„Wollen wir denn müßig zusehen, wie unsere brave Infanterie streitet?“ rief Zander, und schon im nächsten Augenblicke kommandierte Schmidt: „Abgesessen! Vorwärts zur Attacke!“

Das kleine Häuflein Lützower Reiter kam sofort dem Befehl nach, nur die Kosaken blieben zu Rosse, und flüchtigen Fußes jagten sie über das Wiesengelände hin durch den Graben. Da sah Zander, wie hart neben ihm Bastian niedersank. Eine Kugel konnte den Burschen nicht getroffen haben, denn man war noch nicht so nahe an die Feinde heran, darum kehrte er sich um zu dem Gefallenen:

„Was ist dir?"

„Ich bin verwundet! Laßt mich liegen!" stöhnte dieser, Zander aber riß ihn empor.

„Wo ist die Wunde?" schrie er — und da der andere in seiner Verlegenheit keine Antwort gab und sich nur dem Griffe Zanders zu entwinden suchte, rief dieser:

„Verlogener Bube! Feiger Schuft! Wer ists, der sich salvieren will? — Vorwärts mit dir, oder ich trete dich mit den Füßen zusammen, Niedertracht! Vorwärts mit dir, und wenn du nicht deine Schuldigkeit thust, schieße ich selber dir die Kugel durch den Kopf!"

Er riß den schlotternden Gesellen mit sich fort in rasendem Laufe und erreichte rasch die Gefährten.

„Thu deine Schuldigkeit, wenn ich schweigen soll!" raunte er Bastian zu, dann knatterten die Schüsse und die Eisen klirrten im wütenden Handgemenge zusammen. Der Anprall der Lützower war so heftig, daß die Franzosen geworfen wurden, aber am Rande des Waldes entwickelten dieselben eine sehr bedeutende Streitmacht — 5 Bataillone und 5 Eskadronen — und auf der Straße fuhren Geschütze auf, die es unmöglich erscheinen ließen, die Höhen zu halten. So gingen die Lützower zurück, um neuerdings den Abzugsgraben zu besetzen. Aber auf der Höhe, der linken Redoute gegenüber, fuhren jetzt zwei Kanonen und zwei Haubitzen auf, und während aufs neue um den Graben gestritten wurde, griffen auch zwei eiserne Kanonen der Lützower in den Kampf ein.

Das Gefecht wogte den ganzen Nachmittag, und als die Dämmerung einsank, war es noch nicht entschieden. Aber die Schwarzen hatten den umstrittenen Abzugsgraben behauptet.

Am Abend saßen sie um die Wachtfeuer, still, aber nicht mutlos. Draußen am Graben standen die Vorposten, hier aber zählte man die Toten und Verwundeten; man hatte deren mehr als 40. Man hörte durch die Nacht das Wiehern von Pferden und sah den Schein der feindlichen Biwakfeuer. Schlaf kam auf wenige Augen, da man eines Überfalls gewärtig sein mußte. Die Lützower Reiter saßen beisammen, auch sie hatten ihre Verluste, aber das Gespräch war ruhig und mutig. Bastian lag in seinen Mantel gehüllt da — er schlief oder schien zu schlafen.

„Er thut doch seine Schuldigkeit!“ sagte Konrad zu Zander, „und ist im Kern besser als er scheint!“

Der Angeredete spuckte seitwärts in die Glut des Feuers, daß es aufzischte, und antwortete nicht; erst nach einer Weile sprach er:

„Wenn ich seinem Vater nicht zu Dank verpflichtet wäre und der Mann mir nicht leid thäte — —“

Bastian regte sich im Schlafe, und Zander brach ab.

Die Nacht war still, dunkel und kühl; ab und zu rieselte gegen Morgen ein dünner, nebelartiger Regen nieder. Da knatterten Schüsse. Die Vorposten waren angegriffen und geworfen worden, und nun begann der Streit um den Graben aufs neue. Wiederum dröhnten die tiefen Stimmen der Geschütze, denn auch die dritte eiserne Kanone war in die linke Redoute gebracht worden, und der Feuerwerker Gärtner übernahm die umsichtige und wirksame Bedienung. Abermals drangen die Lützower vor, warfen den Feind aus dem Graben, und trotz des Geschützfeuers ging es stürmend die Höhen hinan. Zander hatte Bastian am Morgen wieder beiseite genommen und ihn im Namen seines Vaters beschworen, sich und dem Korps keine Schande zu machen; stumm, mit verbissenem Groll hatte dieser ihn angehört, dann war er, bleich wie ein Toter, von Zander mit fortgerissen worden. Im Vorwärtsstürmen traf Schmidt auf den Förster; der Alte rief ihm zu: „So gefällt mir's! Vorwärts mit Gott!“ Dann trabte er weiter und mitten im Gewühle jagte auch der Hund einher, bellend, als habe er die Pflicht, die Säumigen anzufeuern.

Es war ein hartnäckiges Handgemenge auf der flachen Höhe, die ganze Mannschaft der Lützower stand im Kampfe, und wie auch die Franzosen sich wehren mochten, sie wurden endlich doch geworfen, nachdem sie ihre Geschütze noch auf eine weiter rückwärts liegende Höhe gerettet hatten. Aber auch dahin stürmte ein Teil der Lützower nach, voran der Hund, der die Gegner wütend niederriß, ob er selbst auch blutete, hinterdrein Walther mit dem wackern Oberjäger Stargardt, mit Schmidt und Zander und August Renz. Bastian war nicht unter ihnen. Zander hatte ihn im Gewühl verloren. Ein leichter Streifschuß an der Stirn, nicht mehr als ein Hautritz, ließ ihn niedersinken und dann zurückkriechen, bis er die Redoute erreichte. Mit verbundenem Kopfe blieb er hier liegen, während es oben auf der Höhe heiß und blutig herging. Schwer getroffen sank Stargardt nieder, und Walther und Schmidt übernahmen die Führung der kleinen mutigen Schar, in welcher jeder ein Held war. Aber sie standen gegen die gewaltige Übermacht, und ihr Bemühen, diese zurückzudrängen, war umsonst. Da fühlte Schmidt plötzlich, wie es vor seinen Augen dunkelte und wie die Kräfte ihn verließen.

„Ich falle!“ rief er, und der Förster, der das Wort hörte, wendete sich ihm zu. Er sah ihn wanken, und im Augenblicke hatte er auch schon den Arm um ihn geschlungen, um ihn zu stützen, und dabei fühlte seine Hand etwas Feuchtes. Das war Blut, das den linken Ärmel bedeckte, welcher aufgerissen war wie von einem Säbelschnitt. Da galt es kein Überlegen. Der Kampf war nicht zu halten; Walther befahl das Signal zum Rückzug zu geben, und während er selbst den Verwundeten schleppte, drängten sich die andern Genossen um die beiden, wie um sie besonders zu schützen, und so kamen sie wieder zurück bis an den Abzuggraben, den die Lützower besetzt hielten. Der letzte war der Hund, welcher verwundet, aber mit hochgetragenem Kopfe herankam. Das Geschützfeuer der Feinde verstummte; sie nahmen auch nicht mehr den vorliegenden flachen Höhenzug ein, und um die Mittagszeit war eine Unterbrechung des Kampfes eingetreten. Freilich an einen Rückzug der Franzosen war nicht zu denken, man konnte sie höchstens im Vormarsch gegen Berlin um einige Tage aufhalten.

In der Redoute lag noch immer Bastian mit verbundenem Kopfe, als man Konrad brachte und neben ihn niederlegte. Unter den Bemühungen Walthers und Zanders schlug dieser jetzt die Augen auf und schaute verwundert umher. „Was ist's denn mit mir?“ fragte er.

„Du hast eins abbekommen, armer Junge!“ sagte Zander.

„Ach Thorheit! Das ist ja nicht möglich!“

„Na, das ist doch Blut, und ein ganz tüchtiger Aderlaß!“ erwiderte Zander.

„Aber mir ist schon wieder wohl — und ich schäme mich wahrhaftig, daß ich schwach geworden. Bindet mir irgend einen Lappen um den Arm — seht ihr, wie ich ihn heben kann, da ist nichts zerschmettert und zerbrochen . . .“

Er machte eine Bewegung, aber sein Gesicht wurde doch wieder fahl und vom Ärmel tropfte das Blut, so daß Walther sagte:

„Jetzt hältst du Ruhe, Konrad! Und wenn's auch wohl nichts gefährliches ist, so hast du doch viel Blut verloren, brauchst einen richtigen Verband und ein paar Stunden volle Rast. Wir bringen dich nach Lauenburg hinein zu einem Chirurgus, und du ruhst dich bis morgen wenigstens aus. — Rede nicht erst, so ist's am besten!“

Schmidt fühlte doch wohl seine Schwäche und fügte sich. Während ihm aber Walther einen Notverband anlegte, wobei es sich zeigte, daß es sich doch wohl nur um eine Fleischwunde von einem Säbelhieb handelte, wandte sich einer der andern Lützower Reiter zu Bastian:

„Was ist denn dir passiert, Kamerad? — Eine kleine Trepanation des Schädels? — Siehst mir nicht aus, als wenn du viel von dem «ganz besondern Saft» verloren hättest. Zeig' mal her!“

Er riß dem Überraschten die Binde ab, welche um seine Stirne lag, und rief lachend:

„Was, und wegen des kleinen Ritzes kriechst du hinter die Verschanzung? Ist kein altes Weib da, das den hier mit einem Sympathiespruche kuriert? — Pfui Teufel . . und das nennt sich einen von Lützow's wilder, verwegener Jagd?“

Spott und Verachtung stand auf allen Gesichtern, und keiner kümmerte sich mehr um Bastian, der mit verbissenem Ingrimm, mit Scham und Zorn zugleich in einem Winkel lag, während Konrad in Begleitung Zanders sich gegen Lauenburg aufmachte, und Walther seinen braven Hund verband.

Die Kämpfe um den Graben nahmen nachmittags wieder ihren Anfang, aber es gelang den Franzosen nicht, die wackeren Lützower zum Weichen zu bringen, und selbst ein noch am Abend von ihnen unternommener heftiger Bajonettangriff hatte keinen Erfolg.

Wieder senkte die Nacht ihren Mantel über das Kampfgefilde, eine dunkle, unfreundliche Regennacht, die mitunter selbst die Biwakfeuer verlöschte. Die Leute waren müde und mancher sank in tiefen

Schlaf, aus dem er nur mühsam aufgeweckt werden konnte. Aber es war keine Spur von Mutlosigkeit in den Herzen. Zander lag neben Walther, zwischen beiden der Hund, den ein Streifschuß nicht bedeutend verletzt hatte, der aber doch ab und zu im Schlafe stöhnte, und Zander erzählte, wie er Konrad gleich bei einem Arzte untergebracht habe und wie dessen Wunde durchaus nicht bedenklich sei. Er berichtete aber auch weiter, daß der Major von Lützow und der General von Tettenborn wohl von Boitzenburg her eingeritten seien, daß der erstere ihn an sein Pferd herangewinkt und den Bericht wegen Schmidt sehr teilnahmsvoll entgegengenommen habe.

Während sie noch plauderten, kam an Walther der Befehl, mit 20 Mann aufzubrechen und eine rechts von der Landstraße in ziemlicher Entfernung postierte Abteilung abzulösen.

Unverzüglich brach der Wackere auf, verabschiedete sich mit warmem Händedruck von Zander, dem er auch den Hund zurücklassen wollte, aber dieser hatte sich schon erhoben und schritt hinter seinem Herrn drein in die Nacht.

Und immer noch rann der Regen, und man hörte sein Rieseln durch die fast unheimliche Stille. Da meldeten die Vorposten das Heranrücken des Feindes, und der Kommandant der ganzen Abteilung, Premierlieutenant von Heyde, ging sogleich mit einer Kompagnie des 1. Bataillons vor, um den an dem Graben gelagerten Tirailleuren zu Hilfe zu kommen. Daß er einer beträchtlichen Übermacht gegenüber stand, konnte ihm nicht zweifelhaft sein, doch suchte er die Franzosen wenigstens so lange aufzuhalten, bis der mittlerweile eingetroffene Befehl zum Rückzug über die sogenannte Palmschleuse oder bei Lanz von den andern Abteilungen ausgeführt wäre. So entbrannte hier aufs neue ein nächtlicher Kampf, der mit um so größerer Erbitterung geführt wurde, als infolge der Nässe die meisten Gewehre versagten und nur mit der blanken Waffe und dem Kolben gearbeitet wurde.

Indes stand weit vorgeschoben seitwärts der Straße Walther mit seinem kleinen Pikett. Durch das nächtliche Dunkel war nichts zu erkennen, aber das Ohr vernahm doch den Marschschritt, das Klirren von Waffen und endlich auch Schüsse. Dem Förster war es klar, daß ein neuer Angriff der Franzosen stattfand, daß es aber nicht möglich sein werde, länger demselben standzuhalten. Er hatte seine

Posten vorsichtig ausgestellt, und schweigend harrte das kleine Häuflein dessen, was nun kommen werde. Das dumpfe Knattern der Schüsse in der Nacht hatte etwas Unheimliches, das schien selbst der Hund zu empfinden, der leise winselte. Da kam ein Reiter heran — es war eine Ordonnanz, die den Befehl brachte, sich bei der Palmschleuse über die Stecknitz zurückzuziehen, und die sogleich weiter jagte, um die Ordre auch andern Abteilungen zu überbringen.

Eben wollte das Pikett abmarschieren, als noch ein zweiter Reiter kam; es war Bastian. Er trug noch immer die Binde um die Stirne, aber man schien seiner Verwundung wenig genug zu achten und gebrauchte ihn als Ordonnanz.

„Befehl des Herrn Lieutenants von Heyde, die Stellung hier auf das Äußerste zu behaupten, bis zur Gegenordre!“ sagte er, und Walther sah ihn einigermaßen verdutzt an, auch die andern Soldaten standen erregt in Marschordnung.

„Herr Bastian — ist das kein Irrtum?“ rief Walther, und jener erwiderte: „So war mein Auftrag!“

„Nun denn, Kameraden — so bleibt nichts übrig, als ehrlich auszuhalten!“

In diesem Augenblicke machte das Pferd Bastians eine kurze heftige Bewegung, und der Reiter rutschte dabei aus dem Sattel.

„Was ist Ihnen?“ fragte der Förster besorgt, aber einer der Leute, welcher hinzugesprungen war, sagte beinahe verächtlich: „Er ist betrunken!“

So war es auch, und dem Eindruck konnte sich auch Walther jetzt nicht verschließen; zugleich war es ihm klar, daß von den beiden Ordonnanzen Bastian zuerst abgeschickt worden war, aber infolge seines Zustands sich verspätet hatte, so daß der zuerst erhaltene Befehl zum Rückzuge zweifellos der richtige war. Er sprach das auch dem Elenden gegenüber aus, dem man wieder in den Sattel half und der in seinem unwürdigen Zustande sich gar nicht bemühte, zu leugnen. Er ritt, so eilig er konnte, von dannen, die kleine Abteilung aber marschierte jetzt im Geschwindschritt, um, während die braven Genossen von der 2. Kompagnie sich noch mit dem Feinde schlugen, die Palmschleuse zu erreichen, was ihnen auch glücklich gelang. Von allen Seiten kamen die auf dem Rückzug befindlichen Lützower, um den Übergang über die Stecknitz zu gewinnen, und nachdem auch die letzte Kompagnie über die Brücke sich zurückgezogen hatte, wurde dieselbe in Brand gesteckt.

Nun rückten die Franzosen in Lauenburg ein, eben als der Augustmorgen erwachte. Konrad Schmidt hatte davon keine Ahnung. Er lag im Obergeschoß eines Hauses, das einem Arzte gehörte, einem alten braven Junggesellen, der sich seiner warm und herzlich angenommen hatte, und schlief, da der Blutverlust ihn doch geschwächt und sich zudem ein leichtes Fieber am Abend eingestellt hatte.

Da kam sein freundlicher Wirt in das Gemach. Er sah einige Augenblicke besorgt den Schlafenden an und wollte sich eben wieder entfernen, als von der Straße herauf Trommelwirbel und Marschschritt klang. Konrad wachte auf, sah einen Augenblick starr und verdutzt umher, und indem er sich aufrichtete, fragte er den Arzt: „Was bedeutet das?"

„Die Franzosen rücken in Lauenburg ein," sagte dieser. Da sprang Schmidt mit einem raschen Satze aus dem Bette und griff nach seinen Kleidern.

„Bleiben Sie ruhig liegen, es ist das Beste — Ihre Uniform verstecken wir — ein Entkommen ist auch unmöglich," — mahnte eindringlich der brave Mann und suchte ihn auf das Lager zurückzudrängen, aber Konrad stieß ihn in seiner Erregung zurück:

„Wie, ich sollte nicht wenigstens versuchen, zu meinen braven Kameraden zu kommen? Soll ich mir nachsagen lassen, daß ich ein Feigling bin und mich wegen des kleinen Hautritzes da versteckt habe, wie ein altes Weib? — Nein — nein!"

Und hastiger noch warf er sich in die Kleider, indes er einen Blick durch das Fenster that. Unten zog eben eine Kolonne französischer Infanterie vorbei. Die Leute sahen abgemüdet aus und kümmerten sich nicht um die Neugierigen, die überall an Fenstern und Thüren sich zeigten. Da beschloß er mit kaltblütiger Kühnheit, sich ihnen anzuschließen. Er drückte den Tschako auf den Kopf, nahm den blanken Säbel unter den Arm, reichte seinem entsetzten Wirte, der noch einmal nach dem Verbande gefühlt hatte, mit einem herzlichen Dankesworte die Hand, und eilte die Treppe hinab. Der erschrockene Arzt sprang an das Fenster und blickte hinaus. Er sah Schmidt zur Thüre heraustreten und wie er kaltblütig jetzt neben den Franzosen hermarschierte, als ob er dazu gehöre. Ihm schlug das Herz vor Angst und Erregung, und unwillkürlich hatte er seine Hände gefaltet wie zu einem stillen Gebet.

Konrad pochte freilich das Herz nicht minder, und ihm erschien es beinahe wunderbar, daß die französischen Soldaten sich um ihn nicht kümmerten. Er mochte so hundert Schritte hart neben ihnen einhermarschiert sein, als eine enge, stille Seitengasse abbog. Mit schnellem Entschlusse trat er beim Vorüberkommen in dieselbe ein, die Leute, die auch hier sich angesammelt hatten, machten ihm Platz, ohne wohl im Augenblicke auch sich darüber klar zu sein, daß dies kein Franzose, sondern ein Lützower sei, hinter ihm schloß sich wieder ihre Reihe, und unaufgehalten ging er nun weiter. Das ganze Städtchen war mit Ausnahme der Straße, durch welche die Truppen marschierten, wie ausgestorben, und so kam er bis an das Thor, das gegen Boitzenburg hinführte.

Da stand ein französischer Posten — die Feinde waren also durchaus vorsichtig — aber nur eine Sekunde schwankte Konrad, ob er umkehren solle. Er faßte nach dem Griff seines Säbels, den er unter dem Arme trug, und schritt ruhig weiter. Der Franzose sah ihn kommen und war zunächst, als er die preußische Uniform erkannte, ganz verblüfft, so daß Konrad völlig an ihn herankam.

Nun klang ihm erst das „Qui vive!“ des Postens entgegen, aber im nächsten Augenblicke hatte er denselben, der wohl einen Angriff nicht erwartet haben mochte, niedergeschlagen und eilte nun, so schnell es seine Kräfte erlaubten, zum Thore hinaus. Ihm war's, als höre er hinter sich Geschrei, aber er sah sich nicht um, er blickte nur vorwärts, wo er auf der Straße einige Reiter merkte; das waren wohl die Kosaken und seine Kameraden, die mit vor Lauenburg gefochten hatten, und er rief sie an. Jetzt wendete sich einer um, und Konrad erkannte Bastian. Auch dieser schien ihn zu erkennen, und ohne ihm zu Hilfe zu eilen, drängte er sein Pferd vorwärts. Aber schon ritt ein anderer eilig heran. Es war Zander.

„Gelobt sei Gott — Konrad!“ rief er. — „Dich hielten wir schon für verloren. — Rasch zu mir aufs Pferd!“

Nach wenigen Augenblicken war Schmidt neben dem treuen Gefährten, dessen Roß sie beide trug. So kamen sie mit den andern an die Palmschleuse. Einige versprengte Infanteristen halfen sich, da die Brücke schon zerstört war, hinüber an langen Stangen, welche je zwei auf ihren Schultern über dem Bette des Flüßchens hielten und an denen die andern mit den Händen sich fortgriffen. Die Reiter aber gingen mit den Rossen durch das Gewässer.

Zwischen Boitzenburg und Gresse fand sich die ganze Abteilung wieder zusammen und hielt hier Rast. Hier erst kam manche brave, tapfere That ans Licht und weckte Beifall und Begeisterung, aber hier zeigte sich auch der strenge, ehrenfeste Geist, der in dem Korps waltete und der auch über die Feigheit Gericht hielt. Zwei Soldaten von der 3. Kompagnie des 1. Bataillons wurden von ihren Kameraden ausgestoßen aus ihren Reihen, weil sie ohne ihre Gewehre sich eingestellt hatten. Vergebens erklärten dieselben, daß ihre Waffen in dem sumpfigen Boden an der Stecknitz stecken geblieben seien, umsonst verwendete sich selbst ihr Offizier für sie, die Kompagnie litt nicht, daß sie länger den schwarzen Rock trügen, den sie nach der Meinung der Kameraden entehrt hatten.

In finsterem Schweigen gingen die beiden von dannen, unter den Truppen aber herrschte nach ihrem Abgange noch eine heftige Erregung. Vor allem aber stand die kleine Reiterabteilung, die Konrad geführt hatte, beisammen, und Stimmen wurden allmählich laut, die da riefen:

„Sind wir schlechter als die Infanterie? — Ist unsere Ehre geringer? — Fort mit Bastian!“

Konrad war die Angelegenheit peinlich — er suchte zu beschwichtigen, aber er goß damit Öl ins Feuer.

Einer der Reiter sagte:

„Verzeihen Sie, Herr Lieutenant, das ist nicht mehr Ihre, sondern unsere Sache. Wenn Sie ihm all das vergeben, was er Ihnen angethan, so mag es dabei sein Bewenden haben, obwohl auch das dem Korps nicht zur Ehre ist. Hier liegt die Sache aber doch noch anders. Wir wissen alle, daß Bastian ein erbärmlicher Feigling ist, der mit einem kleinen Hautritz hinter die Front lief — wir wissen aber noch mehr. Es wird überall davon gesprochen, daß er diese Nacht betrunken gewesen und eine Ordre unrichtig hinterbracht habe, so daß ein ganzes Pikett darüber Gefahr lief, vom Feinde abgeschnitten zu werden, wenn nicht der kommandierende Oberjäger nach besserem Ermessen gehandelt hätte!“

„Ruhig Blut, Kameraden — und keine Übereilung!“ mahnte Schmidt abermals; „wo ist der betreffende Oberjäger?“

„Der Förster Walther!“ riefen einige Stimmen, und in diesem Augenblicke kam der Genannte, als ob er gerufen worden, herbei.

„Walther!“ rief Konrad ihn an — „du sollst Zeugnis geben! Bastian ist angeklagt der Trunkenheit und der Fahrlässigkeit!“

„Daran ist nichts zu deuteln! — Meine ganze Abteilung giebt Zeugnis dafür und keiner ist's, der nicht empört wäre über den Menschen, der schon lange kein ehrlicher Reiter mehr ist!“

„Walther!“ rief Schmidt mahnend und bittend; der Alte aber war in Erregung und sagte mit grollender Stimme:

„Nein Konrad — Herr Lieutenant — das ist das ganze Korps sich schuldig, daß es den Burschen nicht mehr unter sich duldet, der selbst vor . . .“

„Walther!“ schrie heftiger Schmidt, aber Zander nahm jetzt das Wort:

„Hier hilft kein Vertuschen und Verbergen! das Maß ist voll, und wenn die Infanterie zwei Männer ausschließt um eines geringen Vergehens, dürfen wir nicht zögern. Ein Feigling ist Bastian . . .“

„Und ein Schurke dazu!“ rief Walther, und derjenige, welcher vorhin schon den Sprecher der Lützower Reiter gemacht, sagte ernst:

„Herr Lieutenant, ich habe in unser aller Namen zu erklären, daß wir sämtlich diesen Rock, den wir bisher für ein Ehrenkleid gehalten haben, ausziehen, wenn Bastian ihn auch nur eine Viertelstunde länger trägt. Wir wissen genug, und der Oberjäger Walther nennt ihn nicht bloß einen Feigling, sondern auch einen Schurken dazu, und wir haben nicht Ursache, an der Wahrheit des Wortes zu zweifeln — mit einem Schurken aber sind wir alle verschimpfiert.“

Auch die andern stimmten mit lautem Rufe bei und Konrad sagte:

„Es ist nicht Brauch, zu urteilen ohne zu hören. Laßt Bastian in den Ring treten!“

Schweigend waren die andern einverstanden und schlossen einen Kreis. Der Angeschuldigte, der mit bleichem Gesicht fern gestanden, wurde herbeigerufen, und Konrad, selbst bleich, hielt ihm ruhig vor, wessen man ihn beschuldige, dann schloß er:

„Bastian, hast du zu deiner Verteidigung, zur Beruhigung der Kameraden etwas zu sagen?“

Einige Augenblicke schwieg der Angeredete; er ließ die Augen ängstlich und scheu im Kreise herumgehen und begegnete lauter kalten, verachtungsvollen Gesichtern, nur in jenem Konrads stand stille Teilnahme und Mitleid. Gerade das aber reizte ihn. Er wollte von diesem einen gerade kein Mitleid. Eine heiße Blutwelle schoß ihm jetzt ins Gesicht, zornig bäumte er sich auf, dann aber riß er mit einem plötzlichen Ruck sich den Rock vom Leibe, warf ihn vor Konrads Füße und schrie:

„Ich selber will nichts mehr von euch — verflucht sei die Gemeinschaft, die ich mit euch gehabt, die ihr den Menschen nur nach schönen Worten meßt! dafür ist der Predigerjunge euch gut . . ."

Er wollte noch mehr sagen, aber mit erhobenen Fäusten drangen einige auf ihn ein, und während Konrad „um der Ehre des Standes willen" bat, ruhig zu bleiben, entfernte sich Bastian schimpfend und höhnend. Noch fern auf der Landstraße sahen sie ihn, wie er die geballten Fäuste drohend hob nach den Zurückgebliebenen.

Konrad blieb ernst und stumm, Zander aber, der seine Hand ergriffen hatte, sagte:

„Mir ekelt vor dem Gesellen — eine widerwärtige Bestie! Gräme dich nicht — ich weiß, was in dir vorgeht — und sieh dich um. Hier sind lauter brave Burschen, und alle hängen an dir, ist das nicht ein reicher Ersatz?"

Und die andern kamen, und jeder wollte ihm stumm die Hand drücken, auch Walther trat heran und sagte:

„Er war mehr als ein Feigling — er war heruntergekommen bis zum Meuchelmörder . . ."

„Walther, um seines ehrlichen Vaters willen!" rief Schmidt und legte dem Förster die Hand auf den Arm; der ließ plötzlich den Kopf sinken und murmelte müde vor sich hin:

„Er hat einen ehrlichen Vater!"

Dann seufzte er tief auf und ging langsam, von seinem Hunde gefolgt, von dannen.

Siebentes Kapitel.

Heldentod.

Das Herz erfüllt von Zorn und Scham und Rachbegier hatte Bastian mit eiligen Schritten sich entfernt, und schlug einen Feldweg ein, der nach dem Orte Zarensdorf führte. Auf einer kleinen Erhöhung, wo zwei Bäume standen, hielt er an, warf sich in den Schatten und starrte mit finsteren Blicken hinüber gegen Gresse, wo er die lagernden Lützower schauen konnte. Hätte er sie jetzt alle vernichten können, die dort unten, es wäre ihm eine teuflische Freude gewesen. Was sollte nun mit ihm werden?

Das war die Frage, welche er vor allem erwog. Nach Hause konnte er nicht zurückkehren; Scham und Furcht vor seinem Vater machten ihm das unmöglich; sich eine Stellung suchen, sich verdingen als Arbeiter . . . dazu konnte er sich nicht entschließen, wer hätte auch in diesen Zeitläufen ihn annehmen mögen? — Würde nicht jeder ihm ins Gesicht gesagt haben, ein Bursche wie er gehöre jetzt unter die Fahnen seines Königs?

Er war augenblicklich noch nicht ganz ohne Mittel, freilich lange konnte er damit nicht aushalten, und was dann? Er schüttelte sich, als wollte er die unmutigen und unangenehmen Gedanken los werden, und wandte den Kopf von dem Lager der Lützower da unten weg nach der andern Seite, wo unter ihm Zarensdorf und weiter nach Osten Vellahn mit ihren friedlichen kleinen Häusern aus der grünen Landschaft winkten. Fürs erste wollte er einen Anzug, wie ihn das Landvolk trug, kaufen und sich in eine bessere Stimmung hinein essen und trinken. Langsam erhob er sich, und ohne den Kopf noch einmal zurückzuwenden, schritt er hinab gegen Zarensdorf.

Bei der Schenke hielt er an und sah durch die Fenster hinein. Einige Bauern saßen an dem rohen Tische und rauchten und tranken. Er trat ein und setzte sich zu ihnen. Sie schauten ihn mit einiger Verwunderung an, und einer fragte ihn beinahe mißtrauisch, wo er seinen Rock gelassen habe.

Er erzählte, daß er der Wärme wegen denselben ausgezogen und neben sich gelegt habe in dem kleinen Gehölz, wo er Rast hielt. Dort sei er eingeschlafen und währenddessen habe man ihm das Kleidungsstück gestohlen, ebenso seine Mütze. Es klang nicht besonders glaubhaft, aber in jenen Tagen passierten absonderliche Sachen, und man hatte sich daran gewöhnen müssen, noch ganz andere Geschichten für wahr zu halten. Die Bauern redeten darüber auch nicht weiter, und der Wirt verkaufte ihm eine getragene Jacke und eine Mütze um einen geringen Preis, und da er unmittelbar vor dem Orte auch von seinen Beinkleidern die wenigen militärischen Abzeichen losgetrennt hatte, mochte er jetzt wohl für einen Bauernburschen gehen.

Er erzählte, daß er nach Schwerin wolle, wo er Verwandte habe, und erfuhr dabei, daß dort der französische Marschall Davoust sich befinde, der sich entweder gegen Berlin oder gegen Stralsund wenden werde. Auch die Bauern waren erbittert gegen das fremde Volk und sprachen in ihrer Weise warm von dem heldenhaften Kampfe des Lützower Häufleins bei Lauenburg. Bastian redete nichts dazu, aber es überkam ihn einmal, als müsse er in einer Anwandlung von Stolz erklären, er sei auch dabei gewesen, doch er unterdrückte die Regung; er hätte ja nicht gewußt, was er sagen solle, weshalb er die Fahne verlassen.

So verhielt er sich im Ganzen schweigsam, aß, was der Wirt ihm vorgesetzt hatte und begann, nach seiner Art, viel zu trinken. Das stimmte ihn lustiger, und als erst am Abende noch mehr Bauern in die Schenke kamen, begann er Schnurren zu erzählen und Possen zu treiben, so daß sich alle über ihn ergötzten und er selbst sich behaglich fühlte, wie seit langem nicht, denn er war einmal der Mittelpunkt, um den sich alles drehte, ja dem eine Art naiver Bewunderung nicht fehlte.

Am andern Morgen hatte er einen schweren Kopf wie nach einer wüsten Nacht, und die ganze Welt sah ihn so grau an, zumal ein leichter Regen niederging. Trotzdem zog er weiter, denn die leere Schenke mit ihrem muffigen Tabaksdunst widerte ihn an. Er wanderte gegen Kammin und von da gegen Wittenburg. Da traf er lustige Genossen und blieb drei Tage. Allgemach aber ging sein Geld zur Neige, und in Wittenburg verkaufte er um einen Spottpreis seine wertvolle Uhr und verlebte nun noch zwei lustige Tage in einem nahen Dorfe. Es war, als ob der Grundsatz des Königs Jerôme von Westfalen auch ihm in Fleisch und Blut übergegangen wäre.

Aber die Ernüchterung konnte nicht ausbleiben, und als erst sein Säckel wieder leer war, überkam ihn beinahe die Verzweiflung. Er hatte sich gegen Schwerin zu gewendet, und wie er durch einen Wald hinschritt, überfiel ihn ein entsetzliches Gefühl seiner Verlumptheit, eine innerliche Öde, ein Widerwillen vor sich selbst, und er hielt Umschau unter den Bäumen, welcher wohl am besten geeignet sein könnte, um sich daran zu erhängen. Unter einem Eichbaum hielt er Rast; er legte sich platt auf den Boden und sah empor nach dem grünen Geäst und ließ sein Leben an sich vorübergehen. Da ward er sich selber zum Ekel. Was waren seine Lützower Kameraden für Burschen ihm gegenüber! Die Eichenzweige, die über ihm rauschten, erinnerten ihn daran, daß es der deutsche Baum Wodans sei, mit dessen Laub sich die deutschen Streiter schmückten, die ihn ausgestoßen aus ihrer Mitte, sie erinnerten ihn an den Schwur in Rogau in dem kleinen Dorfkirchlein, wo auch er das grüne Symbol an seinen Tschako gesteckt und etwas von dem Wehen des guten deutschen Geistes gefühlt hatte.

Er suchte in seinen Taschen; er wußte, daß er einen Strick in einer derselben gehabt hatte, und nun zog er ihn hervor. Mit seltsamen Blicken sah er ihn an, da er ihn durch seine Finger gleiten ließ, und dann begann er eine Schlinge zu knüpfen. Er legte sie um den Hals und zog sie zusammen, aber da sie ihm die Kehle leicht schnürte, überlief ihn ein Schauer und er befreite sich wieder von derselben. Abermals lag er jetzt eine Weile träumerisch, und Erinnerungen aus seinen Jugendtagen gingen ihm durch die Seele. Als aber unter diesen auch die Gestalt Konrad Schmidts erschien, und als er an die Züchtigung dachte, die er einst um dessenwillen erhalten, da erfaßte ihn Haß und Ingrimm gegen den Jugendgenossen, gegen seinen Vater, gegen alle Welt, und mit einem raschen Entschlusse riß er sich empor, kletterte an dem Stamme des Baumes hinan und wand das Ende des Strickes um einen Ast. Dann zog er die Schlinge heran, um den Kopf hindurchzustecken, da hörte er plötzlich eine Stimme:

„Halloh, Geselle, was für Dummheiten treibst du denn da?“

Bastian erschrak, daß er von dem Aste herabtaumelte auf die Erde, und dabei kollerte er zwei Soldaten vor die Füße, welche die westfälische Uniform trugen und völlig ausgerüstet waren.

„Eine wunderliche Frucht, die da von dem Eichbaume fällt,“ spottete der eine, und der andere stieß ihn mit dem Fuße an und sagte:

„Steh' auf, Bursche! Wenn dir dein Leben so feil ist, so besorgt das eine Kugel viel sauberer, als der Strick. Schäm' dich — in solchen Zeitläufen sich aufhängen wollen! Tritt unter die Fahnen des Königs Jerôme — da lebt sich's alleweil lustick!“

Die Leute sprachen deutsch trotz der fremden Uniform; sie sahen auch ganz gutmütig aus, und Bastian überwand rasch seinen Schrecken und seine Verlegenheit. Vielleicht war's just gut so, daß er die da traf in seiner größten Not, da er nicht wußte wo aus noch ein, und rasch erklärte er, er sei König Jerômes Mann, wenn sie ihn brauchen könnten. Da forderten ihn die Soldaten auf, bei ihnen zu bleiben, bis sie abgelöst würden; sie seien hier als vorgeschobener Posten einer kleinen Infanterieabteilung in den Büschen versteckt. Der eine reichte Bastian seine Feldflasche, und dieser stieß an auf gute Kameradschaft.

Nach etwa einer halben Stunde kamen zwei andere Soldaten, um ohne viele Formalitäten die ersten abzulösen, und diese schritten nun mit Bastian durch den sinkenden Augustabend im Walde hin. Am Waldsaume, seitwärts der Straße, lagerten etwa 100 Mann Infanterie, Franzosen und Westfalen, um eine Anzahl schwerbepackter Wagen her. Ihre Wachtfeuer leuchteten gastlich in der Dämmerung, und ihre Pferde grasten friedlich auf dem Anger.

Bastian wurde vor einen Offizier geführt, dem er ein Märchen vorlog und der ihn gegen Handgeld aufnahm unter die Truppen, auch Sorge tragen ließ, daß er einige Uniformstücke und ein Gewehr erhielt. So saß er am Abend unter seinen neuen Kameraden, wie Tags zuvor unter den Bauern, und da es nicht an guter Atzung und einem Trunke fehlte, fühlte er sich bald wieder wohl. Doch galt es bei Zeiten zur

Ruhe zu gehen, da der Transport am frühen Morgen gegen Gadebusch aufbrechen sollte. — —

An demselben Abend aber lagerten südwärts von der Straße, die von Schwerin gegen Gadebusch führt, in einem Gehölze bei Rosenhagen Lützowsche Reiter und Kosaken unter Führung des Majors selbst. Sie hatten ihre Abendmahlzeit in einem Orte eingenommen, wo für eine französische Einquartierung gedeckt worden war, und saßen nun vergnügt um die Wachtfeuer. An einem derselben lagerten Theodor Körner, Konrad Schmidt, Zander, Erich und ein junger Graf Hardenberg. Sie plauderten von der Zukunft und von den Tagen der Freiheit, nur Körner zeigte sich schweigsamer als es sonst seine Gewohnheit war.

„Er ist in Wien bei seiner Braut Toni," sagte gutmütig spottend Hardenberg, und der junge Dichter fuhr auf:

„Das ist's wahrhaftig gewesen, Kameraden, und ich weiß nicht, warum ich heute gerade mit so vieler Wärme und gar so lebhaft an meine Lieben denken muß! Sollte das auch eine Ahnung sein? Weißt du noch, Schmidt, wie ich bei Großgörschen mit dem Pferde in ein Grab einsank, und dann kam die dumme Geschichte von Kitzen?"

„Aber Körner," — riefen die andern — „das sind ja thörichte Anwandlungen, Zufälligkeiten, und daß es Stunden geben kann, da wir im Geiste lebhafter bei den Unsrigen sind, das wissen wir alle."

„Und das sind gute Stunden!" sagte Zander.

„Ganz gewiß," erwiderte Körner, „und mir ist's auch, als sei ich vom Hauche der Liebe umweht, und ich fühle mich ja wohl und gewiß nicht bange. Ihr wißt es alle, daß ich mich nicht vor dem Tode fürchte, wenn auch das Leben noch manches Schöne für mich in hoffnungsvoller Ferne zeigt. Ich bin müde und will meinen Traum weiter träumen. Gute Nacht, Kameraden!"

Er hüllte sich in seinen Mantel, schob einen Tornister unter den Kopf und wandte sich mit dem Rücken gegen das verflackernde Feuer. Die andern erwiderten seinen Nachtgruß; eine Weile ging noch ihr Flüstern hin und her, dann legten auch sie sich auf das Moos und den Rasen, und allgemach ward es ringsum stille, und nur die ausgestellten Posten und die ewigen Sterne hielten ihre Wacht.

Am frühen Morgen begann wieder ein geschäftiges Leben. An den Feuern wurde das frugale Frühmahl bereitet, einzelne Reiter machten ihre Morgentoilette, andere putzten an ihren Waffen, andere versorgten die Pferde, und Major von Lützow ging durch das kleine Lager, überall hin freundlich winkend und grüßend.

Theodor Körner aber saß etwas abseits, mit dem Rücken an eine stattliche Föhre gelehnt, und schrieb eifrig mit dem Bleistifte in seinem Notizbuche. Als ihn der Major erblickte, wollte er seitwärts treten, um ihn nicht zu stören, aber schon hatte der junge Dichter ihn gesehen und sprang auf, ihn militärisch zu grüßen.

„Guten Morgen, lieber Körner! Sie haben wohl schon in aller Herrgottsfrühe die Muse bei sich zu Gaste?"

„Bin eben in Gnaden von ihr entlassen worden, Herr Major!"

„Na und was für ein Gastgeschenk hat sie denn Ihnen und uns gespendet? Geheimnis ist's doch keins und ganz gewiß für die «Schwarzen» in erster Reihe bestimmt."

„Es ist ein Schwertlied!"

„Bravo! — Das können wir brauchen, und ein prächtigeres Frühstück giebt's nicht, als wenn Sie uns das zum besten geben. Kommen Sie, Kamerad! Die dort drüben wittern lange schon etwas und sind nicht minder begierig wie ich — Kommen Sie!"

Er nahm seinen jungen Adjutanten jovial unter den Arm und zog ihn mit fort zu dem nächsten Feuer, um das sich beinahe augenblicklich eine größere Zahl von Lützows Reitern scharte.

„Körner hat etwas neues!" rief der Major, und während noch mehr heran eilten, stand der jugendliche Tyrtäus mit seinen leuchtenden Augen da, und seine frische, tönende Stimme klang in den hellen Augustmorgen:

Du Schwert an meiner Linken,
Was soll dein heit'res Blinken?
Schaust mich so freundlich an,
Hab' meine Freude dran.
Hurra!

„Mich trägt ein wack'rer Streiter,
Drum blink' ich auch so heiter,
Bin freien Mannes Wehr;
Das freut dem Schwerte sehr."
Hurra!

Ja, gutes Schwert, frei bin ich
Und liebe dich herzinnig,
Als wärst du mir getraut
Als eine liebe Braut.
Hurra!

„Dir hab' ich's ja ergeben
Mein lichtes Eigenleben.
Ach, wären wir getraut!
Wann holst du deine Braut?"
Hurra!

Zur Brautnachtsmorgenröte
Ruft festlich die Trompete;
Wenn die Kanonen schrein,
Hol' ich das Liebchen ein.
Hurra!

„O seliges Umfangen!
Ich harre mit Verlangen.
Du, Bräutigam, hole mich,
Mein Kränzchen bleibt für dich."
Hurra!

Was klirrst du in der Scheide,
Du helle Eisenfreude,
So wild, so schlachtenfroh?
Mein Schwert, was klirrst du so?
Hurra!

„Wohl klirr' ich in der Scheide;
Ich sehne mich zum Streite,
Recht wild und schlachtenfroh.
Drum, Reiter, klirr' ich so."
Hurra!

So komm denn aus der Scheide,
Du Reiters Augenweide.
Heraus, mein Schwert, heraus!
Führ' dich ins Vaterhaus.
Hurra!

„Ach herrlich ist's im Freien,
Im rüst'gen Hochzeitsreihen!
Wie glänzt im Sonnenstrahl
So bräutlich hell der Stahl!"
Hurra!

Wohlauf, ihr kecken Streiter,
Wohlauf, ihr deutschen Reiter!
Wird euch das Herz nicht warm?
Nehmt's Liebchen in den Arm!
Hurra!

Erst that es an der Linken
Nur ganz verstohlen blinken;
Doch an die Rechte traut
Gott sichtbarlich die Braut.
Hurra!

Drum drückt den liebeheißen
Bräutlichen Mund von Eisen
An eure Lippen fest.
Fluch! wer die Braut verläßt!
Hurra!

Nun laßt das Liebchen singen,
Daß helle Funken springen!
Der Hochzeitmorgen graut. —
Hurra, du Eisenbraut!
Hurra!

Die Begeisterung, die aus den Worten des Dichters glühte, übertrug sich in das Herz der Hörer; mutig blitzten die Augen in den gebräunten Gesichtern, die Schwerter klirrten bei jedem Hurra!, und als Körner geendet, mußte der Major mit aller Energie einer lauten Ovation wehren, die angesichts der Nähe der Feinde hätte nicht unbedenklich sein können. Aber er selbst umarmte den jungen Dichter und sprach:

„Wer das kann, ist mehr wert, als wir andern alle. Wir geben jeder sein bischen Blut für König und Vaterland, Sie aber begeistern Tausende. Gott erhalte Sie, Körner!"

Dann schritt er langsam weiter ... die Reiter aber lagerten sich wieder und saßen in gehobener Stimmung bei ihrem einfachen Frühmahl.

Um die siebente Stunde sprengten einige Kosaken heran, die dem Major eine Meldung brachten, und gleich darauf kam der Befehl zum Aufsitzen. Es war die Kunde gekommen, daß ein französischer Wagentransport, von Infanterie begleitet, auf der Straße herankomme, und Lützow sah darin eine gute Beute. Er verfügte sofort, daß die Kosaken denselben an der Spitze und an den Flanken angreifen sollten, während er selbst mit 50 Reitern in den Rücken der Kolonne einbrechen wollte und die anderen 50 im Gehölze bleiben sollten als Nachhut und für den Fall, daß dem Wagentransport noch eine Reiterabteilung folge.

Es regte sich nichts; keine Waffe klirrte, auch kein Pferd wieherte, und mit beinahe nachlässiger Sicherheit rückten die Feinde heran: Hochbeladene Wagen, und ihnen vorauf und zur Seite französische und westfälische Soldaten. Lützow ließ sie ruhig näher kommen, dann erklang ein Trompetensignal und mit lautem Hurra brachen die Reiter hervor. Hei, Lützow's wilde, verwegene Jagd! Das war sie wieder, rasch und kraftvoll, zusammenwirkend und sicher war der Anprall. Aber auch die Lenker der Transportwagen peitschten auf ihre Pferde ein, so daß diese wild auf der Straße hinjagten, ihnen zur Seite die Kosaken, die infolgedessen nicht rasch genug die Spitze der Kolonne zu erreichen vermochten.

Einige von den Wagen gewannen den Wald, der zu beiden Seiten der Straße sich hinzog, die Bedeckung sprang von diesen herab und schwärmte am Rande des Gehölzes aus. Schüsse krachten, Geschrei, Fluchen, Aufstöhnen klang durcheinander, und während ein Teil der feindlichen Infanterie die Waffen wegwarf, flüchtete oder sich ergab, versuchten andere noch einen vergeblichen Widerstand zu leisten. In dem kleinen lichten Gehölze waren mit diesen eine Anzahl Reiter in einen kurzen erbitterten Kampf geraten.

Mit hochgeschwungenem Säbel war Erich herangesprengt gegen einen feindlichen Offizier, aber wie er die Klinge gegen ihn hob, erkannten sich beide: Es war sein Bruder Karl! Gleichzeitig ließen beide die Waffen sinken, in diesem Augenblicke aber traf ein wuchtiger Säbelhieb die Stirn des westfälischen Offiziers, so daß er zusammenbrach. Erich jedoch sprang, unbekümmert um alles andere, aus dem Sattel und kniete bei dem Bewußtlosen nieder.

Ringsum knatterten die Schüsse weiter, die Eisenbräute jauchzten und klirrten und frohes „Hurra!“ erschallte. Hinter einem Gebüsche lag Bastian. Ihm war es unheimlich, und am liebsten wäre er entflohen, denn in die Hände der Lützower durfte er nicht fallen im Rocke des Königs von Westfalen. Der Elende zitterte und bebte, und doch wagte er nicht aus seinem Versteck zu gehen. Da sah er seine früheren

Kameraden in das Strauchwerk und Gebüsch hineinsprengen. Er sah allen voran Theodor Körner, die herrliche Jünglingsgestalt, auf seinem Schimmel, und gleich neben ihm Konrad Schmidt. Da faßte ihn eine blinde, unaussprechliche Wut. Er war zunächst sich selbst nicht klar über sein Thun; er riß seine Flinte an die Backe, um den Verhaßten zu töten; der Schuß krachte, aber in demselben Augenblicke hatte Körners Roß einen Seitensprung gemacht, so daß dieser Schmidt verdeckte und die Kugel ihn traf. Bastian sah noch, wie er im Sattel wankte und augenblicklich zurücksank — dann warf er sein Gewehr fort, schleuderte den Rock von sich, welchen er trug, und wie von den Furien gejagt floh er waldeinwärts.

Die Lützower Trompeter riefen zum Appell, der kurze Kampf war vorbei, aber um Körner mühten sich noch die treuen Genossen. Sie machten ihm die Füße frei aus den Bügeln, sie hoben ihn vom Pferde und betteten ihn auf den Rasen, sie öffneten ihm den Waffenrock, um nach der Wunde zu sehen, und erkannten zu ihrem Schmerze, daß der Tod augenblicklich eingetreten war. Ernsten, festen Männern liefen die Thränen über die Wangen, und der Major von Lützow drückte, stumm in seinem Schmerze, die Hand des lieben Toten. Der kurze Kampf hatte noch mehr Opfer verlangt, auch der junge Graf Hardenberg war gefallen.

Erich hatte den Ruf zum Sammeln wohl gehört, aber er vermochte den todwunden Bruder nicht im Stiche zu lassen, und bat, daß man ihm erlaube, für denselben zu sorgen. Kameraden waren ihm zur Hand, und als nach kurzer Frist einige Wagen beschafft waren, um die Toten wegzuführen, wurde auf einen derselben auch Karl gehoben, dem seine schwere Wunde notdürftig verbunden worden war, und neben ihm auf dem Stroh saß sein Bruder und hielt den wunden Kopf des Bewußtlosen auf seinem Schoße. In dem ersten Wagen aber, weich gebettet, lag die Leiche Theodor Körners, und mit andern ritt auch Konrad ihr zur Seite.

Es war ein unendlich trauriger Zug, der sich da gegen Wöbbelin hin bewegte. Dorthin ging auch der gewonnene Wagentransport und die Gefangenen. Zu deren Begleitung war unter andern auch Zander kommandiert. Er war von dem Tode Körners gleichfalls tief erschüttert und saß, teilnahmlos gegen alles andere, im Sattel. Nur einmal ließ er gleichgültig seinen Blick über die Reihen der Gefangenen gleiten, die meist stumpf und ruhig, teilweise sogar lustig einhertrotteten, was namentlich bei den Westfalen der Fall war. Da zuckte Zander plötzlich auf — — da war ein Gesicht, das er kannte! Das war ja der erbärmliche Bursche, der damals im Hause von Erichs Vater ihn und seinen Freund verraten hatte, den wollte er im Auge behalten: Der Schurke sollte nicht, wie es sonst Brauch war, entlassen werden, sondern der Strafe für seine Gemeinheit nicht entgehen.

Der Zug kam gegen Wöbbelin heran. Auf freier Feldflur draußen sah man zwei einzelne hohe, stattliche Eichen stehen, und einer sprach zu dem andern:

„Dort müßten wir ihn begraben! Er hat die Eiche so oft besungen und das schöne Wort gesprochen:

Wachse du Freiheit der deutschen Eichen,
Wachse empor über unsern Leichen,
Vaterland, höre den heiligen Eid!“

Daraufhin ritten einige hinüber, um die letzte Ruhestätte für Theodor Körner auszuwählen, und einer von ihnen schnitt seinen Namen ein in den Stamm des Eichbaumes. Indes war der Leichnam in ein Trauerhaus gebracht worden in der Nähe der Landstraße. Man hatte einen Arzt gerufen, der freilich nichts weiter als den freundlichen Trost geben konnte: „Es war ein selig Sterben!“ Unter der Herzgrube war die Kugel ihm in das Rückenmark gedrungen.

Nun wurde er aufgebahrt, und neben ihm die andern Gefallenen.

Ein einfacher Sarg war rasch beschafft worden, der ward auf Stühlen aufgestellt und Eichenlaub ward rings umwunden.

Auch um die Stirne des edlen Toten lag ein Eichenkranz.

So fand ihn Zander, der jetzt an Konrad Schmidt herantrat, dem die Thränen aus den Augen rannen und dem er stumm und herzlich die Hand drückte. Ein wunderbarer Friede ruhte auf den Zügen des Entschlafenen, dessen Antlitz kräftig und jugendlich-schön aus dem Eichenlaub hervorsah, als ob er schliefe.

In demselben Gemache hatte man vorübergehend auch den bewußtlosen westfälischen Offizier untergebracht, und der Arzt hatte seine Wunde untersucht. Er mußte dem tieferregten Bruder mitteilen, daß sie tödlich sei, und daß er sich wundere, daß das matte Lebens-

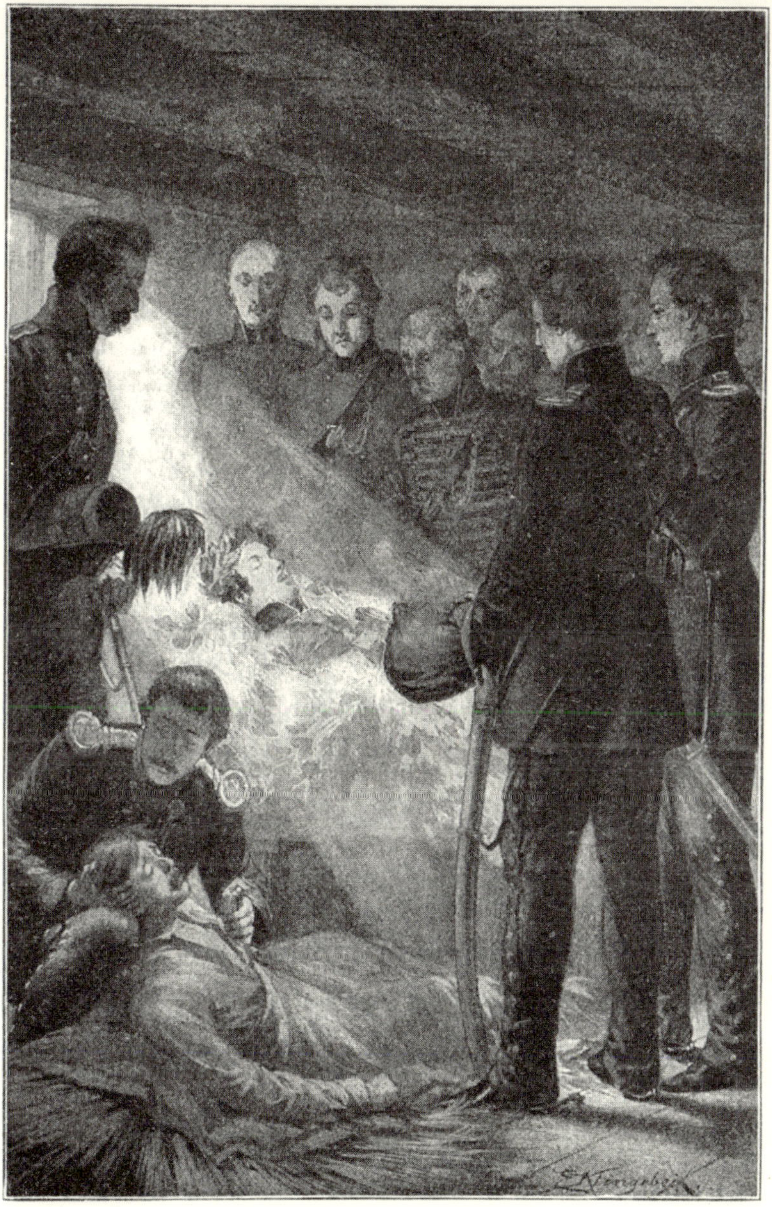

Zu Seite 137.

flämmchen noch so lange geflackert habe. Da raffte sich mit einem Male der Todwunde empor auf seinem Strohlager. Mit großen Augen sah er umher, dann ließ er die Blicke auf dem eichenlaubumkränzten Paradebette haften und sah das bleiche Antlitz mit dem Kranz um die Stirne. „Fürs Vaterland gestorben!" stammelten die bleichen Lippen, und die Hände faßten nach jenen des Bruders:

„Vergebt mir — auch der Vater . . ."

Mehr konnte er nicht sprechen, ein Blutstrom brach aus seinem Munde, und wie er die Arme des Bruders um seinen Nacken fühlte, ging ein milder Glanz über sein Gesicht, er sank zurück, und in dem niedrigen Bauerngemache war ein Toter mehr.

Zander aber zog den Freund mit sich hinaus, hinüber, wo man die Gefangenen einstweilen untergebracht hatte, und zeigte ihm Jakob. Schmidt zuckte zusammen und erblaßte.

„Ludwig, weißt du, wer das ist? — Bis heute hab' ich dir's verschwiegen, um seines Vaters willen, der hier im Lager bei Wöbbelin liegt — —"

„Walther?!" schrie der andere auf, und Konrad nickte.

„Ja, Walther, unser alter Freund! Jetzt ist die Stunde gekommen, um ihn vielleicht zu gewinnen. Laß uns zuerst sorgen, daß er dem Begräbnis Körners beiwohnt und sieht, wie man treue und brave Helden ehrt. Vielleicht klopft das an sein Herz ... und dann will ich ihn zu seinem Vater führen — ich hoffe, der Major hat nichts dagegen."

Zander war von dieser Neuigkeit erschüttert und drückte zustimmend des Freundes Hand.

Am andern Tage wurden die Gefallenen beerdigt. Auf Bahren von Baumstämmen und Wagenleitern lagen sie, geschmückt mit grünen Reisern und Eichenkränzen, und so trug man sie bei gedämpftem Trommelschall hinüber nach den beiden Eichen, wo die Gräber bereit waren.

In ruhiger, stummer Trauer standen ringsum die schwarzen Gesellen; in jedem Auge schimmerte es feucht. Eine Ehrensalve konnte nicht abgegeben werden wegen der Nähe der Feinde, aber stärker, dumpfer wirbelten die Trommeln, als der Sarg Körners niedergesenkt ward. Dann trat Friesen hervor aus der Schar, die herrliche Siegfriedsgestalt mit dem blonden Gelock um das edle Gesicht, und laut und feierlich sprach er Körners schönes „Gebet vor der Schlacht":

Vater, ich rufe Dich!
Brüllend umwölkt mich der Dampf der Geschütze,
Sprühend umzucken mich rasselnde Blitze,
Lenker der Schlachten, ich rufe Dich!
Vater Du, führe mich!

Vater Du, führe mich!
Führ' mich zum Siege, führ' mich zum Tode:
Herr, ich erkenne Deine Gebote;
Herr, wie Du willst, so führe mich.
Gott, ich erkenne Dich!

Gott, ich erkenne Dich!
So im herbstlichen Rauschen der Blätter,
Als im Schlachtendonnerwetter,
Urquell der Gnade, erkenn' ich Dich!
Vater Du, segne mich!

Vater Du, segne mich!
In Deine Hand befehl ich mein Leben,
Du kannst es nehmen, Du hast es gegeben;
Zum Leben, zum Sterben segne mich!
Vater, ich preise Dich!

Vater, ich preise Dich!
's ist ja kein Kampf für die Güter der Erde,
Das Heiligste schützen wir mit dem Schwerte;
Drum fallend, und siegend, preis' ich Dich:
Gott, Dir ergeb' ich mich!

Gott, Dir ergeb' ich mich!
Wenn mich die Donner des Todes begrüßen,
Wenn meine Adern geöffnet fließen:
Dir, mein Gott, Dir ergeb' ich mich!
Vater, ich rufe Dich!

Dann sprach einer das Gebet des Herrn — wiederum wirbelten die Trommeln, und dabei fielen die Schollen nieder auf den Sarg. Gar mancher Kamerad aber warf ein Eichenzweiglein hinab und ließ dabei eine Thräne mit hineinfallen in die Grube. Als jedoch der Hügel sich gewölbt hatte, da standen sie alle, die braven Reiter, fest und ruhig, und manche Hände vereinigten sich wie zu stillem Gelöbnis. Dann aber erklang es wie zum Abschiedsgruße:

Die wilde Jagd und die deutsche Jagd
Auf Henkersblut und Tyrannen!
Drum, die ihr uns liebt, nicht geweint und geklagt;

Das Land ist ja frei und der Morgen tagt,
Wenn wir's auch nur sterbend gewannen!
Und von Enkeln zu Enkeln sei's nachgesagt:
Das war Lützow's wilde, verwegene Jagd.

Seitwärts stand ein kleines Häuflein gefangener Westfalen. Sie sahen mit ernsten Gesichtern drein, denn sie waren von deutschem Blute, und mit Absicht hatte man sie zu dieser Totenfeier herangeführt, und nicht ohne Erfolg. Als das letzte Lied der Lützower verklungen war, riß einer von ihnen, ein älterer Mann und Sergeant, den westfälischen Rock von seinem Leibe und rief:

„Strafe mich Gott, wenn ich noch eine Stunde länger in welschem Solde bleibe! Ich bin ein Deutscher und will es zeigen, nehmt mich auf bei Euch!"

Die anderen alle folgten dem erhebenden Beispiele. Sie hoben ihre Hände wie zum Schwure auf gegen das Grab Theodor Körners und schrieen: „Laßt uns mit Euch ziehen!" Nur einer war stehen geblieben; er schlug die Hände vor das Gesicht und schluchzte, daß es seinen Körper erschütterte. Ihm rief Schmidt zu:

„Nun, Jakob Walther, und du bleibst zurück?"

Da ließ der Bursche, erschrocken darüber, daß er seinen Namen aus dem Munde eines Lützowers hörte, seine Hände sinken und starrte mit fassungslosen Augen umher. Jetzt erkannte er Konrad, und eine tiefe Blässe flog über sein Gesicht, dann schrie er plötzlich auf:

„Laßt mich erschießen, denn ich bin ein Schuft! Die alle hier dürfen noch den deutschen Ehrenrock anziehen, ich darf's nicht — ich habe Verrat um Verrat auf meine Seele geladen — hier, nehmt mich hin — erschießt mich!"

Er riß sich Rock und Hemde auf und zeigte seine nackte Brust, und alle, die ihn hörten, standen tief erschüttert. Konrad aber trat auf ihn zu und erfaßte ihn am Arme.

„Komm Jakob — ich will dich zu deinem Vater führen!" sagte er ruhig und ernst. Da lief ein Zittern durch die Glieder des Burschen, und er senkte tief den Kopf. So zog ihn Konrad mit sich fort durch die schweigenden und verwunderten Kampfgefährten, vorbei an dem mit Eichenlaub bedeckten Grabhügel des jungen Helden und Dichters.

Willenlos folgte Jakob, aber auf der Landstraße drüben, die gegen Wöbbelin führte, blieb er plötzlich stehen und sagte:

„Herr, ich hab' Ihnen Schlimmes angethan und bin elend bis in den Grund meiner Seele hinein, wie ich jedoch die begeisterten Gesichter und die leuchtenden Augen Ihrer Kameraden sah bei dem Grabe da drüben, da hat es mein verlottertes Herz zusammengeschüttelt, ich weiß aber auch, daß ich ein Auswurf bin und bei ehrlichen Leuten nichts zu suchen habe. Herr, ich kann meinem Vater nicht unter seine braven Augen treten! Und wie kommt er hierher aus seinem Walde? Hat auch er etwa ..."

„Ja, er trägt den Rock seines Königs und bringt sein graues Haar und sein Herzblut dem Vaterlande!"

Da schlug der Bursche wieder die Hände vors Gesicht und schluchzte:

„Und ich bringe ihm solche Schande — — nein, nein, ich kann ihn nicht sehen — lassen Sie mich erschießen, Herr!"

„Auch dein Blut gehört dem Vaterlande, und wenn dein Vater deine Reue sieht, wird er glücklich sein. Von dem, was hinter dir liegt, soll er nichts erfahren. Komm!"

Jakob atmete tief und schwer.

„Ja, kommen Sie! — Ich will ihn wenigstens sehen, den alten Mann, dann wird geschehen, was sein muß!"

Sie gingen schweigend weiter; da kam ihnen bei einer Biegung des Weges ein ergrauter Kriegsmann entgegen und ihm zur Seite trottete ein Hund. Das Tier hob jetzt den Kopf und gleich darauf kam es in langen Sprüngen heran und strebte an Konrad herauf. Da lief ein Zittern dem Burschen durch den Leib.

„Flott!" sagte er halblaut, der Hund stutzte einen Augenblick, dann wedelte er mit dem Schweife und drückte den Kopf an das Bein des Burschen, der ihn streichelte, indes ihm dabei die hellen Thränen über die Wangen liefen. Walther — denn er war es — kam rasch näher; plötzlich blieb er stehen, sein Gesicht wurde fahl und fast zornig rief er:

„Flott, herein! — Der dort ist nicht wert, daß ein braver Hund ihn anwedelt!"

Das Tier folgte beinahe traurig, mit gesenktem Schweife, dem

Befehl, der Förster wollte sich umwenden, aber schon war Konrad neben ihm und hielt ihn am Arme:

„Nicht so, Freund! Er kommt als Reuiger, als Gebesserter, er bringt sich dem Vaterlande!“

„In diesem Rocke?“ sagte verächtlich und finster der alte Mann, und nun erst dachten die beiden andern selbst daran, daß Jakob noch in der westfälischen Uniform steckte, und mit einem hastigen Rucke riß dieser sie ab und warf sie weit von sich, dann sank er auf der Straße auf die Knie und rief flehend:

„Vater — laß mich an deiner Seite kämpfen und sterben!“

„Mit ehrlichen, unbescholtenen Männern? — Daß mir's jeden Tag aufs neue die Schamröte ins Gesicht jagte —“ sagte zornig der Alte, dann übermannte ihn ein anderes Gefühl und schmerzlich stöhnte er:

„Habe ich denn noch einen Sohn?“

Schmidt hielt ihn noch immer am Arme fest, und mit inniger Wärme sprach er:

„Ja, Freund, du hast einen! Vom Grabe des bravsten Kameraden, unseres Theodor Körner, bringe ich ihn dir, er hat ihn im Tode noch geworben für unsere Sache! Stoße Jakob nicht zurück, ich bin überzeugt, daß er's ehrlich meint; willst du's auf dich laden, daß das Vaterland diesen Arm und dieses Herz, das sich ihm mit verdoppelter, reuiger Wärme zuwendet, wieder verliert?“

„Vater!“ stöhnte Jakob, der sich langsam erhob und einige Schritte näher trat, und mit einem langen, tiefen Blicke sah ihn der Förster an.

„Die Hand kann ich dir heute noch nicht geben — aber ich will versuchen, ob ich noch einmal glauben kann, ich hätte einen Sohn. Und deine Mutter ist hingegangen und hat daran geglaubt!“

„Meine Mutter ist — tot?“ schrie Jakob auf, und nun schluchzte er wortlos wie ein Kind. Erschüttert stand Konrad neben ihm, und nach einer Weile sprach der Alte wieder:

„Diese Thränen sollen dir gutgeschrieben sein. Ganz schlecht bist du nicht, wenn du noch um deine Mutter weinen kannst . . . Aber den Rock, welchen ich trage, kannst du nicht anziehen. Suche dir einen andern Fleck in Deutschland, wo du dein Blut für's Vaterland verspritzen kannst, neben mir kann dein Platz nicht sein. Erst muß ich sehen, daß dir's ernst ist. — Geh!"

Langsam, mit gesenktem Kopfe schritt der Bursche dahin, der Förster aber trat an Konrad dicht heran, und indes ihm die Augen feucht wurden, fragte er bewegt:

„Hab' ich's so recht gemacht?"

Stumm drückte ihm der Gefragte die Hand, dann ging er dem Burschen nach, um ihm mit Rat und That weiter zu helfen.

Der Alte jedoch stand mit seinem Hunde noch lange auf derselben Stelle und schaute den beiden nach. Als sie hinter einem Gehölz verschwanden, atmete er auf und blickte mit gefalteten Händen zum Himmel empor.

„Ich habe noch einen Sohn!" sprach er leise, innig, dann wendete er sich zu seinem Hunde:

„Flott, braver Kerl! Wir haben ihn wieder, wir haben ihn wieder, den Jungen! Allons, Flott, freue dich!"

Und das treue Tier sprang lustig in die Höhe und bellte jauchzend seinen Herrn an.

Da riefen Trompeten und Hörner — das Signal Alarm! Und raschen Schrittes, hoch aufgerichtet ging der Förster hinüber, wo seine Kompagnie stand, um mit einem seltsam freudigen Bewußtsein in der Seele wieder dem Feinde entgegen zu ziehen.

Achtes Kapitel.

Frauenmut.

Die Franzosen hatten ihre Stellung bei Schwerin aufgegeben und sich über Gadebusch nach der Stecknitz zurückgezogen. Lützow war ihnen gefolgt, war am 4. September früh über das Schaalflüßchen gegangen und hatte in einem raschen und kühnen Angriff sie gegen Mölln zurückgedrängt.

Dann nahm er festere Fühlung mit dem Korps des Generals Wallmoden, und erhielt den Auftrag, mit diesem über die Elbe zu gehen. So rückten die Lützower — etwa 500 Mann Infanterie und 500 Reiter — über Lübtheen und Dömitz bis Dannenberg, wo sie in der Nacht des 15. September den Strom übersetzten. Es war ein angestrengter Marsch gewesen, so daß nur ein kleiner Teil der Infanterie mit fortgekommen und am Morgen beim Biwak war. Unter ihnen war auch Walther, der sich kräftig und gehoben fühlte, wie seit langem nicht. Er sehnte sich nach Kampf und Streit, und wenn er heute an die Franzosen kam, dann gnade ihnen Gott.

Neben ihm beim Biwakfeuer lagerte August Renz mit seinem frischen, blanken Gesicht, und die Augen fielen ihm beinahe zu.

„Armer Junge!“ sagte der Alte, und reichte ihm seine Feldflasche. „Es war ein bischen viel diese Nacht, und Stärkere als Sie haben's nicht ausgehalten.“

Renz wies die Flasche zurück und lächelte.

„Alles fürs Vaterland!“ sagte er mit seiner merkwürdig weichen und sanften Stimme — „aber wenn ich ein halb Stündchen jetzt schlafen könnte, Herr Oberjäger, sollt' mir's gut thun.“

„Schlafen Sie, Kamerad — so eilig werden's die Franzosen wohl nicht haben, an uns heran zu kommen!"

Und der Junge legte sich auf die Seite und war auch vor Ermüdung im nächsten Augenblick eingeschlafen. Den Förster aber trugen seine Gedanken fort zu seinem Sohne. Erst da er ihn wieder hatte von sich gehen lassen, fühlte er, wie seine ganze Liebe zu ihm aufs neue erwachte, und während rings um ihn reges Leben war, saß er in sich gekehrt und still.

Da rief ihn eine Stimme an: „Was träumt Ihr denn, Kamerad?"

Als er aufblickte, sah er einen Offizier, den Lieutenant Staak, vor sich stehen, und wollte sich erheben. Der andere aber ließ sich bei ihm nieder:

„Sitzen bleiben, Kamerad, ein klein wenig Ruhe thut uns allen not!"

Damit saß er breit und behäbig beim Feuer, den Säbel zwischen den Beinen. Er war eine kräftige, starkknochige Erscheinung, von derbem Wesen, aber trefflicher Art.

„Wißt Ihr, Oberjäger Walther, Ihr gefallt mir! Ihr habt so etwas Ehrliches und Grades, wie ich selber, und — hol mich der . . . — es war mir schon lange, als wenn ich mich um Eure Freundschaft bemühen müßte."

„Sehr schmeichelhaft, Herr Lieutenant!"

„Ach, laßt den Lieutenant beiseite; ich hab' als Tambour noch im siebenjährigen Krieg angefangen und war dann lange genug ein braver, altpreußischer Unteroffizier. Ich habe unter Schill und Gneisenau mitgefochten in Kolberg, und die Franzosen haben mir dort auch eins ausgewischt, daß ich vermeinte, ich müßte draufgehen, aber der Feldscher hat mich wieder zusammengeflickt, und nun bin ich zu Euch gekommen. Ein braves Korps, die Lützower, und so recht nach meinem Herzen. Kein groß' Überlegen, ein frisches, resolutes Dreinschlagen — — na, was ich noch an Rippen habe, will ich gerne unter unserm braven Major mit dransetzen."

„Ist's denn wahr, Herr Lieutenant, was man so sagt, Sie hätten anstatt Fleisch und Knochen eine Metallplatte auf der linken Brustseite?"

„Das ist so, Freund, und wenn's Euch Spaß macht, mögt Ihr's sehen!"

Er öffnete Rock und Hemd und zeigte das blanke Metall oberhalb des Herzens, und Walther überlief ein gelinder Schauer.

„Ja“ — sagte Staak — „ein Spaß war's just nicht, als mir die Kartätsche die Rippen über dem Herzen wegriß, und ich mußte ganz besonders kunstreich wieder zusammengeleimt werden, aber — wie gesagt — ich hab' noch mehr Rippen für's Vaterland! — Was habt Ihr denn da für einen Milchbart liegen?“

Er zeigte auf den schlafenden Renz und Walther sagte:

„Das ist ein kreuzbraves, junges Blut, sieht schwach aus, ist aber von einer heldenhaften Ausdauer.“

„Ja, die Zeit macht Kinder schnell zu Männern — — aber holla, was giebt's schon wieder?“

Die Hörner bliesen Alarm, mit raschem kräftigen Händedruck eilte Staak fort, und Walther weckte Renz. Es that ihm leid um den müden Jungen. Der aber war sofort auf den Beinen, und binnen kurzem stand er wieder in Reih und Glied mit den andern.

Es war Befehl gekommen vom General Wallmoden, vorzurücken gegen den französischen General Pecheux, der von Lauenburg aus herankam, und um Mittag war das Gefecht im Gange.

In einem Gehölz lagen französische Tirailleurs, und ihre Schüsse knatterten den Anrückenden entgegen. Lieutenant Staak war nicht der Mann, sich vor einigen blauen Bohnen zu fürchten.

„Vorwärts Kinder“ — rief er — „wenn's auch ein Loch in die Haut giebt!“ und mit zornig begeistertem Hurra brach seine kleine Schar, unter welcher auch Walther und Renz sich befanden, vor. Nach kurzem Kampfe waren die Franzosen aus dem Gehölze hinausgedrängt, aber jenseit desselben formierten sie sich aufs neue, und nun griff zu ihrer Deckung auch Artillerie ein. „Die Sache wird unbehaglich, wenn erst diese Baßstimmen zu brummen anfangen. Es hilft aber nichts — immer vorwärts, Kinder!“ mahnte Staak, und trotz des fußhohen Heidekrautes, welches das Fortkommen ungemein erschwerte und die ohnedies Erschöpften noch mehr ermattete, ging es weiter. Immer lebhafter wurde das Feuer der Feinde, bis man endlich einen Graben erreichte, der wenigstens einigermaßen Deckung gab.

Hier zu rasten war dem unermüdlichen Staak zuwider. Er erhob sich aus seiner gebückten Stellung, in demselben Augenblicke aber fühlte er einen heftigen Schlag an seiner Schulter, und da er hinfaßte, spürte er das quellende Blut. Walther, der in seiner Nähe war, sah ihn wanken und sprang hinzu, der Lieutenant aber sagte beinahe barsch:

„Scheren Sie sich zum T..... und machen Sie keine Umstände — ich will mich ein wenig verbinden lassen. Nur immer vorwärts" — schrie er lauter — „wir sehen uns bald wieder."

Dann biß er die Zähne zusammen, mehr noch vor Zorn als vor Schmerz, doch wie er nach dem Walde zurückging, hörte er noch das laute Hurra der Seinen, und ein Lächeln ging über das verwetterte Gesicht.

Nun aber begann erst das eigentliche Gefecht. Unaufhaltsam drang die brave Infanterie vor, stürmte mit dem Bajonett einige Hügel, die der Feind besetzt hatte, nahm diesem eine tapfer verteidigte Haubitze, und brach nun in die Ebene vor auf die in Karrees hier aufgestellten Franzosen.

Gegen diese hatte Wallmoden seine Reiterei geworfen, und es war ein wildes, zorniges Durcheinander. Die Schüsse knatterten unheimlich, durch Staub und Dunst sah man sie aufblitzen, und vom Rosseshuf ging ein Dröhnen durch den Erdboden.

Der Major Lützow, bei dem sich Schmidt und Zander befanden, war gegen die französische Kavallerie, die auf der Straße gegen Lüneburg Stellung genommen hatte, mit seinen Reitern angestürmt, und hatte die Feinde auf ihre Infanterie geworfen. Gegen diese jagten die Lützower jetzt heran. Aber fester schloß sich deren Karree hinter den eben durchgejagten Reitern, und mit unheimlicher Entschlossenheit standen die Soldaten; die vorderste Reihe kniete und drohend starrten die Flintenläufe den Heranstürmenden entgegen. Aber da gab es kein Halten. Lützow selbst ritt seinen Leuten voran; seine Augen flammten, sein hochgeschwungener Säbel blitzte, und die Sporen in den Weichen seines Tieres, sprengte er vorwärts. Eine Kugel verwundete ihn am Schenkel, er spürte es nicht; schon war er hart heran an das feindliche Karree, da traf ihn ein zweiter Schuß am Unterleibe, so daß er im Sattel wankte.

„Ich bin verwundet — aber vorwärts, drauf und drein!" rief er. Einige seiner Reiter, auch Konrad, griffen zu und suchten ihn aus dem Gefecht zu bringen, aber es ließ sich nicht hindern, daß dadurch auch eine kleine Verwirrung entstand, und daß die Lützower, gefolgt vom feindlichen Feuer, wieder zurückjagen mußten.

Lützow war außer sich. Er wollte sofort zu neuem Angriff übergehen und schwur, daß er den Tod suchen wolle, wenn seine Reiter ihn im Stiche ließen. Mit Mühe war er zu beruhigen, und Rittmeister von Bornstedt erhielt Befehl, sofort aufs neue zu attackieren.

Wiederum brach mit zornigem Hurra das Reitergeschwader gegen den Feind; gleichzeitig aber stürmte auch vom rechten Flügel die Kavallerie Wallmodens heran. Wieder krachten und knatterten die Salven, Mann und Roß wälzten sich durcheinander, verwundet sank Bornstedt vom Pferde, aber diesmal gab es kein Weichen. Über die Köpfe der entsetzten Feinde sprangen die Rosse hinein in das Karree, vom Rücken der Franzosen heraus hieben die braven Reiter sich Bahn, bis sie den Gegner völlig in Verwirrung gebracht und seine Reihen zersprengt hatten. Der alte Rittmeister Fischer hatte das Kommando übernommen; mit seinem breiten Henkerschwerte mähte er die Feinde nieder und schlug sich Bahn in ihre dichtesten Kolonnen.

Wohl war die Niederlage der Franzosen entschieden, aber es ward noch gekämpft um den Rückzug. Die Dämmerung brach herein und ihre ersten Schatten legten sich über das zerstampfte Gefilde. Walther drang bei Verfolgung des Feindes noch energisch vor, Renz folgte ihm auf dem Fuße. Die Augen des Jünglings leuchteten, seine Wangen brannten. Er hatte die Trommel eines gefallenen französischen Tambours ergriffen und schlug, immer vorwärts eilend, ununterbrochen zur Attacke. Da brach er plötzlich zusammen. Eine Kugel hatte ihn in die Brust getroffen. Erschrocken beugte sich der Förster zu ihm nieder, dann hob er den Leblosen auf und in seinem Arm trug er ihn heraus aus dem langsam verhallenden Gefechte. An einem Feldrain legte er ihn nieder und rief nach einem Arzte, inzwischen wollte er selbst nach der Wunde sehen und öffnete den Waffenrock. Da prallte er zurück, erschreckt, erstaunt — ihm blieb kein Zweifel: August Renz war ein Weib.

Sie selbst berichtete das, als sie aus ihrer Bewußtlosigkeit erwachte, in kurzen, matten Worten. Sie hieß Eleonore Prohaska und war die Tochter eines Musiklehrers aus Potsdam, welche die Begeisterung für die Sache des Vaterlands in die Reihen der Lützower geführt hatte, und — zum Heldentode.

Sie wurde nach Dannenberg gebracht, und zwei Tage später starb sie mit der Festigkeit und Fassung des tapfern Mannes unter unsäglichen Leiden. Man begrub sie mit militärischen Ehren, und Walther war es, als hätte er ein Kind verloren. So griff es dem alten Manne an das Herz, daß selbst ein Weib ihres Geschlechts vergaß und an Mühsal, Entbehrung und Ausdauer die Männer übertraf. Durch das ganze Freikorps ging ein Hauch der Bewunderung und der Ergriffenheit, und der Heldentod des Mädchens steigerte noch mehr die vaterländische Begeisterung: Hier durfte keiner zurückbleiben und ärmer erscheinen an heiliger Glut, als die Jungfrau.

Die Kunde aber davon, daß ein Weib im Kampfe bei Göhrde mitgefochten habe und gefallen sei, ging durch ganz Deutschland und ward gefeiert als ein würdiges Zeichen einer großen Zeit.

In jenen Tagen war es, daß in einem freundlichen Hause in der alten Hansestadt Bremen Elise Wendler an dem Totenbette ihrer Großtante stand. Sie hatte ihr die letzten Tage erheitert und ihr Siechtum erleichtert, und die alte Frau, die ihre Schmerzen mit großer Geduld ertrug, war glücklich in ihrem Umgange. Jetzt lag sie im Sarge und das gute, alte Gesicht sah so freundlich aus, als ob sie schliefe. In ihren letzten Stunden noch hatte sie von der Not des Vaterlandes geredet und beklagt, daß sie keinen Sohn und keinen Enkel habe, der mit hinauszziehe in den heiligen Streit, und dann war die Nachricht von dem Heldentode der Eleonore Prohaska eingetroffen.

Da hatten ihre Augen aufgeleuchtet, in die welken Lippen schoß ein helles Rot, und sie hatte gesagt:

„Kind, wenn ich jung wäre, ich thäte desgleichen.“

Dabei hatte sie Elisens beide Hände gehalten und gedrückt, so daß ein seltsam heißes Empfinden das Mädchen mit einmal durchzuckte ... und nun war sie so still, die alte Frau.

Elise weinte nicht, obwohl sie den Tod der Guten schmerzlich empfand, aber sie wollte etwas thun, was der Verblichenen würdig wäre und ihr noch im Jenseits Freude machen könnte. So saß sie, als die alte Dienerin, die mit ihr sich in die treue Pflege der Verstorbenen geteilt hatte, sich entfernte, allein am Sarge. Durch das offene Fenster spielte ein lauer Hauch, und müde Sonnenstrahlen vergoldeten das Gemach.

So traf sie ihre Freundin Anna Lühring, die Tochter des angesehenen und wackeren Zimmermeisters. Sie war jeden Tag gekommen, und die alte Dame hatte an dem frischen Mädchen jederzeit ihre Freude gehabt und gestern noch ihr freundlich zugelacht. Anna umarmte schweigend die Freundin, setzte sich dann neben sie und einige Zeit blieben sie beide stumm. Dann sprachen sie von den letzten Stunden der Entschlafenen, und nun ging Elise das Herz auf und sie redete von der warmen Vaterlandsliebe der alten Frau, und fügte wie unter einem plötzlichen Impulse hinzu:

„Und weißt du auch, Anna, was ich nun thue? — Wenn eine Eleonore Prohaska ihr Blut fürs Vaterland geben konnte, kann ich's auch. Die Lücke, die durch ihren Tod in Lützow's Freischaren geworden ist, will ich ausfüllen."

Sie war mit leuchtenden Augen aufgestanden und sah prächtig aus, wie sie den feinen Kopf in den Nacken zurücklegte und sich stolz emporrichtete. Auch die Freundin erhob sich und reichte ihr jetzt beide Hände hin:

„Das soll ein Wort sein! Und ich gehe mit. Mich zieht es lange schon hinaus aus der Enge des Vaterhauses, jetzt, da alle Hände gebraucht werden gegen den Feind. Ja, Elise, laß uns zusammen gehen!"

„Und laß uns das geloben hier am Totenbette unserer alten, lieben Freundin, die uns hört und segnet!"

Die Mädchen traten zu beiden Seiten des Sarges und reichten sich über demselben die Hände; Elise aber sprach mit flammenden Wangen:

„So helf uns Gott, daß wir brave Streiter werden für Gott und Vaterland!"

„Amen!" sprach ernst die andere, dann küßten sie sich stumm über die Tote hinweg, und nun setzten sie sich wieder nebeneinander, Schulter an Schulter gedrängt, und flüsternd und mit hastigen Worten redeten sie von ihrem Plane. Heimlich mußten sie gehen, das war klar, denn weder der ehrsame Zimmermeister Lühring, noch Dr. Wendler würden ohne weiteres einverstanden sein mit diesem Entschlusse ihrer

Töchter, und die Uniform mußten sie sich in einer andern Stadt unverfänglich erwerben. Anna wußte auch noch weitern Rat. Eine ehemalige Magd ihres Hauses war an einen Hornisten verheiratet und als Marketenderin bei den Lützowern. An die wollten sie sich wenden und vor allen auch sich anschließen. Eintreten wollten sie beide bei den Fußjägern, denn da hoffte Elise ihrem Verlobten nicht zu begegnen, der vielleicht ihr Vorhaben mißbilligt hätte. Auch andere Namen mußten sie wählen, und sie kamen überein, daß Anna als Eduard Krause und Elise als Gotthold Schweizer eintreten sollte; beide wollten vorgeben, Studenten zu sein.

Immer mehr redeten sie sich in die Einzelheiten ihres Vorhabens hinein, und ehe sie auseinander gingen, wiederholten sie noch einmal angesichts der Toten ihren Schwur. Mit freudiger, stolzer Seele blieb Elise zurück, und die Dienerin, welche sie am Abend noch immer zur Seite des Sarges fand, wunderte sich über ihre Ruhe und Seelenstärke. Sie aber wußte, daß sie bald andere, minder friedliche Bilder des Todes schauen werde.

Am andern Tage wurde die alte Frau begraben. Dr. Wendler konnte der Entfernung wegen und da er außerdem sich nicht ganz wohl fühlte, der Beerdigung nicht beiwohnen, und Elise war die einzige Verwandte, welche eine Handvoll Erde in die Gruft fallen ließ.

Wiederum zwei Tage später verließen die zwei Mädchen die Stadt, als ob sie einen Spaziergang unternähmen, aber sie kehrten nicht zurück. Die besorgten Eltern Annas, sowie die alte Dienerin waren in größter Erregung, bis letztere ein Briefchen Elisens entdeckte, welches mitteilte, daß sie mit ihrer Freundin ausgezogen sei in den Dienst des Vaterlands, und daß man sie beide nicht hindern möge in ihrem patriotischen Vorhaben.

Der wackere Zimmermeister war sich zwar nicht ganz klar über die Bedeutung der Worte, aber er kannte sein Kind, das nichts schlechtes thun konnte; ihm schlug selbst das Herz warm für die deutsche Sache, und so beruhigte er sein weinendes Weib — — die Zeit war eben groß und außergewöhnlich, und man faßte Außergewöhnliches auch ruhiger und verständiger auf, als in andern Tagen. Die beiden Mädchen aber erreichten Rotenburg, wo sie einige Uniformstücke sich zu verschaffen wußten, und wanderten nun weiter gegen Lauenburg.

Sie mußten mit Vorsicht wandern, um streifenden Franzosenpatrouillen nicht in den Weg zu kommen, aber der Mut verließ sie niemals, und beim Volke fanden sie überall freundliche und fördernde Aufnahme.

Sie hatten in der Schenke eines abgelegenen Dorfes Rast gehalten. Der gutmütig-geschwätzige Wirt setzte sich zu ihnen und frug nach dem und jenem, woher sie kämen und wohin sie zu gehen gedächten. Sie erzählten ihm, daß sie Lützow aufsuchen wollten, den sie in der Nähe von Lauenburg zu finden hofften. Da erhob sich in einem dunkeln Winkel der Stube ein Mensch, der bis jetzt ruhig dort gesessen und um den sie sich gar nicht gekümmert hatten. Er hatte ein geleertes Branntweinglas neben sich stehen.

Nun kam er an den Tisch heran. Seine ländliche Kleidung war schmutzig und verlottert, sein Gesicht blaß, nur die Augen brannten in unheimlichem, unruhigem Feuer und die Haare lagen verworren um seine Stirne. Er begann mit erregtem Pathos zu deklamieren:

Was glänzt dort vom Walde im Sonnenschein?
Hör's näher und näher brausen.
Es zieht sich herunter in düsteren Reih'n
Und gellende Hörner schallen darein
Und erfüllen die Seele mit Grausen.
Und wenn ihr die schwarzen Gesellen fragt:
Das ist Lützow's wilde, verwegene Jagd!

„Es ist gut, Bastian!“ unterbrach ihn der Wirt, der andere aber stand jetzt ganz an dem Tische, stützte seine schmutzigen Fäuste darauf, sah den beiden mit seinen unstät flackernden Augen ins Gesicht und sagte heiser, erregt:

„Zu den Lützowern wollt ihr, ihr Gelbschnäbel? Können euch nicht brauchen, sag' ich euch — ich weiß — sie haben mich auch nicht brauchen können. Laßt's bleiben, rat' ich euch. 's war auch nur einer darunter, der war etwas wert — die andern sind Hähnchen, Hähnchen . . und der eine liegt bei Wöbbelin unter einer Eiche. Ich wollt', ich könnt' ihn herausscharren mit diesen Nägeln da . . . und ich scharre ihn noch heraus, denn ich — ich war's . . .“

Der Mensch fing plötzlich an zu schluchzen, schlug beide Hände vors Gesicht und rannte hinaus. Verdutzt und aufgeregt sahen die beiden Freundinnen ihm nach, der Wirt aber sprach:

„Er ist verrückt und erzählt, er habe Theodor Körner bei Gadebusch erschossen. Es wird berichtet, daß er zur Nachtzeit immer auf dessen Grabe sitze, und am Morgen war die Erde wirklich öfters aufgewühlt. Er ist ein unheimlicher Geselle, ein versoffener Bursche . . .“

Den beiden grauste es, und bald brachen sie auf. Vor dem Dorfe draußen, an einem Waldrande im Graben lag der Bursche, mit seinen irren Augen starrte er ihnen entgegen, so daß sie beinahe sich gefürchtet hätten, und da sie herankamen, stand er auf, zog die Mütze ab und trat ihnen in den Weg.

„Sagt's keinem, daß ich ihn erschossen habe“ — sagte er flüsternd — „ich hab's auch nicht gewollt, die Kugel ging daneben . . . schenkt mir etwas, schenkt mir etwas!“

Sie gaben ihm einige Münzen; er sah dieselben an, nickte wie zum Danke, dann schwenkte er seine Mütze, schrie jauchzend: „Branntwein! Branntwein!“ und rannte spornstreichs wieder dem Dorfe zu.

Die beiden ergriff ein Gefühl des Ekels, stumm faßten sie einander an der Hand und setzten ihren Weg fort. Als sie näher gegen Lauenburg herankamen, erfuhren sie, daß die Stadt von Franzosen besetzt sei, während zwei Meilen davon, um Lüneburg, der General Tettenborn lagerte, bei dessen Korps sich die Lützower befanden, daß aber eine Infanterieabteilung der letzteren bei dem Fährplatz Hohnsdorf, Lauenburg gegenüber, am andern Elbufer liege in einer befestigten Schanze, um den Feind zu beobachten.

Dahin wendeten sie sich und meldeten sich bei dem Kommandierenden, dem Grafen Nostitz, der sie sofort annahm und die weitere Meldung an das Oberkommando veranlaßte. So waren die beiden Mädchen Lützower geworden und sahen sich freundlich und herzlich von ihren Kameraden begrüßt. Im Anfange war es ihnen seltsam unter den fremden Männern, aber das war rasch genug überwunden, und wie sie sich in ihre männliche Tracht und ihre männlichen Namen gefunden, fanden sie sich auch bald in das neue Leben und Treiben. Waren es doch zumeist nicht ungebildete Leute, die hier beisammen waren und die trotz des Kriegslärms nicht die Künste und die Heiterkeit des Friedens vergaßen. In müßigen Stunden konnte man es sehen, wie der eine sein Tagebuch führte, der andere zur Luate sang, ein dritter wohl gar Verse machte, und mitunter geschah es auch, daß, wenn die Mädchen aus dem Orte sich sehen ließen, ein heiterer Tanz auf einer Tenne improvisiert wurde.

Dann gab es freilich wieder Stunden, in welchen das Pfeifen der französischen Flintenkugeln die unheimliche Musik machte, denn zwischen Lauenburg und Hohnsdorf war die Elbe nur auf Fähren zu passieren, und diese Fähren waren in der Hand des Feindes, der mehrmals Versuche machte, den Posten der Lützower zu vertreiben. Als zum ersten Male die Schüsse um die beiden Mädchen knatterten, war es ihnen doch etwas bange und wunderlich zu Mute, aber sie sahen einander ermutigend an, bissen die Zähne aufeinander und Gotthold Schweizer sprach zu Eduard Krause: „Denk' an Eleonore Prohaska!"

Da traf eines Tages eine Verstärkung von etwa 20 Mann ein, geführt von dem Oberjäger Walther, der wie immer seinen Hund zur Seite hatte, und Flott hatte sich sein Ansehen im ganzen Korps erworben. Als Elise — oder Gotthold Schweizer — ihn sah, erschrak sie, denn sie erkannte sofort den Freund ihres Bräutigams, den sie im Rosenthal in Leipzig an seiner Seite gesehen hatte. Auch er schaute sie lange an und sagte dann:

„Ich weiß nicht, an wen Sie mich erinnern, aber Ihr Gesicht muß ich schon einmal gesehen haben. Na, Gott willkommen, so junges, frisches Blut können wir wohl brauchen!"

Der Alte hatte von der ersten Stunde ab ein seltsames Interesse für die beiden Neulinge gewonnen, die er in der Führung der Waffe unterwies, und mit denen er in müßigen Stunden gern plauderte. Dabei sah er Schweizer immer wieder an und schien in seinem Gedächtnisse zu wühlen, daß es dem jungen Blute dabei manchmal unbehaglich wurde.

So war der 9. Oktober gekommen. In der Nacht zum 10. sollten die beiden Neulinge zum ersten Male auf Vorposten stehen und waren hinausgerückt an die Elbe. Die Nacht war schwül und dunkel gewesen und Wetterwolken deckten den Himmel, so daß kein Sternlein sich herauswinden konnte aus dem düstern Mantel. Gegen Morgen begann es zu blitzen und grollende Donner dröhnten. Da standen die zwei jungen Menschenkinder und fühlten sich von einem heimlichen Grausen erfaßt. Über ihnen der Aufruhr des Himmels, dem sie stand halten mußten, und jenseits der Elbe der Feind. Wie, wenn derselbe die Wetternacht benutzte zu einem Überfalle? Der Wind fauchte, die Wellen der Elbe rauschten, sonst war nichts zu vernehmen, und die Augen vermochten nicht die Dunkelheit zu durchdringen.

Da flammte ein Blitz auf, und in seinem Lichte stand beinahe hart vor ihnen eine hohe Gestalt. Die beiden schraken zusammen, aber im nächsten Augenblicke standen sie mit erhobener Waffe und riefen die Erscheinung an.

Eine ernste Stimme sagte das Paßwort und fügte bei:

„Oberjäger Walther! Alles in Ordnung auf Vorposten?“

„Jawohl, Herr Oberjäger, nichts neues vor dem Feinde!“ erwiderte Elise, der Alte aber sagte:

„Das ist ein unheimliches Wetter, solch' Stürmen und Blitzen und Donnern und dabei kein Tropfen Regen! In solchen Stunden stumm und müßig hart vor dem Feind zu liegen, ist unbehaglich, und ein Mann mehr in solcher Lage nicht zu verachten. Ich will euch ein wenig Gesellschaft leisten, Kinder.“

Den beiden konnte es recht sein, und während sie alle drei nun unverwandt in das Dunkel hinaus spähten, gegen Lauenburg hinüber, gingen leise Worte hin und her. Es waren indes einige Regentropfen gefallen, und dann schien es, als ob die schweren Wolken weiter zögen nach Süden zu. Die Posten vermochten wieder freier Ausschau zu halten, und der Oktobermorgen graute.

Walther mit seinem scharfen Jägerauge schien Befremdliches zu bemerken. Er ging bis hart an das Ufer des Flusses vor, kehrte dann rasch zurück und sagte:

„Wenn nicht alles trügt, so fahren die Schelme auf der Höhe da drüben Geschütze auf, und dann dürfen wir eines harten Angriffs gewärtig sein. Krause, eilen Sie nach der Schanze und machen Sie dem Grafen Nostiz Meldung; ich will indes mit Schweizer hier bleiben.“

Anna Lühring eilte von dannen, der Förster aber trat jetzt dichter an seinen jungen Gefährten heran und sagte, indes ihm die Stimme vor Erregung bebte:

„Nun weiß ich, wer Sie sind. Als der Blitz vorhin aufzuckte und Ihr Gesicht erhellte, da hat er mich einen Augenblick erinnert an

Eleonore Prohaska, und ich wußte, daß auch Sie ein Weib sind — Elise Wendler."

Die so Angeredete griff nach der Hand des Alten:

„Um Gottes willen, schweigen Sie! Lüften Sie nicht den Schleier von dem, was verborgen bleiben soll, wahren Sie mein Geheimnis!"

„Ja, aber ich habe die Verantwortung für Sie und für Ihr Leben gegen Konrad Schmidt, er würde mir's niemals verzeihen, wenn Ihnen ein Unglück passierte, nachdem ich weiß, wer Sie sind. Kind, Kind — alle Achtung vor Ihrem Mute, aber Weibersache ist's eigentlich nicht, sich herumzuschießen und herumzuschlagen, und daß ich mit Angst und Bangen einem Kampfe entgegensehe, solange Sie neben mir in diesem Rocke stecken, das dürfen Sie mir glauben."

„Ist denn unser Blut zu schlecht fürs Vaterland?" sagte lauter, in aufwallender Begeisterung das Mädchen.

„Herrgott, nein — aber so lang' es noch Männer giebt, bedarf es nicht der Weiber im Streite!" erwiderte beinahe unwirsch der Alte, indes er unausgesetzt nach den Lauenburger Höhen hinüberschaute.

„So denken Sie, der August Renz, die Eleonore Prohaska, wär' noch neben Ihnen, und was Sie der gegönnt haben, das gönnen Sie mir auch. Sie schweigen und lassen mich gewähren, ja?"

Sie hielt ihm die Hand hin, und grollend beinahe sprach er:

„Was will ich machen? — 's ist auch jetzt nicht Zeit, weiter davon zu reden. Da drüben wird's unheimlich munter. Sehen Sie?"

Am andern Elbufer zeigten sich im Dämmerlicht des Morgens Truppen, und wenn nicht alles täuschte, lagen einige große Fähren bereit. Walther überlegte nicht lange; er riß sein Gewehr von der Schulter und gleich darauf krachte ein Schuß durch den stillen Morgen.

„Das wird unsere Leute schneller munter machen, und die Schelme da drüben sollen wissen, daß wir nicht unvorbereitet sind. Knallen Sie auch los!"

Elise folgte dem Geheiß; ihre Wangen brannten, ihr Herz schlug rascher, und eine merkwürdige Kampfesfreudigkeit überkam sie. Noch zweimal hatte sie, dem Beispiele ihres Gefährten folgend, geladen, noch vier Schüsse waren nach der Elbe zu gefallen, von der Schanze her aber wurde es lebendig. Im Laufschritt kam es heran und bald war Graf Nostitz bei den zweien und übersah die Lage der Dinge. Es war kein Zweifel, daß die Franzosen einen stärkeren Angriff gegen Hohnsdorf unternehmen wollten. Am jenseitigen Ufer setzten sich jetzt einige Fähren in Bewegung, und gleichzeitig dröhnten die dumpfen Grüße der aufgestellten Geschütze.

Das Wetter hatte sich völlig verzogen, es war klar geworden, und man erkannte beinahe die Gesichter der Feinde, als sie in der Mitte des Flusses waren. Hinter kleinen Erdwällen, die schon vordem aufgeworfen waren, flach auf dem Boden, lagen die Lützower Jäger, und die feindlichen Geschosse sausten im Bogen über sie hin, wühlten sich in die Erde und sprangen meist, ohne einen Schaden zu thun. Als die erste Fähre in den Schußbereich kam, eröffneten die Lützower ihr Feuer, und nun krachte und knatterte es unheimlich durch den Oktobermorgen.

Der ersten Fähre folgte eine zweite und eine dritte, und es mochten wohl gegen 400 Mann sein, die gegen das kleine Häuflein in Hohnsdorf heranrückten. Die erste Fähre kam dem Ufer unaufhaltsam näher. Auch ihre Besatzung lag flach auf dem Boden des Fahrzeuges, aber da sie landen wollte, und ihre Mannschaft sich erhob, schlugen die Kugeln der Lützower so dicht und sicher ein, daß eine Verwirrung entstand, ein Drängen und Stoßen, wobei mancher hinabstürzte in die Fluten. Die erste Fähre war unschädlich gemacht, und indem sie zurückwich, wurden auch die andern zurückgedrängt. Am Lauenburger Ufer ordneten sich die Franzosen aufs neue und hatten zweifellos die Absicht, den Angriff zu wiederholen. Wiederum donnerten ihre Geschütze, Granatsplitter flogen umher und verletzten einige Leute, darunter den Grafen Nostiz, das aber entflammte erst recht den Mut des kleinen Haufens.

Nur Walther war es nicht behaglich; nicht um seinetwillen, sondern des jungen Blutes wegen, das er nicht von seiner Seite ließ und mit seinem eigenen Leibe zu decken bemüht war. Manchmal warf er einen Blick auf Elise, aber er schaute in leuchtende Augen und auf heiße Wangen, und zuletzt zog es doch beinahe wie Freude und Begeisterung in sein eigenes Herz ein, wenn er sah, wie furchtlos und mutig die Vaterlandsliebe auch ein schwaches Weib machen konnte. Gott würde sie schon in seinen Schutz nehmen — das war's, womit er zuletzt sich getröstete, als eben wieder die französischen Fähren herannahten und das Geschützfeuer heftiger wurde.

Wiederum krachten die unermüdlichen Büchsen der Lützower, aber trotz alledem hatte die erste Fähre beinahe das Hohnsdorfer Ufer erreicht, da erkannte Walther auf dieser die Abzeichen eines höheren Offiziers. Er behielt sie scharf im Auge, und wie der Träger derselben sich bewegte und das Haupt ein wenig hob, krachte der sichere Schuß des Försters. Der Erfolg zeigte sich beinahe augenblicklich. Der Getroffene sprang auf, that einen Satz zur Seite, überschlug sich und stürzte in die Wellen. Mit seinem Falle kam Entsetzen über die andern. Wie in einem aufgescheuchten Ameisenschwarme wimmelte es auf der Fähre durcheinander, alle stießen und drängten, und in den dichteren Knäuel schlugen die Kugeln vom Ufer her ein. Die meisten Franzosen sprangen in das Wasser und suchten schwimmend die nächste Fähre zu erreichen, aber sie trugen auch dorthin Erregung und Verwirrung, und zum zweiten Male wendete man sich zurück gegen Lauenburg.

Ein fröhliches, begeistertes Aufjauchzen, ein lautes, helles Hurra klang den Franzosen nach, die trotz alledem noch einen dritten Angriff versuchten, aber auch dieser ward durch das wirksame Feuer der Angegriffenen zurückgeschlagen. Da verstummten endlich auch die Geschütze von der Lauenburger Höhe, die Sonne, welche sich aus dem zerstreuten Gewölk herausgewunden, leuchtete milde über die Hohnsdorfer Schanze, hinter der sich die tapfern Verleidiger jetzt behaglich gelagert hatten und ihres Sieges sich freuten.

„Nun, hab' ich's brav gemacht, Herr Oberjäger?“ frug Elise den Förster, der mit Wohlgefallen ihr frisches Gesicht betrachtete.

„Ja, das haben Sie, und Gott erhalte Ihnen Kraft und Mut und — Glück,“ sagte beinahe wehmütig der Alte.

„Aber nun versprechen Sie mir auch eins: Daß Sie gegen jedermann schweigen wollen von dem, was Sie wissen — hören Sie, gegen jedermann? — Ja?“

Sie reichte ihm die schmale Hand hin, die er zwischen seine beiden braunen Hände nahm:

„Was will ich denn machen? — Ich hab' die Prohaska sterben sehen, und es war ein schöner, glücklicher Tod, und ich hab' dabei vergessen, daß es ein Weib war. Ich will's auch diesmal vergessen und will eben meinen, ich hätt' einen braven, jungen Kameraden, den ich freilich nicht von meiner Seite lassen darf, denn seit ich ihn kenne, bin ich für ihn verantwortlich, und wenn etwas schief geht, habe ich's mit Konrad Schmidt zu thun."

„Er vor allem soll keine Ahnung haben davon, daß seine Braut ihr Blut nicht höher achtet, als er das seine. Also abgemacht, Herr Oberjäger!"

„Nun, in Gottes Namen — abgemacht. Aber sagen Sie mir — der andere, mit dem Sie gekommen sind, der ... der Krause — ist wohl auch eigentlich kein Student?"

„Nein! Sie sollen auch das noch wissen; es ist meine Freundin Anna Lühring aus Bremen, und was für mich gilt, das gilt auch für sie."

Der Förster brummte etwas vor sich hin, aber zu antworten fand er eigentlich nicht Zeit, denn eben kam eine kleine Schar von Reitern von Bleckede her angesprengt. Walther und Elise hatten sich etwas seitab von den andern gelagert und mußten sie zuerst kommen sehen. Es waren Lützower, daran konnte kein Zweifel sein, und als der Förster schärfer hinsah, sprang er mit einmal auf.

„Das ist Konrad Schmidt! Nun sehen Sie, daß Sie weiter kommen, sonst stehe ich für nichts, und drehen Sie ihm hübsch den Rücken, wenn er vorüberkommt — das heißt, wenn Sie's übers Herz bringen."

Elise fühlte, wie das Herz ihr erregter schlug, aber ohne eine Erwiderung huschte sie fort und hielt nicht eher an, als bis sie unter einer abseits lagernden Gruppe von Kameraden sich befand. Walther aber war den Reitern entgegengetreten, und Konrad schwang sich, als er ihn erkannte, aus dem Sattel. Gleich darauf drückten sich beide Männer herzlich die Hände.

„Was führt dich denn her, Konrad?" fragte der Förster, indem er neben dem Freunde, der sein Pferd am Zügel führte, herging.

„Ein Rekognoszierungsritt. Wir kommen von Boitzenburg, sind bei Bleckede über die Elbe gegangen, und da wir hier schießen hörten, wollten wir sehen, was es gegeben hat."

„Eine kleine Morgenarbeit. Die Franzosen haben uns einen Besuch machen wollen auf einigen Fähren, aber wir haben dankend abgelehnt. Wie steht's bei dem Korps?"

„Soweit gut, und müßig sind wir auch nicht; man munkelt jetzt von einem Plane des Generals Tettenborn, an die Weser vorzudringen und den Marschall Davoust von seinen Verbindungen mit Bremen abzuschneiden, ja eventuell einen Handstreich gegen letztere Stadt zu unternehmen — freilich geht das alles ja im Geheimen. — Nun, und Ihr?"

„Ja, wir und die Franzosen gucken einander, so zu sagen, in die Fenster — 's ist mitunter etwas langweilig, und eine kleine Abwechslung, wie heute morgen, thut ordentlich wohl. Aber wenn man uns eine Handvoll Leute zur Verstärkung schicken wollte, könnten wir sie brauchen, das kannst du wohl an gelegenem Orte anbringen!"

„Das soll geschehen! — Aber weißt du, alter Freund, daß du frischer und vergnügter aussiehst? . . . Hast du von Jakob Nachricht?"

„Bis jetzt keine, aber ich habe eine Ahnung, daß er's ernst meint und mir fürder keine Schande machen will, wie dieser Kerl, der Bastian, seinem braven Vater thut!"

„Ja, der Bastian! . . . Weißt du auch, daß er sich noch immer in der Gegend aufhält und sich benimmt wie ein Verrückter? Er ist bald da, bald dort gesehen worden, am meisten bei Wöbbelin, und soll wunderliche Reden führen, so daß man meinen könnte, er habe die Kugel gegen unsern Körner abgeschossen . . ."

„Um Gottes willen — so weit wird's mit ihm doch nicht gekommen sein?"

Konrad senkte den Kopf und schwieg. Sie waren auch bei den andern angekommen, die einigermaßen verwundert die Reiter anschauten, und Schmidt kommandierte seine Leute zum Absitzen und zur Rast. Dann meldete er sich bei dem Befehlshaber der Hohnsdorfer Schanze, und nachdem dies geschehen, suchte er wieder den alten Freund auf, an dessen Seite zu traulichem Plaudern er sich niederließ. Auch von Elise sprach er, und wie er schon längere Zeit nichts von ihr gehört habe; er nahm ein vertrocknetes Zweiglein aus seiner Brieftasche, schaute es an mit Wehmut und Freude, ahnte aber nicht, daß zur selben Zeit ein leuchtendes Augenpaar glücklich und sehnsüchtig an ihm haftete.

Im Laufe des Nachmittags kam noch eine andere Reiterschar von Artlenburg her. Die Leute waren nur teilweise uniformiert, aber sämtlich bewaffnet, und an ihrer Spitze auf einem starkknochigen Pferde ritt ein grauhaariger Mann. Es hatte nichts Befremdliches, und jeder wußte, daß es Freiwillige waren, oder Leute, die ein vermögender Mann, ein Grundbesitzer, für seinen König auf eigene Faust angeworben hatte. Als die Reiter an Walther und Schmidt vorüberkamen, sprang der Letztere plötzlich auf, und ein Erbleichen flog über sein gebräuntes Gesicht:

„Herr Bastian!“ schrie er auf; der andere aber hielt seinen Gaul an, und da er Konrad erkannte, rief er:

„Gott zum Gruß, Herr Lieutenant, und da komm' ich selber mit meinen alten Knochen und bringe meinem König noch ein Dutzend brave Burschen mit; ich denke, daß man uns wird brauchen können. Ich hab's daheim nicht mehr ausgehalten, zumal ich von meinem Jungen nichts mehr gehört habe. Er lebt doch ... oder ist ihm etwas Menschliches passiert?“

Der alte Herr war im nächsten Augenblicke von seinem Gaul gestiegen, und sein frisches Antlitz war fahl geworden.

„Walther, bringe die Leute einstweilen unter!“ bat Konrad, und der Förster verstand ihn. Er selber nahm die Zügel von Bastian's Pferde und forderte die andern auf, ihm zu folgen, Schmidt aber stand einige Sekunden schweigend vor dem Gutsherrn. Dieser stieß jetzt erregt hervor:

„Er ist tot! Sagen Sie mir's ruhig, Konrad, und Sie sollen sehen, daß ich's wie ein Mann trage — ich hab' ihn ja fürs Vaterland gegeben und für meinen König. Freilich die Alte — die Mutter — wie sie's tragen wird! — Nun, wo ist er geblieben?“

Schmidt griff tiefbewegt nach den Händen des alten Herrn und zog ihn sachte beiseite unter einen dichten überhängenden Strauch; dort sprach er dumpf und schweratmend:

„Ihr Sohn lebt!“

„Er lebt? — Aber was ist's mit ihm? — Um Gottes willen, was ist's? — Denn es muß etwas sein — es muß etwas Schreckliches sein, was Ihnen nicht über die Zunge will. Hat er eine Schlechtigkeit begangen?“

„Fassen Sie sich, Herr Bastian. Man hat ihm Feigheit vorgeworfen im Gefechte bei Göhrde, und die Kameraden haben nicht mehr mit ihm dienen wollen.“

Der Gutsherr wankte und Konrad mußte ihn stützen; sein Atem ging keuchend:

„Als Feigling ausgestoßen? — Tierschinder — Feigling — mein Sohn!“

Er ließ das Haupt sinken, und Thränen rollten ihm jetzt über die Wangen. Konrad that der Jammer des braven Mannes in tiefster Seele weh, und er suchte ihn zu beruhigen. Jener aber sprach:

„Sie meinen es gut, recht gut — aber was nützt das mir? — Sehen Sie, ich kam her mit der Freudigkeit eines Jünglings und wollte nun Seite an Seite mit meinem Jungen kämpfen und, wenn es sein müßte, bluten, und mein Weib hat mich gehen lassen mit schwerem Herzen, aber doch als ein echtes, braves, deutsches Weib — und nun darf ich nicht eintreten in ein ehrliches Korps, denn mein Name ist beschimpft, und jeder von den wackern Burschen, die ich mitgebracht habe, kann mich über die Achsel ansehen ... o mir bleibt nichts übrig, als eine Kugel in den Schädel, denn so kann ich nicht heimkehren ... ich müßte mich schämen mein Leben lang.“

In seiner Erregung riß er ein Pistol heraus und wendete es gegen sich, aber Schmidt fiel ihm in den Arm.

„Da sei Gott vor! So liegen die Dinge nicht, und daß Sie ein Ehrenmann sind, daran hat keiner ein Recht zu zweifeln. Aber auch Ihr Sohn ist nicht verloren. Wir haben's erlebt in diesen Tagen, daß der Sohn eines braven Kameraden, der noch viel tiefer gesunken war, als der Ihrige, sich wiederfand und nun im treuen Dienste des Vaterlandes steht ... und man darf in unsern Tagen an keinem verzweifeln, so lang er noch lebt.“

Bastian steckte das Pistol beiseite, und kleinlaut fragte er:

„Und wo ist der Junge?“ —

„Ihn zieht's, wie es scheint, zu seinem alten Korps. Er ist wiederholt gesehen worden in der Gegend, verstört und krank ...“

Da erfaßte den alten Mann ein anderes Gefühl, das der Vaterangst und der Vaterliebe.

„Krank, sagen Sie? — Wäre es möglich, daß die Krankheit ihn ängstlich, feige gemacht hätte? — Glauben Sie das, daß es möglich sei — dann könnte ja alles noch gut werden.“

Schmidt wollte dem erregten Vater nicht das letzte Fünkchen

eines freundlichen Hoffens rauben; er bestätigte gern die Frage, und nun litt es Bastian nicht länger mehr, er wollte fortreiten und überall fragen nach seinem Jungen und ihn überall suchen. Seine Gefährten sollte Konrad mitnehmen und sie dem Major von Lützow zuführen. Nur mit Mühe konnte der Gutsherr bewogen werden, sich an einem einfachen Imbiß zu beteiligen. Dann stieg er in den Sattel, reichte mit stummer Innigkeit Konrad die Hand und trabte davon.

Er ritt die Nacht beinahe bis an den Morgen, dann gönnte er sich erst einige Stunden Rast, aber bald begann er auf's neue seine Nachforschungen. Ja, man hatte seinen Sohn da und dort gesehen, überall hatte er verwirrte, sonderbare Reden geführt, überall getrunken und — gebettelt: Dem Vater wollte es das Herz zerreißen bei solcher Nachricht, und das Mitleid überwog bei ihm noch den Abscheu. Die letzten Nachrichten, die er in Kraak erhielt, deuteten darauf, daß er gegen Wöbbelin sich gewendet habe, und dahin wandte sich auch der Gutsherr.

Der Abend war bereits hereingebrochen und der Mond war aufgegangen, der mit seinem milden Lichte die Gegend überflutete, als er an Wöbbelin herankam. Er sah den Ort drüben an der Straße liegen, still und friedlich, aber seitwärts von seinem Wege erblickte er auch zwei einsame Eichen, und er wußte, daß dort in deren Schatten sich einige Heldengräber befanden. In einer beinahe wehmütigen Stimmung ritt er darauf zu. Als er fast ganz herangekommen war, sah er, wie es sich im Schatten bei einem der Hügel regte, und er vermochte jetzt einen Menschen zu erkennen, der an einem Grabe wühlte und arbeitete. Eine seltsame Aufregung überkam Bastian, zumal jener, der auf dem weichen Grunde den Hufschlag des Pferdes nicht hören konnte, sich gar nicht stören ließ. Er stieg ab, schlang den Zügel seines Pferdes um einen Strauch, kam noch näher, und plötzlich, wie von einer schlimmen Ahnung ergriffen, rief er den Namen seines Sohnes. Da schreckte der Mensch auf dem Hügel auf, that einen lauten Schrei und wandte sein Gesicht her; dann sank er auf die Kniee und rief mit aufgehobenen Händen:

„Vater!“

Bastian war tief erschüttert.

„Hermann, du? — Was machst du hier?“ fragte er, indem er

ganz nahe an den Knieenden herantrat. Dieser aber zeigte auf den zerwühlten Hügel und sagte irr und hastig:

„Den da wieder herausholen! Weißt du, wer hier schläft? — Theodor Körner, der die schönen Lieder gemacht hat — — Das ist Lützow's wilde, verwegene Jagd ... ja, er war unser Stolz, er war ein prächtiger Junge ... und — aber sprich's nicht weiter, hörst du! — und ich bin's gewesen, der ihn erschossen hat!"

Und der Unselige heulte auf wie in tiefen Schmerzen, der Alte aber wurde von Grauen und Mitleid durchschüttert.

„Steh auf, Hermann, du bist krank ... komm, das alles ist ja nicht wahr, was du sprichst — komm zu deiner Mutter!"

Unheimlich lachte der Bursche auf:

„Nicht wahr? — O, es ist wahr — bei Gadebusch ist's geschehen, aber ich hab's nicht gewollt, bei Gott, das hab' ich nicht gewollt! Warum haben sie mich weggestoßen wie einen Hund — warum? — Das Hähnchen, ja, das Hähnchen ... ihn hat's treffen sollen ... aber der Teufel hat die Kugel gelenkt ... der Teufel!"

Den Gutsherrn überrieselte ein kalter Schauer; daß etwas Fürchterliches geschehen sein mußte, war ihm ebenso klar, als daß sein Sohn krank war, und das stand fest, er mußte ihn mit sich nehmen, er durfte ihn hier nicht verkommen lassen in Irrwahn und Elend. So erfaßte er ihn am Arme, aber der Bursche riß sich los, und mit dem Schrei: „Ich lasse mich nicht fangen!" rannte er in wilden Sätzen davon.

Der Vater eilte hinterdrein, fortwährend rufend und bittend. Da erst erinnerte er sich seines Pferdes; mit keuchender Brust lief er zurück, schwang sich in den Sattel und jagte dem Flüchtigen nach. Er hatte nur seinen Schatten noch gesehen, aber bald schien er ihn erreichen zu können. Da durchschnitt ein breiter, steil abfallender Graben das Gelände. In demselben verschwand Hermann, aber bald darauf kletterte er an der andern Seite empor und rannte mit wildem Hohngelächter einem nahen Walde zu. Der alte Herr jedoch erkannte, daß er hier die Verfolgung aufgeben müsse, und todestraurig ritt er langsam wieder zurück.

Bei den zwei Eichen hielt er an. Er stieg ab und trat an den Hügel Theodor Körners. Der Mondschein sickerte durch die Zweige und streute silberne Flocken über das Grab des jungen Helden, und Bastian wurde es wehmütig zu Sinne. Warum konnte sein Sohn nicht dieses Schicksal haben? — Er hätte um ihn geweint, aber Thränen des Schmerzes und des Stolzes zugleich! Er stand lange in tiefer Bewegung dann brach er einen Eichenzweig und legte ihn auf den Hügel nieder, auf dem er die Erde wieder geglättet hatte, schwang sich auf das Pferd und ritt nach Wöbbelin, um dort Nachtrast zu halten.

Am andern Morgen begann er wieder die Nachforschungen nach seinem Sohne, aber er vermochte seine Spur nicht mehr zu finden.

Neuntes Kapitel.

Siegesfreuden.

Nebel wogten über das Elbthal und das Thal der Boitze, und der Oktobermorgen brach grau und kühl an. Hornsignale und Trommelklang gingen durch das Lager des Generals Tettenborn bei Boitzenburg, und die hier gesammelten Truppen stellten sich in Marschordnung. Jetzt setzte sich der General an die Spitze der etwa 800 Kosaken, die den Zug eröffneten, und nun ging es hinein in den grauenden Tag. Hinter den Kosaken ritt der alte Rittmeister Fischer, der ab und zu sich vergnügt den weißen Bart strich, denn wenn es zu einem frischen, waghalsigen Handstreiche ging, war er stets guter Dinge, und mit den 400 braven Reitern hinter sich, unter denen auch Schmidt und Zander sich befanden, fürchtete er sich vor dem Satan nicht; es steckte in dem Alten etwas vom Blute des wackeren Marschall Vorwärts, des prächtigen Blücher. Dann marschierten etwa vierthalbhundert Mann Lützower Infanterie unter Lieutenant Müller. Unter ihnen war Walther und die beiden Freundinnen, denn das Hohnsdorfer Kommando war teilweise abgelöst und durch andere Truppen ersetzt worden. Den beiden Mädchen aber schlug das Herz höher, denn es sollte ja gegen Bremen gehen und dieser Stützpunkt den Franzosen entrissen werden. Das Reichesche Jägerbataillon und einige reitende Geschütze vervollständigten die kleine Armee, die frohgemut, wenn auch mit großer Vorsicht ihres Weges zog gegen Bleckede, wo sie die Elbe übersetzte, und dann in Eilmärschen weiter über Bienenbüttel und Soltau nach Visselhövede.

Der Weg war nichts weniger als gut. Stundenlang ging es

durch pfadlose Heide, dann wieder durch sumpfiges Moorland, und dazu kam, daß es regnerische Tage waren, so daß besonders die Geschütze nur mit den größten Schwierigkeiten weitergebracht werden konnten, und daß die von der Infanterie requirierten Wagen auf den grundlosen Wegen teilweise stecken blieben.

So hatte man Verden erreicht, aber trotz aller Ermüdung ward doch nur eine kurze Rast von drei Stunden gegönnt und noch in der Nacht sollte der Marsch gegen Bremen fortgesetzt werden. Walther sorgte in dieser kleinen Frist nicht für sich, sondern für die beiden Mädchen, um die er manche Sorge schweigend trug; er verschaffte ihnen ein gutes Abendbrot, ein bequemes Lager, während er selber mit seinem treuen Hunde selbst in diesen Raststunden den Schlaf nicht suchte. Bald erklangen auch die Signale wieder, und der Marsch ging hinein in die rauhe, nebelfeuchte Nacht.

An demselben Abend aber hatte an der Straße nach Bremen in einem Gehölz ein verwildert aussehender Bursche gelegen. Er war hinter Tettenborns Schar gekommen, die er nicht aus den Augen verlor, und war derselben auch ab und zu vorausgeeilt, sie umschwärmend wie ein Hund die ihm anvertraute Herde. Es war Bastian. In seiner gestörten, erregten Seele lebte ein wunderlicher Zug, der ihn immer wieder hindrängte zu den Lützower Reitern; es war wie Haß und Anhänglichkeit zugleich. Er konnte von den Spuren derer nicht weichen, die ihn von sich gestoßen hatten, und an denen er andererseits nach seinem Empfinden wieder gut zu machen hatte, was er ihnen angethan, indem er einen der besten ihnen raubte.

So hatte er die Truppen auch diesmal umschwärmt und war ihnen gegen Bremen zu vorausgeeilt. Es wäre ihm ein leichtes gewesen, den Anschlag dem französischen Kommandanten in jener Stadt zu verraten, aber Bastian haßte die Franzosen heißer, als er es sonst gethan, weil sie nach seinem Glauben die Ursache waren, daß Körner durch seine Kugel gefallen war, und so that er ohne Auftrag lieber Spionendienste im Interesse Tettenborns und der Lützower.

Wie er so dalag und wie in wirren Träumen die seltsamsten Bilder an sich vorübergleiten ließ, hörte er durch die Nacht Hufschlag. Er lauschte, woher er kam, stützte sich auf den Arm und spähte. Jetzt sah er den Reiter, der in der Richtung gegen Bremen sprengte, und wie er sich näherte, erkannte er auch die französische Uniform. Es war ein Chasseur, der offenbar Kurierdienst that, und in die Seele Bastians schoß mit einem Male der heiße Haß. Er wußte zunächst selbst nicht, was er wollte, aber er griff nach einem großen Feldsteine, der neben ihm lag, und seine Augen glühten unheimlich auf.

Der Kurier kam rasch daher, ohne zur Rechten oder zur Linken zu sehen. Da traf der Steinwurf sein Pferd, das bäumte sich hoch auf, warf den überraschten Reiter aus dem Sattel und jagte wild davon, in die Nacht hinein. Auf den Chasseur, der halbbetäubt am Boden lag, stürzte sich ein Mensch gleich einer wilden, zornigen Katze und umklammerte den Hals des Mannes, der vergebens sich bemühte, von seiner Waffe Gebrauch zu machen. Der Angreifer sprach nicht, aber er knirschte wie in rasender Wut mit den Zähnen, und seine Fäuste umklammerten mit Riesenkraft den Franzosen. Der fühlte, wie seine Kräfte erlahmten, wie die Sinne ihm schwanden, und als er zurücksank, riß ihm sein Gegner den Säbel aus der Scheide und bohrte ihn mit einem wollüstigen Grimme zwei-, dreimal in den Leib des Unglücklichen.

Ein triumphierendes Lächeln ging über das Gesicht Bastians; er horchte, ob der Franzose noch atme, und dann fühlte er an dessen Leibe herum, bis er die kleine Ledertasche fand, welche wohl wichtige Nachrichten bergen mochte. Er riß sie an sich, erhob sich, warf noch einen Blick nach seinem Opfer und eilte nun in die Nacht hinein in der Richtung gegen Verden.

Er mochte mehr als eine Stunde gelaufen sein, als er das Geräusch herannahender Pferde vernahm; er wußte, es waren Tettenborns Kosaken, und in einer Aufregung, die ihn fast alle Vorsicht vergessen ließ, rannte er ohne weiteres in deren Vortrab hinein.

„Wo ist der General?“ schrie er deutsch und französisch und hielt dabei die Kuriertasche hoch in der Hand. Man ließ ihn durch, und so kam er bis zu Tettenborn, dem er seinen Raub übergab. Der öffnete gewaltsam die Tasche und entnahm ihr ein Schreiben, das er bei der schlechten Beleuchtung einer Wagenlaterne, die herbeigeschafft worden war, mühsam entzifferte. Es enthielt eine Mitteilung an den Oberst Thuillier, den französischen Kommandanten von Bremen, betreffs des geplanten Überfalls dieser Stadt und stammte von dem Befehlshaber eines französischen Postens in Ottersberg.

Tettenborn ließ sogleich eine Abteilung Kosaken gegen diesen Ort aufbrechen, um sich dieses Postens zu bemächtigen (was auch durch glückliche Überrumpelung gelang), dann wollte er dem Burschen, der die wichtige Botschaft in seine Hände gebracht, danken, aber Bastian war wie in die Erde versunken. An den Kosakenpferden vorbei war er in die Nacht hinausgeeilt, und bald folgte er wieder wie ein treuer Schatten dem Zuge der kleinen Armee.

Um sieben Uhr morgens kam diese vor Bremen an. In der Vorstadt vor dem Osterthore und im Dorfe Hastede waren zwei feindliche Kompagnien untergebracht. Mit lautem Hurra brachen die Lützower Reiter über dieselben herein, ehe sie noch ihre Sammelplätze erreichen konnten, und hieben die meisten nieder; nur wenige retteten sich in die Stadt und zogen hinter sich die Zugbrücke auf, welche über den ziemlich tiefen und mit Wasser gefüllten Wallgraben führte. Es war hohe Zeit, denn auch die Lützower Infanterie war zur Stelle und setzte sich in den Häusern der Vorstadt fest, von wo aus gegen die Besatzung auf dem Stadtwall ein lebhaftes Feuer eröffnet wurde, das bald auch die geschickt postierten Kanonen unterstützten. Und während die Kartätschen unter die feindlichen Truppen einschlugen, sausten in die Stadt hinein beinahe unaufhörlich die aus zwei Haubitzen geworfenen Granaten; da und dort aufleuchtender Feuerschein verkündete den Erfolg der Beschießung.

Die Bürgerschaft Bremens geriet in Aufregung; ihr Herz schlug den Belagerern entgegen, und viele waren nicht abgeneigt, dieselben durch eine Erhebung ihrerseits zu unterstützen.

Im Hause des Zimmermeisters Lühring hatte sich etwa ein Dutzend Männer zusammengefunden, darunter angesehene Leute, Patrioten von reinster Gesinnung, welche beratschlagten, was man am besten thun könne, um die Stadt schnell und sicher in die Hände der Angreifer bringen zu können. Unter den Männern befand sich auch Dr. Wendler, der nach Bremen gekommen war, um die Erbschaft seiner verstorbenen Verwandten zu regeln. Hier erst hatte er durch Lühring erfahren, daß seine Tochter mit ihrer Freundin die Stadt verlassen habe, zweifellos, um in das Heer einzutreten, aber wohin sich die beiden Mädchen gewendet, wußte auch er nicht zu sagen.

Dr. Wendler hatte die Mitteilung mit männlicher Ruhe und Festigkeit aufgenommen; war's auch nicht nach seinem Sinne, daß seine Tochter sich den Gefahren des Krieges und den mannigfachen Unannehmlichkeiten, welche das Verbergen ihres Geschlechts mit sich brachte, aussetzte, so war er doch andererseits so voll heißer Vaterlandsliebe, daß er dem patriotischen Zuge seines Kindes gegenüber nicht zürnen konnte. Der Himmel hatte ihm einen Sohn versagt, so gab er dem Vaterlande, wenn es sein mußte, seine Tochter.

Auch in dem Kreise, der sich bei Lühring zusammenfand, war er es, der den Ton angab und die andern mit seiner Begeisterung fortriß und mit seiner ruhigen Art stark machte. Eine Handvoll tapferer, braver Männer konnte nach seiner Meinung unter den gegebenen Verhältnissen viel erreichen. Wenn jeder von den Anwesenden rasch und heimlich unter den Gutgesinnten warb, so daß zu einer bestimmten Zeit, während ein Angriff von außen her erfolgte, zugleich der Kampf in den Straßen aufgenommen wurde, konnte der Erfolg nicht zweifelhaft sein.

Die Männer leisteten sich mit ineinander geschlagenen Händen den festen Eidschwur, Blut und Leben einzusetzen, um die Stadt von den Feinden zu befreien, und begannen über die Einzelheiten ihres Planes zu beraten. Spätestens am nächsten Morgen müßte die Erhebung geschehen. Zuerst mußte der Posten an der Kaserne überwältigt werden, damit es nicht an Waffen fehle, dann aber galt es sich des Osterthores zu bemächtigen, um dort die Freunde einzulassen.

Während dieser Beratungen dröhnte das dumpfe Geroll des Geschützes dazwischen und erregte die Gemüter noch mehr, so daß die Männer sich um nichts weiter kümmerten. Keiner wußte, daß bereits die Eingänge des Hauses besetzt waren, daß es auch in Bremen Verräter gab, und entsetzt fuhren sie alle auf, als mit einmal auf dem Flur vor dem Zimmer niedergesetzte Gewehrkolben klirrten und fast in dem gleichen Augenblicke die Thür geöffnet ward. Ein französischer Offizier mit gezogenem Säbel stand im Rahmen derselben, hinter ihm wurden französische Uniformen sichtbar, und er rief:

„Sie sind Gefangene! Versuchen Sie keinen Widerstand!“

Dr. Wendler hatte am raschesten seine Fassung; er trat einen Schritt vor:

„Mit welchem Rechte geschieht diese Verhaftung?" fragte er.

„Auf Verfügung des Stadtkommandanten, der einen Verrat in Bremen nicht dulden kann!" war die Antwort.

„Wir protestieren gegen diese Behandlung!"

„Das mögen Sie vor dem Obersten Thuillier thun; jetzt zwingen Sie mich nicht, Gewalt zu gebrauchen!"

Die Männer sahen einander an; in den meisten Augen leuchtete der Zorn und die Fäuste waren geballt; Dr. Wendler aber sagte:

„Meine Herren — wir sind die Unterdrückten, aber Gott wird uns helfen! Kommen Sie!"

Damit trat er hinaus in den Flur, die andern folgten stumm. Ein Kommandowort erschallte, die Soldaten nahmen von zwei Seiten ihre Gefangenen in die Mitte, und so ging es durch die Gassen. Diese waren menschenleer infolge der Beschießung, aber bleiche, angstvolle Gesichter zeigten sich überall an den Fenstern und sahen den Braven nach, die einem zweifelhaften Schicksal entgegengingen.

Man führte sie vor den Obersten. Der war ein alter, finsterer Soldat, der sie zornig empfing:

„Man wird Sie lehren, zu konspirieren! Wissen Sie, daß das Hochverrat ist? — Ich werde Sie erschießen lassen, sobald auf den Wällen wieder Platz dazu sein wird, und ich hoffe, daß dies bald ist, denn dies Häuflein da draußen nimmt uns Bremen nicht weg!"

„Das wäre der großen französischen Nation wenig würdig, mein Herr Oberst!" sagte Dr. Wendler ruhig, der Franzose aber sah ihn einen Augenblick groß an, dann erwiderte er:

„Darüber habe ich keine Zeit, mich mit Ihnen zu unterhalten, und Ihre Meinung ist weder mir noch meiner Nation maßgebend!"

Er gab Befehl, die Männer in das Gefängnis in den Kasematten abzuführen, und kaum eine Viertelstunde später wurde unter Trommelwirbel in den Straßen verkündet, daß, wer immer nur das Geringste thue, um mit dem Feinde in Beziehung zu treten oder gar ihm förderlich zu sein, dem Standrecht verfallen sei.

In finsterm Schweigen ward die Kunde entgegengenommen, aber die Herzen brannten, und als die Nachricht von dem Gewaltakt gegen ein Dutzend ehrsame und brave Mitbürger bekannt wurde, erreichte der Ingrimm seinen Höhepunkt. Von dem Walle her aber dröhnten unaufhörlich die Geschütze und das Kleingewehrfeuer, und in den Gassen explodierten noch immer Granaten.

So kam der Abend. Der eherne Mund der Kanonen verstummte, General Tettenborn ließ das Feuer einstellen. Gegen den Wall heran ritt Konrad Schmidt, den Säbel in der Scheide, ein weißes Tuch auf einem Stabe in der Linken, neben ihm ein Trompeter. Er kam, um im Auftrage des Generals zu verhandeln und Thuillier zur Übergabe aufzufordern. Der Trompeter blies, als sie beide hart an dem Graben standen, sein Signal, und Schmidt begehrte als Parlamentär sicheren Eingang in die Stadt. Zur Antwort krachten von dem Walle einige Flintenschüsse, deren einer den linken Arm des Trompeters streifte. Schmidt riß sein Pferd herum, und während er mit seinem Genossen zurückjagte, sausten ihnen die französischen Kugeln nach.

Die Nacht brach ein, Dunkelheit lag über der Stadt, nur die Wachtfeuer brannten hüben und drüben, und man hörte durch die Stille den Schritt der Posten und deren Anrufen. Da war eine Gestalt leise hinabgeglitten in den Stadtgraben. Geräuschlos mit geducktem Kopfe schlich sie gegen die Mauer und kam ungesehen bis an diese heran. Ebenso langsam kehrte sie zurück. Es war Walther, der die Tiefe des Grabens untersuchen wollte, und nun die Meldung machte, daß dieselbe höchstens 2—3 Fuß betrage. Da beschloß Tettenborn, den Sturm auf die Stadt zu wagen.

Aber er wollte den Feind erst einigermaßen sicher machen. Er ließ darum, als der Morgen angebrochen war, die Geschütze abfahren und zog die am Graben aufgestellte Tirailleurkette zurück, um die Franzosen glauben zu machen, daß er die Belagerung aufgebe. Da sich aber die Feinde auf dem Walle zeigten, so konnte es der General nicht hindern, daß beinahe plötzlich wieder ein heftiges Tirailleurfeuer begann. Unter den Franzosen erschien auch die Gestalt eines höheren Offiziers, der allerdings vorsichtig sich zurückhielt und immer eine Deckung zu suchen bemüht war, aber der scharfe Blick Walthers hatte ihn schnell gefunden, und nun ließ er ihn auch nicht mehr aus den Augen. Wie der Jäger auf seine Beute, so lauerte er auf das Aufglänzen der goldenen Tressen, und während ringsum die Schüsse krachten, hielt er mit kaltblütiger Ruhe seine Büchse bereit zur That. Jetzt erschien für einen Augenblick wieder die Gestalt des Offiziers auf dem Walle, in ziemlicher Entfernung freilich, aber sofort hatte Walther die Waffe an der Wange, der Schuß krachte, und aus der lebhaften Bewegung, die an der Stelle entstand, wo der Franzose verschwunden war, konnte der Förster wohl schließen, daß er sein Ziel nicht verfehlt habe.

Die Bestätigung dafür blieb gleichfalls nicht aus. Gegen Mittag erschien bei den Lützowern ein wassertriefender Mann, der durch den Graben geschwommen war; er brachte die Nachricht, daß der Oberst Thuillier gefallen sei und der Major de Vaillant, ein Schweizer, das Kommando in Bremen übernommen habe, der wenig geneigt sein dürfte, den Kampf fortzusetzen. Auch davon unterrichtete der Ankömmling, daß man eine Anzahl patriotischer Bürger gefangen genommen habe und in den Kasematten festhalte, und daß dieselben bedroht seien, wenn ihnen nicht bald Hilfe käme.

Tettenborn war angesichts dieser Mitteilungen zum Sturme entschlossen und wollte eben die nötigen Befehle erteilen, als ein Parlamentär aus der Stadt erschien, welcher das Anerbieten einer Übergabe zu machen beauftragt war. General Tettenborn schickte den Obersten von Pfuel zu dem Stadtkommandanten zu weiteren Verhandlungen, und in Bremen sowohl wie bei den Belagerern sah man mit Unruhe und Aufregung dem Ausgang derselben entgegen.

Der Major de Vaillant verlangte einen Aufschub von 24 Stunden, Pfuel aber die Öffnung der Thore und Unterzeichnung der Kapitulation binnen einer Stunde. Die Verhandlungen zogen sich ungebührlich in die Länge und es ward allmählich Abend, so daß Tettenborn für diesen Tag vom Stürmen absehen mußte. Aber am nächsten Morgen ließ er von mehreren Seiten die Sturmkolonnen heranrücken — die Trommeln wirbelten, die Hörner riefen . . .

Da erschien auf dem Stadtwalle die weiße Fahne. Eine Viertelstunde später war die Kapitulation unterzeichnet. Die Besatzung erhielt gegen die Verpflichtung, ein Jahr lang nicht gegen die Verbündeten zu kämpfen, freien Abzug mit Waffen und Fahnen, die Sieger aber gewannen bedeutende Magazine mit Munition, große Niederlagen an Tuch und Lebensmitteln, eine Kasse mit 260 000 Francs, 200 Pferde und 16 Geschütze.

Um die zehnte Morgenstunde hielt Tettenborn mit seiner kleinen Armee seinen Einzug in die Stadt. Von den Türmen läuteten die Glocken, in den Gassen drängte sich die jubelnde Bevölkerung. Aus den Fenstern wehten Tücher, und Blumen regnete es nieder auf die Einziehenden. Besonders aber waren die Lützower Gegenstand der Aufmerksamkeit und der Begeisterung. Wohl waren ihre Uniformen meist abgenützt und unansehnlich geworden, ihre Pferde sahen durch den aufreibenden Vorpostendienst heruntergekommen aus, aber aus den Gesichtern all dieser Männer leuchtete eine Freudigkeit und ein Kampfesmut, der etwas hinreißendes hatte.

Eine Abteilung der Infanterie unter Oberjäger Walther war nach den Kasematten geschickt worden, um die dort gefangen gehaltenen Bürger zu befreien. Aus den geöffneten Kerkern traten die Männer, die nahe daran waren, Märtyrer ihres Patriotismus zu werden, und streckten ihren Befreiern die Hände entgegen.

Da stand Dr. Wendler plötzlich vor einem ihm bekannten Antlitz, und er schrak wie vor einer Erscheinung davor zurück. Der junge, frische Lützower aber, dem das Gesicht gehörte, war nicht minder erschrocken.

„Vater!“ stammelte er — „verrat' mich nicht!“

Wendler war nicht der Mann, der so leicht die Fassung verlor; zudem war er nicht unvorbereitet, und so reichte er seinem Kinde schweigend die Hand; das aber sank ihm, überwältigt von diesem Augenblicke, an die Brust. Erstaunt sahen das seine Kameraden, Walther aber sagte laut: „Es ist sein Vater!“ und zu Elise gewendet fügte er bei:

„Schweizer, ich gebe Ihnen bis morgen früh Urlaub, um das Wiedersehen feiern zu können ...“

„Und darum wage ich gleichfalls zu bitten!“ sagte Eduard Krause, neben welchem mit Thränen in den Augen der Zimmermeister Lühring stand.

„Ist bewilligt!“ erwiderte Walther, dann trat er an Wendler wie an Lühring heran, denn unwillkürlich hatten sich die beiden kleinen Gruppen gegenseitig genähert, und reichte den beiden Männern die Hände:

„Sie haben sich gehalten und geschlagen wie jeder andere Brave —

seien Sie ihnen nicht böse. Ihr Geheimnis kennt außer mir niemand. Was Sie weiter thun wollen, steht bei Ihnen!“

Sie drückten fest die Hand des wackeren Försters, und Lühring lud ihn in sein Haus. Walther versprach auch zu kommen, wenn es der Dienst erlaube, und während die Befreiten bereits davon eilten zu ihren besorgten Familien, marschierte der Oberjäger mit seiner kleinen Schar durch die belebten Gassen, durch welche immer neue Jubelrufe erklangen, nach dem Dome.

Dort hatten sich die Sieger zu einem Dankgottesdienst zusammengefunden. Die Hallen des ehrwürdigen Gotteshauses vermochten sie kaum alle zu fassen. Vornan standen die Lützower Reiter, dann die übrigen vom Freikorps, und hinter ihnen drängten sich die bärtigen, gebräunten Gesichter der Kosaken. Die Orgel brauste in kräftigen Akkorden zu dem „Herr Gott, Dich loben wir!“ und dann sprach vom Altare aus der Prediger in kräftigen und erhebenden Worten. Als er endete, traten zu seinen beiden Seiten die Rittmeister Fischer und von Petersdorff hin.

Der alte Offizier mit seinem weißen Barte und seinem wetterbraunen Gesichte mit den vielen Runzeln und Falten reckte seine Gestalt hoch empor; in seinem Antlitze zuckte es seltsam, man merkte, daß er sehr erregt war, und jetzt klang mit einmal seine Stimme, rauh, heiser und doch vernehmbar bis in den letzten Winkel der Kirche, über welcher ein tiefes Schweigen lagerte:

„Kameraden! Ich weiß zwar nicht, ob ich hier reden darf, aber das Herz ist mir zu voll, und was ich sagen will, ist auch zur Ehre Gottes. Er hat es uns vergönnt, diese gute deutsche Stadt dem Feinde abzugewinnen, und wir haben nur wenige brave Mitstreiter dabei verloren. Kameraden, laßt uns bei diesem Erfolge an unseren Anfang denken in der Dorfkirche zu Rogau, und laßt uns noch einmal vor Gott den Eid erneuern, daß wir nicht weichen wollen von der Sache des Vaterlandes, daß wir Blut und Leben daran setzen wollen, es frei zu machen. Kameraden, hebt eure Hände: Gott strafe den Schuft, der seinem Eide treulos wird!“

Der Alte hatte sein breites Schlachtschwert gezogen, der Rittmeister von Petersdorff kreuzte damit seine Waffe, und wer immer herantreten konnte, legte seine blanke Klinge darauf, die andern aber hoben ihre Hände, und in das tiefe, heilige Schweigen klang die Stimme des Predigers:

„Der Herr hat's gehört, der Herr sei mit Euch und mit Euren Waffen jetzt und immerdar, der Herr sei mit allen braven Streitern und mit dem lieben Vaterlande — Amen!"

Auch Elise und Anna Lühring waren mit ihren Vätern im Gottesdienste gewesen, dann aber waren sie nach des Zimmermeisters Hause gegangen, dessen Frau sich vor Freude kaum zu fassen wußte, wenn sie auch über das seltsame Aussehen ihres Kindes noch ganz verwundert war.

Vergnügt saß man bei Tische — man hatte sich ja so viel zu erzählen — das Mutterherz aber hing doch nur einem Gedanken nach: die Tochter wieder aus diesen unweiblichen Verhältnissen herauszubringen, und sie sprach das endlich auch in rührenden Worten aus. Ein Augenblick des Schweigens folgte, die beiden Väter mochten ja das Berechtigte und Wahre dieser mütterlichen Bitte anerkennen, aber Anna Lühring sprach mit gesenktem Haupte:

„Mutter, sollen wir fahnenflüchtig werden — heute, da wir im Gotteshause erst die Hände mit zum Schwur erhoben haben, dem Vaterlande Blut und Leben zu weihen?"

Auch Elise sagte:

„Tausend Eltern bringen ihre Kinder dem Vaterlande in diesen Tagen, sollen wir zurückstehen müssen, nur weil der Himmel es uns versagt hat, Jünglinge zu sein? Denn wenn wir das wären, würdet Ihr uns da zurückhalten wollen?"

„Der Kampf ist aber einmal nicht Sache der Frauen und Jungfrauen," sprach die Mutter — „es giebt für diese noch ein anderes Feld, ihre Vaterlandsliebe zu zeigen; sie gehören in die Spitäler, an die Betten der Verwundeten."

„Ihnen fehlt es nicht an Händen," erwiderte Elise — „aber Krieger können nicht genug ins Feld gestellt werden, und wenn Gott uns den Mut zum Kampf ins Herz gelegt hat — warum sollen wir seinem Drange nicht folgen dürfen? — Vater, rede du! Du hast mich so erzogen wie ich bin, gesund an Leib und Seele, und hast's nicht beklagt, daß ich kein Sohn war, weil ich dir einen solchen stets zu ersetzen bemüht war — Vater, soll ich mit meinem heißen, begeisterten Herzen vergehen, während hunderte von Braven verbluten?"

Dr. Wendler atmete tief, dann sprach er:

„Einem jeden weist Gott sein Schicksal zu. Dich hat er auf ungewohnten, aber nicht schlechten Pfad geführt, und wenn das Vaterland in schweren Zeiten besonders große Opfer verlangt, so will ich solche bringen. Man hat eine Eleonore Prohaska nicht als unweiblich verworfen, man hat sie gefeiert als eine Heldin, drängt dich's in ihre Spuren, so geh' mit Gott, der dir auch die rechte Stunde zeigen wird, in welcher du diesen Rock ausziehen sollst."

Schweigend lehnte sich Elise einen Augenblick an des Vaters Brust, der Zimmermeister aber sah sein Weib an, fragend und ernst. Sie verstand ihn und sagte leise:

„So mag's in Gottes Namen sein — was andere Mütter können, muß ich auch tragen lernen!"

Lühring gab ihr die Hand, dann reichte er sie seiner Tochter, und ein Augenblick heiliger Stille ging durch den Raum; da erschien Walther mit seinem treuen Hunde und ward freundlich und freudig begrüßt.

An Stoff zum Gespräch war kein Mangel, und daß gleich anfangs auch Konrads gedacht wurde, ist selbstverständlich. Er war gleichfalls mit in Bremen eingezogen und hatte bei dem Eide sein Schwert auf jenes Fischers gelegt. Walther hatte auch eben erst mit ihm gesprochen und ihn darüber klagen hören, daß er so lange nichts von seiner Braut vernehme. Alle wurden beinahe von Rührung erfaßt, daß die beiden Menschen einander so nahe waren, ohne daß Konrad das ahnte, und es wurde besprochen, daß Dr. Wendler ihn aufsuchen und ihm Grüße von seiner Braut bringen sollte, die für Schmidt freilich nach wie vor in Leipzig war. Eine Begegnung mit dieser ließ sich ziemlich sicher vermeiden, da er ja keine Ahnung hatte, in welchem Gewande er sie suchen müsse, da außerdem der Aufenthalt der Lützower in Bremen nur wenige Tage dauern konnte, und da Elise diese Zeit im Hause Lührings zu bleiben gedachte, wo jeder Verdacht leichter vermieden werden konnte, als im Hause der Großtante.

Erst gegen Abend trennte sich Walther von den lieben Menschen, um nach seinem Quartier zu gehen.

Als er hier ankam, wurde er mit der Nachricht empfangen, daß er schon seit einiger Zeit erwartet werde. Er trat in seine Stube ein und sah Konrad Schmidt und neben diesem seinen Sohn. Jakob trug die Uniform der preußischen Reiter und hatte auf der Brust das eiserne Kreuz.

„Vater, darf ich kommen?“ rief er, und die Stimme zitterte ihm, der Alte aber breitete, ohne ein Wort zu sagen, seine Arme aus, preßte ihn an seine Brust, und die Thränen rollten ihm nieder in den Bart. In stummer Ergriffenheit stand Schmidt daneben, und ihm wandte sich jetzt der Förster zu; während er mit dem linken Arme den Sohn umschlungen hielt, reichte er die Rechte dem jungen Freunde.

„Konrad, siehst du, daß er das Kreuz hat? — Konrad, nicht wahr, er muß brav gewesen sein, er muß treu für sein Vaterland und seinen König gestritten haben, sonst hätte der es ihm nicht gegeben — Konrad, ich habe meinen Jungen wieder!“

Auch der treue Hund schien sich dieses glücklichen Augenblickes zu freuen; er sprang unablässig an Jakob empor, der gar nicht Zeit fand, ihn zu liebkosen, denn sein Vater zog ihn jetzt ganz nahe an das Fenster, wie um ihm recht ins Gesicht schauen zu können, und dabei redete er in einem fort:

„Wenn das deine gute Mutter noch erlebt hätte! Aber sie hat's gewußt, Jakob, sie hat's gewußt, daß du nicht schlecht warst, sie hat mir's sterbend gesagt, daß du wiederkommen würdest, und nun bist du wiedergekommen, und mit Dem da!“

Er strich mit den Fingern über das eiserne Kreuz, wie liebkosend, und redete immer fort:

„Und wie er aussieht! So frisch und stattlich und männlich, so ganz anders, als wie ich ihn zuletzt gesehen habe. Aber daran wollen wir auch nicht denken — gar nicht mehr denken — nicht wahr, Konrad, nicht wahr, Flott? — Aber so rede doch, Junge, du hast ja noch kein einziges Sterbenswort gesagt, wie du herkommst und wo du zu dem Kreuze gekommen bist ...“

Er drängte ihn zu dem alten Sofa, das in einer Ecke stand,

und setzte sich neben ihn, und Konrad zog er auf den Stuhl an seiner andern Seite.

„So, und nun erzähle! Aber vorher, Wein her, Wein — Konrad, thu' uns den Gefallen, wenn du auch Offizier bist . . . schaffe Wein, denn diese Stunde muß doch gefeiert werden — ich habe meinen Jungen wieder!"

Lächelnd und mit feuchten Blicken — denn er dachte auch an seinen eigenen Vater — erhob sich Schmidt, um das Gewünschte zu versorgen, und als er wiederkam, fand er die beiden in inniger Umarmung, und Jakob war im besten Erzählen.

„Vater, vor allem eins: Napoleon ist in einer großen dreitägigen Schlacht bei Leipzig vollständig geschlagen worden, und seine Herrschaft in Deutschland ist aus. Und ich hab' mitgefochten, und das ist mein Stolz und ich werd's mein Lebtag nicht vergessen, und ich hab' brav gefochten, Vater, und dafür hab' ich mir die Gunst ausgebeten, Kurierdienst thun zu dürfen und die Siegesbotschaft nach Norden tragen zu können, zu dir! Ich wollt' der erste sein, der die Freude dir melden würde, und das, hofft' ich, sollte mir deine Liebe wiedergewinnen."

„Die hast du, mein Junge! Gott segne dich!"

„Und ich bin geritten Nacht und Tag, daß mir der Gaul unter den Schenkeln zuletzt zusammenbrach . . . und nun bin ich da — Hurra! Viktoria!"

„Hurra, Viktoria!" schrie der Förster mit dröhnender Stimme.

Der Wein war gekommen; er blinkte in den Gläsern goldhell, und es klang zusammen wie das Läuten von Glocken.

„Und nun eins nach dem andern, mein Junge! Nun erzähle ordentlich, wie sich's begeben hat!"

„Nun, Vater, als ich von dir fortging, wandte ich mich gegen Schlesien und trat unter dem General York in die Reiterei. Zunächst gab's eine müßige und abwartende Zeit, die gar nicht nach meinem Sinne war, bis der alte Marschall Vorwärts des Wartens überdrüssig wurde und nun über die Elbe vorzurücken befahl, denn alle Armeen der Verbündeten sollten sich zusammenschließen zu einem Hauptschlage. Und am 3. Oktober — es war just ein Sonntag und ich werde ihn niemals vergessen — gingen wir mit dem grauenden Morgen bei

Wartenburg über die Elbe auf Pontonbrücken, und drüben in gedeckten Stellungen stand der Feind. Seine Geschütze warfen ihr Verderben in unsere Reihen, und im teilweise offenen Gelände wurden unsere braven Leute zusammengeschossen wie das Wild. Aber ein Wanken und Weichen gab es nicht. Wir haben gesungen bei der Blutarbeit: Prinz Eugen der edle Ritter! und der alte General Horn, dem das Pferd unter dem Leibe erschossen war, nahm eine Muskete und schritt an der Spitze eines Bataillons voraus, und gerade hinein in das umkämpfte Wartenburg. Da war's, wo ein paar Geschütze uns schweren Schaden anrichteten. Unser Lieutenant rief: Kinder, die holen wir uns; und, so schlecht das Terrain war, wir sausten mit verhängten Zügeln vorwärts. Da stürzt der Lieutenant, mitten durch die Brust geschossen, aber weiter ging's. Es kam manch' einer noch aus Sattel und Bügel, aber jetzt war's alles eins. Wer kümmert sich in solchen Augenblicken um Sterben und Verderben! Ich weiß nur, daß ich zuerst bei den Geschützen ankam, unverletzt, wie ein Rasender in die Bedienungsmannschaft einhieb, bis ich keinen mehr sah von derselben, dann aus dem Sattel und nun mit einigen Kameraden die Geschütze gegen die Franzosen gerichtet. Die waren nicht wenig verdutzt, und der General Bertrand schickte eilig zwei Ordonnanzoffiziere, in der Meinung, daß hier württembergische Truppen irrtümlich auf seine Leute feuerten. Der eine sah beizeiten seinen Irrtum ein und reterierte, den andern habe ich gefangen. Dafür aber habe ich mein Kreuz erhalten."

Walther hatte beinahe atemlos zugehört; mit leuchtenden Augen saß er da und nickte nur ab und zu Konrad zu, als ob er ihm sagen wollte:

„Und das ist mein Junge!"

Jetzt schenkte er die Gläser wieder voll, aufs neue klangen sie zusammen, und der Alte sprach:

„Jetzt aber, wie war's mit Leipzig?"

„Ja, Vater, erzählen läßt sich das nicht — das muß man mit erlebt haben. Es war ein großes Kesseltreiben; die Nordarmee, die böhmische und die schlesische Armee waren richtig zur Stelle, hielten Napoleon eingeschlossen, und am 16. Oktober begann das große Schauspiel der Völkerschlacht, von dem noch Kindeskinder und Urenkel erzählen werden. Auf den Höhen von Wachau hatte der Franzosenkaiser eine starke Stellung, hundert Kanonen sandten ihren Kugelregen gegen die anstürmenden Preußen und Russen und warfen sie reihenweise nieder; in Strömen floß das Blut, aber die Höhen wurden genommen. Wir jedoch, die schlesische Armee, haben unsere Blutarbeit an einer andern Stelle gethan. Wir kamen unter dem Marschall Vorwärts von Halle her und warfen uns gegen den rechten Flügel der Franzosen. Wir Yorkschen waren in der Vorhut, und uns vor allen lag daran, den Schlüssel der feindlichen Stellung, das Dorf Möckern, zu gewinnen. Der Marschall Marmont war kein schlechter Gegner, aber unser alter braver York war ihm gewachsen. Im Sturmschritt gingen unsere wackeren Bataillone vor, doch das Geschützfeuer der Franzosen ist zu sehr überlegen. Da läßt York, der mitten im Kugelregen stand, seine eigene schwere Artillerie anfahren, und nun erhub sich ein Dröhnen und Donnern, wie es selten wohl auch von ergrauten Kriegern gehört worden sein mag. Und wieder stürmen dabei unsere braven Leute vorwärts, und um jedes Gehöft, um jedes Haus wird heiß und blutig gestritten; Pardon wird nicht gegeben, nicht genommen. Aber schon ist ein Dritteil der Mannschaft erlegen, tot oder verwundet; York bietet seine letzten Truppen auf, die wieder mit gefälltem Bajonett, mit Todesverachtung vordringen, und die abermals von dem furchtbaren Geschützfeuer zurückgeworfen werden. Noch standen wir Reiter, doch die Herzen pochten uns beinahe hörbar und wir warteten mit Aufregung aber auch mit Sehnsucht auf den Augenblick, da wir drankommen sollten. Da kommt York mit verhängten Zügeln herangeritten. «Major von Sohr, attackieren!» ruft er schon von weitem. «Trompeter, Trab!» ist die Antwort des Majors. Das Signal ertönt; fest gestemmt in den Bügeln braust das Regiment vorwärts gegen den Feind. Hurra! ruft der Major und hebt den Säbel, eine Kugel trifft ihn in den rechten Arm, er nimmt die Waffe in die Linke, und mit wildem, begeistertem Hurrarufen jagen wir hinter ihm drein, hinter uns im Laufschritt das noch übrige Fußvolk mit gefälltem Bajonett. York reitet an der Spitze der schwarzen Husaren und nun geht es — es lebe der König! — vorwärts! Uns gegenüber sehen wir die französischen Flintenläufe aufblitzen, eine Batterie rückt von der Seite heran und ist eben daran abzuprotzen — die nächsten Augenblicke brachten wohl manchem sein letztes Ende — da kracht und dröhnt es mit einmal, als ob die Erde geborsten wäre, weißer dichter Qualm steigt über den Franzosen empor, dazwischen fliegen Stücke von zertrümmerten Wagen, Glieder von Menschen und Pferden, und wir ahnen mehr die Verwirrung unter den Feinden, als wir sie sehen können. Einige Munitionswagen waren in die Luft geflogen, und besseres konnte in diesem Augenblicke für uns nicht geschehen. Jetzt brachen wir wie Gottes Wetter in die bestürzten Franzosen ein, die in wilder Auflösung zurückwichen. Hei, wie haben wir die Infanterie auseinander gesprengt, und im Augenblick hatten wir uns der Geschütze bemächtigt — es war ein voller, glänzender, freilich auch blutig erkaufter Sieg, denn das Yorksche Korps hatte etwa ein Fünftel seiner Leute verloren. Wir Überlebenden aber haben auf dem bluttränkten Felde beim sinkenden Abend unsern Choral gesungen: Nun danket alle Gott! — Das war am 16. Oktober gewesen, der 17. war im allgemeinen ein Rasttag, nur der Vater Blücher machte eine frische Reiterattacke, der 18. Oktober aber brachte die Entscheidung beim Dorfe Probstheida, wo der französische Löwe seinen letzten Schlupfwinkel verzweiflungsvoll verteidigte. Doch all' sein Ringen war vergebens, und seine eigenen Verbündeten haben ihn im Stich gelassen. Bei Schönefeld und Paunsdorf gingen 8000 Sachsen und Württemberger mit 38 Geschützen zu uns über, nachdem beim «Heitern Blick» zuerst zwei sächsische Reiterregimenter, den Säbel in der Scheide, zu den Blücherschen hinüber getrabt waren. So hat Gott uns geholfen und unsere Kraft und Einigkeit. Mich aber hat der alte York selber belobt auf dem Schlachtfeld, hat mich zum Unteroffizier ernannt und hat mir die Gunst gewährt, um die ich ihn gebeten habe, die Siegeskunde weiter tragen zu dürfen, und so bin ich da — hurra, Viktoria!"

„Hurra, Viktoria!" riefen auch die beiden andern, und selbst der Hund bellte laut und freudig, als verstände er, um was es sich handle. Der Förster legte ihm die Hand auf den Kopf und sprach:

„Ja, bell' du auch immer dein Viktoria, wackrer Kerl! Du hast ein Recht dazu und hast deine Schuldigkeit brav gethan; sollst auch zur Feier des Tages eine große Wurst erhalten . . . Aber, sprich, Jakob, der General weiß doch schon —"

„Selbstverständlich, Vater — erst kam die Pflicht!“

In diesem Augenblicke begann ein tiefes Summen und Tönen; die Glocken der Stadt klangen feierlich wie zum Festgeläute, und von der Straße her vernahm man das Geräusch lebhaft bewegter Menschen; ein Rufen ging von Mund zu Munde. Die drei erhoben sich, traten an das Fenster und öffneten es. Da schrie es von unten herauf:

„Hurra! Sieg, Sieg der Verbündeten bei Leipzig!“ und hundert Stimmen jubelten es nach. Nun rief auch Walther mit lauter Stimme hinab: Hurra, Viktoria! und dann schob er seinen Sohn ans Fenster dicht heran, als ob er sagen wollte: Seht ihr, der da war's, der die Kunde euch gebracht hat, der ihn selber mit erfochten hat, den glorreichen Sieg, und der da ist mein Sohn!

Konrad Schmidt duldete es nicht länger in dem Gemache. Einmal wollte er die beiden in ihrem Glücke sich allein überlassen, und dann drängte es ihn, Kameraden zu sehen und mit ihnen über das freudige Ereignis zu reden.

Wie er hinunter auf die Straße kam unter die freudig bewegte Menge, die ihm mit Hut- und Tücherschwenken zujauchzte, als müsse sie ihm den Sieg danken, da sah er sich auf einmal Dr. Wendler gegenüber. In der nächsten Sekunde hielten sich die beiden Männer in den Armen.

„Was macht Elise?“ war Schmidts erste Frage.

„Sie befindet sich wohl und ist glücklich!“

„Und sie ist in diesen Tagen allein in Leipzig?“

„Sie ist ein starkes, mutiges Mädchen und solcher Situation gewachsen; seien Sie unbesorgt, Konrad!“

„Und was führt Sie hierher?“

„Die Erbschaftssache der alten Tante, die gestorben ist. Kommen Sie, lassen Sie uns in diesem Siegesjubel ein stilles Plätzchen suchen, wo wir mitsammen das Ereignis feiern. Hei, mein Leipzig hat heute einen guten Klang bekommen und wird genannt werden, so lange noch deutsche Herzen schlagen.“

Er nahm den jungen Lützower unter den Arm und führte ihn nach seiner Wohnung, und hier saßen sie, während immer noch die Glocken läuteten und die jauchzenden Menschen auf den Straßen sich drängten.

Schon zwei Tage später verließen die Lützower die Stadt, nur eine Abteilung Kosaken blieb zurück, um die Festungswerke zu schleifen und so eventuell den Feind zu hindern, sich noch einmal in Bremen festzusetzen.

Am selben Tage aber ritt auch der Kurier Jakob Walther nach herzlichem Abschiede von seinem Vater durch das Osterthor hinaus und wandte sich südwärts, um seinen Truppenteil wieder aufzusuchen

Zehntes Kapitel.

In Frankreich und wieder daheim.

Es war zu Weihnachten 1813. Das Lützowsche Freikorps lag in Holstein gegen Dänemark zu Felde, und der Major selbst befand sich zu Poppenbüttel an der Alster. Seine letzte Verwundung machte ihm noch immer schwer zu schaffen, so daß er an Krücken einherhumpelte und seinen Leuten, wenn es not that, im Wagen nachfahren mußte. Die Stimmung des thatendurstigen Kriegsmannes war darum nicht die beste.

Und heute war er ganz aus der Fassung. Er saß in einem alten Lehnstuhl und hatte die Krücken neben sich stehen; bei ihm befand sich der Rittmeister von Petersdorff. Lützow hielt in der Linken ein Papier, allem Anschein nach ein amtliches Schreiben, und mit der Rechten zwirbelte er erregt die Enden seines Schnurrbarts.

„Na, sagt mir, Petersdorff, was das wieder für eine verd ... Geschichte ist, und wer daraus klug werden soll. Da quatschen wieder einmal die Federfuchser dazwischen und machen einem ehrlichen Soldaten, der für seinen König zum Krüppel geschossen worden ist, das Leben sauer. Muß ich mir denn das gefallen lassen, Petersdorff, daß das Civil- und Militärgouvernement in Berlin mir Verfügungen betreffs des Freikorps schreibt, während ich doch angewiesen bin, meine Befehle von meinem kommandierenden General von Bülow zu erhalten?“

„Verzeihen Sie, Herr Major — ich weiß noch gar nicht, um was es sich handelt!“

„Na, da lesen Sie diesen — — aber ich darf ja nicht einmal

despektierlich werden. Um was es sich handelt? — Daß alle Inländer sofort das Freikorps verlassen und in die reguläre Armee eintreten sollen, widrigenfalls sie derjenigen Benefizien verlustig sein sollen, welche die andern Unterthanen Seiner Majestät genießen. Das bedeutet doch die Auflösung des Korps, Petersdorff. Die meisten meiner Leute sind aus den abgetretenen Provinzen und erfreuen sich jetzt auch der Herrschaft unseres Königs. Wenn die aber hören, daß das Korps jetzt völlig außer dem Gesetz erklärt werden soll, so kann ich sie nicht länger im Dienste halten. Die übrigen Ausländer aber werden des bessern Teils ihrer Kameraden beraubt und werden die nächste beste Gelegenheit ergreifen, sich dem Korps zu entziehen."

Der Rittmeister gab das Schreiben zurück; auch über sein Gesicht liefen Schatten des Unmuts, da er sagte:

„Es wird sich daran wenig ändern lassen, und wir können uns nur damit getrösten, daß, wer zur regulären Armee übergeht, immer wieder für dieselbe Sache steht und ficht, für König und Vaterland. Und wer ein braver Soldat ist, geht dahin, wo ihn sein König hinstellt!"

Der Major sah seinen Kampfgefährten groß an.

„Hol' mich der Satan, Petersdorff — Sie fassen die Sache ja recht gutmütig auf; vielleicht gewöhne ich mich auch an diese Auffassung, heute nur ist mir's noch nicht möglich."

Eine Ordonnanz trat ein und brachte ein Schreiben. Lützow erbrach es rasch; es war von dem Befehlshaber der Nordarmee, dem schwedischen Kronprinzen Karl Johann, und lautete:

„Sobald Sie den Rhein mit Ihrer Kavallerie erreicht haben werden, wird es Ihre Aufgabe sein, das Land von Elberfeld bis Düsseldorf aufzuklären. Zu diesem Zwecke haben Sie Ihre Rekognoszierungen bis Wesel, ja womöglich bis zur Yssel auszudehnen. — Sie haben mich von allen eingegangenen Nachrichten in Kenntnis zu setzen und werden nicht verfehlen, dieselben auch dem General Wintzingerode mitzuteilen."

„Hurra — da giebt's wieder Arbeit, Petersdorff! Aber zum Henker, ich kann doch nicht mit den Krücken zur Rekognoszierung fahren! Geht's denn ohne die Dinger nicht?"

Er erhob sich rasch von seinem Lehnstuhl, machte, freilich nicht ohne Anstrengung, einige Schritte, dann griff er nach den Krücken, schlug sie auf den Boden, daß sie splitterten, und sagte:

„Petersdorff, nun thun Sie mir den Gefallen, und werfen Sie das Zeug vor meinen Augen ins Feuer — und Sie, Ordonnanz, sagen Sie mal meinem Burschen draußen, er soll mir mein Pferd satteln lassen!“

Petersdorff, der die zerbrochenen Krücken ins Feuer warf, machte eine ängstlich abwehrende Bewegung und mahnte:

„Ums Himmels willen, nicht zu früh, Herr Major!“

„Ach was! Hier wird befohlen zu reiten, und nicht zu fahren! Herr Rittmeister, treffen Sie Anstalten, daß ich morgen mit zwei Eskadronen ausreiten kann, und lassen Sie ins Kuckucks Namen auch die Ordre verkünden, daß die Inländer in die reguläre Armee eintreten sollen — wir werden ja sehen, was uns übrig bleibt.“

Der Rittmeister ging, und eine halbe Stunde später konnte man den Major im Sattel sehen, wie er gegen Langenhorn hinritt. Seine Soldaten aber, die ihn sahen, begrüßten ihn mit freudigen Zurufen, und da ihm auch die Wintersonne freundlich ins Herz schien, kam er in eine beinahe behagliche Stimmung, wenn er auch seine Wunde immer noch sehr fühlte.

Die Ordre des Civil- und Militärgouvernements war verkündet worden, und eine Anzahl Freiwilliger meldete sich, um von dem Freikorps abzugehen und in die preußische Armee einzutreten. Auch Förster Walther sah sich dazu veranlaßt. Ihm hatten die Franzosen in einem Gefechte vor Lockstedt seinen Hund erschossen, und das hatte ihn einige Tage ganz trübsinnig gemacht. In diesen Tagen hatte Elise noch mehr als vorher sich ihm angeschlossen und war bemüht gewesen, ihn aufzuheitern, was ihr zuletzt auch gelang. Aber auch ihm wuchs damit das tapfere, frische Mädchen noch mehr ans Herz, und als er jetzt daran dachte, sich in die schlesische Armee einreihen zu lassen, kam ihm der Abschied von ihr ganz besonders hart an. Er sprach es auch ihr gegenüber aus, als sie nahe bei Pinneberg lagerten, zu seiner Verwunderung und Freude aber erklärte sie:

„Nein, Herr Oberjäger, wir gehen nicht auseinander — ich trete mit bei Blücher ein. Sehen Sie, in der Nähe Konrads kann ich ja doch nicht sein, denn der reitet mit Lützow, während die Infanterie wohl niemals auf den französischen Boden kommt, und das möcht' ich doch erreichen, wenn ich schon einmal mit zu den Waffen gegriffen habe."

„Aber Sie sind ja Sächsin?"

„Was thut das? — Ist jetzt noch die Frage, ob Sachse, ob Preuße? Alle deutschen Stämme haben jetzt ein und dasselbe Streben, ein und dasselbe Ziel: das große deutsche Vaterland zu befreien und die lange Schmach und Schande wieder gut zu machen. — Und dann sehen Sie! Anna Lühring hat hier beim Korps ihre alte mütterliche Freundin, die Marketenderin, die für sie sorgt und sich ihrer annimmt, und darum wird sie auch hier bleiben; ich habe niemanden als Sie, und in schweren und bangen Stunden war mir's ein beruhigendes Bewußtsein, Sie an meiner Seite zu haben als Tröster und Freund, und wenn es notthäte, als Beschützer. Ich könnte mich, glaube ich, hier nicht mehr wohl und sicher fühlen, wenn Sie gehen, und darum nehmen Sie mich mit und sorgen Sie dafür, daß wir beisammen bleiben!"

Sie hatte dem Alten beide Hände hingereicht, die er mit warmem Drucke umspannte.

„Aber wollen Sie nicht lieber zu Ihrem Vater zurückkehren — Sie haben mehr als nötig war fürs Vaterland gethan."

Sie schaute ihn groß an:

„Ich habe mitgeschworen in Bremen im Dom, daß ich Blut und Leben an die Befreiung Deutschlands setzen wolle, und so lange wir nicht einen ehrenvollen Frieden haben, gilt der Eid. Soll ich wortbrüchig und fahnenflüchtig werden?"

„Nun, wenn's so steht, in Gottes Namen, so gehen wir zusammen zum alten Blücher. Was mich noch besonders hinzieht, wissen Sie wohl: Der Gedanke, meinem Jungen nahe zu sein und mit ihm in demselben Korps fechten zu können. Und ich denke, die Lützower verlieren wir dabei auch nicht aus dem Gesichte, denn der Major ist nicht der Mann, der an der Grenze stehen bleibt, wenn's erst einmal hineingeht ins welsche Land. Also, auf treue Kameradschaft unter den Fahnen des Marschall Vorwärts!"

Ein neuer warmer Händedruck besiegelte die alte Freundschaft, und zwei Tage, nachdem der Major mit zwei Reitereskadronen, unter denen sich auch Schmidt und Zander befanden, von Poppenbüttel ausgeritten war, marschierte unter Führung Walthers eine Schar bisheriger Lützower den Fahnen Blüchers zu.

Der letzte Glockenschlag des Jahres 1813 verklang von den Türmen von Koblenz über den Rhein hin, ein neues Jahr brach an, und in seiner ersten Stunde marschierten die Kolonnen des alten Marschall Vorwärts bei Caub über den ruhig fließenden Strom; die preußischen Fahnen wehten dem Boden Frankreichs zu, und auf französischer Erde rollten nun die eisernen Würfel weiter, bis der Thron des Emporkömmlings zertrümmert, seine Macht vernichtet war.

Blücher war allzeit der Mann der That, er hat auch in diesem Feldzuge die eigentliche Entscheidung gebracht, denn die andern Heere rückten, wegen der Lauheit des Hauptquartiers, wo die Diplomaten nebst unentschlossenen Kriegsmännern, wie Schwarzenberg, den Ton angaben, nur sehr langsam und ohne rechten Zusammenhang vor, wodurch die Verbündeten zum großen Teil den Vorzug ihrer Überlegenheit verloren.

Bei Brienne war der alte Marschall zum ersten Male an Napoleon geraten auf dessen eigenem Boden und hatte ohne Entscheidung sich mit ihm geschlagen. Das war am 29. Januar gewesen, und schon am 1. Februar hatte er sich bei La Rothière abermals in ihn verbissen und hatte ihn zum Rückzug gezwungen, und nun begann er, unbekümmert um die andern zögernden Streitkräfte, seinen kühnen Vormarsch gegen die Marne.

Da tauchte in der Nähe der schlesischen Armee auch der Major von Lützow mit seinen zwei Eskadronen auf, um vor allem Kundschafterdienste zu thun und um die Fühlung zwischen den Teilen der schlesischen Armee zu erhalten, und nun begann ein ebenso geschicktes als kühnes Hin- und Herpatrouillieren, das einerseits von den Wechselfällen des großen Kampfes abhängig war, andererseits aber oft genug selbständig erschien, wenn es galt, den Feind irre zu führen, oder seine geheimen Dispositionen zu durchkreuzen.

Der alte Feldmarschall hatte gegen die Mitte des Februar sein Hauptquartier in Etoges aufgeschlagen. Hier lagerten am Abend des 13. Februar an einem Wachtfeuer unsere Bekannten, Walther, sein Sohn Jakob und Elise, die auch hier unter dem Namen Gotthold Schweizer Dienste that; der Förster war froh, mit seinem Sohne, auf den er stolz war, eine Stunde zubringen zu können, und das Gespräch betraf Märsche und Kämpfe Man hatte den Tag über Kanonendonner von Montmirail her gehört, wo die Russen unter dem General Sacken standen, und war nicht im Unklaren, daß am andern Tage auch Blücher gegen den französischen Marschall Marmont vorgehen werde. Die Nacht war kalt, in ihre Mäntel gehüllt, saßen sie dicht beim Feuer, und Vater und Sohn rauchten ihr Pfeifchen. Rings war es still, nur ab und zu hörte man den Ruf der Wachen oder das Wiehern eines Pferdes. Endlich wurden auch die drei schweigsam, und Jakob erhob sich, um zum Lagerplatz seiner Eskadron zu gehen.

„Also morgen mit Gott!" sagte der Alte — „mög' Er uns allen gnädig sein!"

Am Morgen griff Blücher an, aber er erkannte zu seiner unangenehmen Überraschung, daß er Napoleon selbst sich gegenüber habe. Der hatte eine fast übermenschliche Ausdauer bekundet. Die ganze Nacht hindurch war die alte Garde auf den schlechtesten Wegen marschiert, und von einer Blutarbeit kam sie in die andere. Aber die abgehärteten, ihrem Kaiser fanatisch ergebenen Soldaten stürzten sich mit lautem „Vive l'Empereur!" gegen Blüchers Vorhut und warfen dieselbe zurück.

Der alte Marschall hatte nicht viel Zeit, sich seine Stellung zu überlegen, auch blieb nichts übrig der Übermacht gegenüber, als der Rückzug nach dem Walde von Etoges, der allein Schutz und Deckung bieten konnte. Es war für Blücher und seine braven Soldaten ein bitterböser Tag. Seine geringe Reiterei war der französischen nicht gewachsen, und sobald diese auf freier Ebene sich erst entfalten konnte, stürmte sie wild und wütend gegen das preußische Fußvolk heran.

Das stand in enggeschlossenen Vierecken und erwartete die heranjagenden Reiter mit den blinkenden Helmen. Neben Walther befand sich Elise. Leise fragte dieser:

„Wird Ihnen bange, Schweizer?"

„Das Herz pocht mir heftiger, Furcht ist's nicht — mit Gott!"

„Feuer!" erscholl das Kommando, Schüsse krachten, eine Wolke von Pulverdampf hüllte die Scene ein, dann sah man gestürzte Rosse und Reiter, aber die andern jagten unaufhaltsam heran, hinweg über die Leiber der gefallenen Genossen. Und nun kamen Augenblicke grauenvollen Getümmels. Elise fühlte plötzlich, wie sie heftig am Arme erfaßt und fortgerissen wurde durch den betäubenden Lärm. Und abermals dröhnte die Erde von Rosseshuf; die preußische Reiterei sprengte an, um der bedrängten Infanterie Luft zu schaffen. Und während die Kavalleriegeschwader wie zu dichtem Knäuel sich ballten, zog sich das Fußvolk langsam gegen den Wald. Unaufhörlich wirbelten die Trommeln, um bei der einbrechenden Dunkelheit die Bataillone zusammenzuhalten, und das Feuer der feindlichen Geschütze brach vernichtend in die Zurückweichenden ein.

Blücher selbst war in großer Erregung. Rings um ihn schlugen die Kugeln ein, eine Ordonnanz sank, zum Tode getroffen, an seiner Seite zusammen, aber mit pulvergeschwärztem Gesicht hielt der Alte und schien wohl gar in düsterer Verzweiflung den Tod suchen zu wollen.

Schweigend und ernst blieb sein Adjutant, Graf Nostitz, neben ihm; endlich sagte er zu dem Marschall:

„Wenn Eure Excellenz sich hier, wo noch nichts verloren ist, totschießen lassen, so wird die Geschichte auch nicht viel Rühmliches davon zu sagen haben.“

Blücher sah den Treuen groß an, dann erwiderte er: „Nun so lassen Sie uns weiter reiten!“

Endlich war der Wald von Etoges erreicht; der alte Marschall fand seine Fassung wieder, und wie er so neben seinem Pferde hinschritt, sah er Gneisenau, der gleichfalls trüb und ernst dreinschaute. Da sagte er:

„Na, Gneisenau, nun es heute nicht mit mir zu Ende gegangen ist, hat's damit auch noch lange Zeit; es wird nun schon wieder gehen, und wir wollen alles noch gut machen.“

Der Unglückstag hatte von 15 000 Mann nicht weniger als 6000 gekostet und hatte den Rückzug der schlesischen Armee bis Chalons zur Folge. Aber es war kein mutloses, geschlagenes Heer, das zeigte sich auch in der Stimmung unserer Bekannten, die alle drei ohne jede Verwundung davongekommen waren.

Walther aber hatte damals zu Elise geäußert:

„Mir hat's das Herz zersprengen wollen, als ich Sie so in Gefahr sah, und ich hab' aufs neue denken müssen, daß es doch besser wäre, wenn Sie den Rock auszögen.“

„Bin ich so weit durchgekommen, so wird's wohl auch glücklich weitergehen. Die Schauer des Schlachtfeldes habe ich überwunden, und das war mir das Schlimmste. Nicht selbst zu sterben, ist das Schwerste, sondern hundert um sich her sterben sehen, — aber der Gedanke an das Vaterland hat mich stark gemacht."

Und der Förster schwieg in Bewunderung der Heldengröße dieses jungen Weibes, das seine Schuldigkeit that wie jeder andere Soldat der schlesischen Armee. Die braven Truppen sahen zwar äußerlich nicht besonders vorteilhaft aus mit ihren abgerissenen Waffenröcken, ihrem abgeschabten Riemenzeug, ihren pulvergeschwärzten hagern Gesichtern, ihren abgehetzten magern Gäulen, aber es lebte eine Begeisterung in allen Herzen, die aller Anstrengungen und Entbehrungen spottete und die bei dem „vorwärts!" des greisen geliebten Führers Gefahr und Tod für nichts achtete.

Und Blücher drängte es, die Schlappe von Etoges wieder gut zu machen. Am 21. Februar stand er mit 53000 Mann in Mery, um hier sich mit Schwarzenberg zu einer entscheidenden Schlacht zu verbinden, aber dieser kam nicht, und den Alten erfaßte bitterer Unmut. Der Feind stand ihm gegenüber, und er sollte nicht losschlagen.

Es war ein kalter Tag, in ihren dürftigen Mänteln standen die Vorposten, und der heftig wehende eiskalte Wind machte es unmöglich, Wachtfeuer anzuzünden. Walther hatte das Kommando über die am weitesten vorgeschobenen Posten, unter denen sich auch Elise befand, und der Alte in seiner Besorgnis wich beinahe keinen Augenblick von ihrer Seite. Sie aber war frisch und wohlgemut, und es war bewundernswert, wie ihr Körper, auf dessen gesunde Entwickelung ihr Vater von Jugend auf gehalten hatte, sich den schweren Strapazen gewachsen zeigte.

Mit raschem Schritte bewegten sich die Posten auf und ab, dann und wann fielen vereinzelte Schüsse von den gegenüberstehenden französischen Plänklern, ohne daß man sich viel darum kümmerte. Da kam der alte Marschall daher mit seinem Adjutanten und dem General Valentini, um selbst die Stellung des Feindes zu erforschen. Der alte Feldherr fror, und Walther ließ auf seinen Wunsch an einer Böschung, die gegen die Heftigkeit des Windes wenigstens einigermaßen geschützt war, ein Feuer anzünden, freilich erlaubte er sich darauf aufmerksam zu machen, daß hier wohl auch feindliche Kugeln einschlagen könnten.

Blücher sah ihn mit seinen klaren, blauen Augen durchdringend an: „Kümmert Er sich um die französischen blauen Bohnen? — Er sieht mir nicht danach aus; nun, mich sollen sie auch nicht scheren!"

Damit ließ er sich am Feuer nieder mit seinen Begleitern und redete ruhig weiter mit ihnen, während unaufhörlich die Schüsse knatterten. Da ward es mit einmal lebendiger in der Vorpostenkette. Die französischen Plänkler, welche vielleicht die höheren Offiziere bemerkt hatten, machten einen raschen Vorstoß, Flintenkugeln schlugen in das Wachtfeuer ein, und in demselben Augenblick, da Valentini getroffen zusammensank, fühlte auch Blücher einen Schlag am Fuße. Da stand auch schon Walther vor ihm:

„Verzeihung, Excellenz, wenn ich es wage — aber Ihr Leben ist zu kostbar für Tausende und für das Vaterland, als daß es durch eine Vorpostenkugel — um Gottes willen, Excellenz sind verwundet!"

„Ruhig' Blut, Mann — das glaub' ich noch nicht; Nostitz, führen Sie mich ein wenig seitwärts, der Mann da kann helfen!"

Und gemeinsam mit dem Adjutanten führte Walther den Marschall an eine gedeckte Stelle. Dieser aber sagte:

„Es ist nichts, Kinder, ich kann schon wieder auftreten, aber einmal nachsehen können wir ja!"

Da zeigte es sich, daß die Kugel den Stiefel aufgerissen hatte, und lächelnd sagte der Alte:

„Das ist freilich schlimm, wir haben mehr Doktors als Schusters bei uns!"

Jetzt wandte er sich zu Walther, um ihm für seinen Beistand zu danken, und plötzlich erregt, sprach er:

„Er blutet ja selber, Mann!"

Der Förster merkte erst jetzt, daß an seinem linken Ärmel Blut war, aber er hob den Arm, bewegte ihn im Kreise und sagte:

„Das kann nicht schlimm sein, Excellenz — ich kann noch dreinschlagen damit!"

„Na, da schlage Er in Gottes Namen drein, an Gelegenheit wird's nicht fehlen. Wie heißt Er denn?"

„Oberjäger Walther, zu Befehl!"

„Na, mein lieber Oberjäger Walther — Gott befohlen und schön' Dank!"

Er reichte ihm die Hand, steckte sein Pfeifchen in Brand und ging mit Nostitz weiter. Der Förster aber eilte zu seinen Leuten, welche ohne Mühe, im Verein mit herbeigeeilten Russen, den Feind wieder zurückgedrängt hatten. Seine Augen suchten Elise, und sie leuchteten freudig auf, als er dieselbe unverletzt sah. Auch sie kam auf ihn zu und erschrak über das Blut an seinem Arm. Im Augenblick hatte sie mit aller Zartheit und Vorsicht den Ärmel abgestreift, die Wunde, welche unbedeutend war, untersucht und verbunden, und Walther sagte:

„'s ist doch schade, daß Sie nicht im Lazarett Ihre Dienste thun, dort fehlt es wohl an solchen Händen. Soldaten haben wir brave und geschickte, aber Pflegerinnen für unsere Verwundeten, daran fehlt's!"

Elise schwieg, aber das Wort klang ihr noch lange seltsam in der Seele nach.

Blücher rückte nun auf eigene Faust gegen Paris vor, Napoleon stets hinter ihm her, voll Begierde, „den alten tollen Husaren" zu schlagen, und dieser beschloß die Schlacht anzunehmen, die auch bei Craonne und Laon geliefert wurde.

Die Gegend war für des Marschalls Absichten günstig; auf einem hohen Berge, der ziemlich steil aus einer weiten, freien Ebene emporragt, liegt die von festen Mauern umgebene Stadt Laon, um den Fuß des Berges ziehen sich wie Außenwerke vier Dörfer hin, und durch die Ebene geht ein kleiner Bach. Alle diese Punkte hatte der alte Feldherr wohlbesetzt, und die feste Stadt bildete das Centrum seiner Stellung.

Noch ehe die Morgennebel des 10. März sich lichteten, brachen die Franzosen auf und stürmten sowohl gegen die Dörfer, als gegen Laon selbst. Blücher hatte die ganze Nacht in rheumatischen Schmerzen gelegen, und eine Augenentzündung machte ihm schwer zu schaffen, so daß er beinahe kleinlaut wurde und Gneisenau viel zu thun hatte, ihn zu trösten und zu beruhigen. Aber mehr als Worte that der beginnende Kanonendonner, der wie ein Gruß seiner braven, kämpfenden Soldaten ihm ans Ohr drang und ihm wenigstens vorübergehend Kraft und Frische wiedergab.

Gegen Mittag stand er auf der Höhe von Laon und blickte hinaus in die Ebene, wo sich die Nebel verzogen hatten, wo die Waffen heraufglänzten und aufsteigender Pulverdampf die Stellungen markierte. In drei Abteilungen rückten die Franzosen unter Napoleon selbst, unter Marmont und Mortier heran, und der alte Feldherr beschloß, um jeden Preis die Verbindung derselben zu hindern und den Hauptschlag auf seinem eigenen linken Flügel zu führen, wo seine Preußen standen unter York und Kleist.

Napoleon vermochte nicht mit dem gewünschten Nachdrucke vorzugehen, da er noch immer auf das Eintreffen Marmonts rechnete, dem er Befehl auf Befehl sandte, seinen Marsch zu beschleunigen, ohne zu wissen, daß seine Ordonnanzen samt und sonders von Kosaken abgefangen worden waren. Ärgerlich und verdrossen sah er den Abend hereindämmern, ohne einen wesentlichen Vorteil errungen zu haben, und namentlich ohne Aussicht, den festen Stützpunkt der Blücherschen Stellung, Laon, gewinnen zu können.

Er hoffte, am andern Morgen mit aller Macht angreifen und die Entscheidung zu seinen Gunsten herbeiführen zu können, aber er ahnte nicht, daß sein unermüdlicher alter Gegner noch während der Nacht einen Hauptschlag gegen ihn führen wollte.

Tiefes Schweigen lag über der Ebene von Laon, nur vereinzelt hallte da und dort ein Schuß, die Wachtfeuer brannten, und die rote Lohe des brennenden Dorfes Athies leuchtete gegen den Himmel. Die Nacht war sternklar. Da marschierten auf der Straße gegen Athies einige preußische Bataillone in tiefer Stille, ohne Trommelschlag daher und gelangten ohne Aufenthalt in das von den Feinden besetzte Dorf, in welchem eben zwei Abteilungen ihr Nachtquartier suchten. Erstaunt und erschreckt sahen diese mit einmal vor sich und neben sich feindliche Uniformen und starrende Bajonette. Ehe sie noch Widerstand leisten konnten, waren sie auch schon geworfen, und erst hinter dem Dorfe, in einem kleinen Gehölz begannen sie einigermaßen sich zu sammeln und gegen die Nachrückenden zu feuern. Die stille Nacht wurde mit einem Male laut und lebendig, von allen Seiten erklang die preußische Feldmusik, brausende Hurrarufe erschallten, und der nächtliche Kampf war in vollem Gange. Es gab für die Anstürmenden kein Halten und keinen Widerstand. Umsonst sausten die Kartätschen in ihre Reihen, in dichtgeschlossenen Gliedern drangen sie vor, sprengten mit Bajonettangriffen die feindlichen Bataillone auseinander, und hinter ihnen brausten die Reitergeschwader heran und ritten ganze französische Regimenter nieder, noch ehe diese sich zu sammeln vermochten.

Walther und Elise waren im nächtlichen Getümmel auseinander gekommen. Hinter Athies draußen befand sich die letztere mit einem Häuflein Kameraden auf der Verfolgung des flüchtigen Feindes. Wie einst Eleonore Prohaska, so hatte auch sie, als neben ihr der Tambour stürzte, dessen Trommel ergriffen und schlug unaufhörlich zur Attacke. Eine Schar preußischer Reiter kam zur Unterstützung herbeigesprengt. Aus einem kleinen Gehölz, in das sich französische Infanterie geflüchtet, blitzten Schüsse, einige Pferde überschlugen sich, aber mit dem Bajonett wurde auch das Gehölz genommen, und bald gab es keine Franzosen mehr ringsum. In eiliger Flucht wandten sich diese in der Richtung gegen Soissons, und nur die Reiterei blieb ihnen noch auf den Fersen.

Elise war todmüde; jetzt erst fühlte sie die furchtbare Abspannung nach der gewaltigen Anstrengung des letzten Tages und dieser Nacht, und sie mußte sich einige Augenblicke niedersetzen auf einem zerwühlten Feldrain. Der Mond war aufgegangen und leuchtete über das Gefilde, das einen grauenhaften Anblick bot, so daß das Mädchen ein Schauer überrieselte. In der Ferne verhallten noch Schüsse, in der Nähe aber sah man Tote und Verwundete, Menschen und Pferde bei einander.

Da hörte sie ein tiefes Stöhnen, daß sie zusammenschrak. Unfern von ihr erhob sich von der Erde der Leib eines Mannes, der wohl teilweise unter seinem Pferde lag. Das Mondlicht rieselte über das bleiche Gesicht — es war Jakob Walther. Im nächsten Augenblicke befand sich Elise an seiner Seite. Er erkannte sie:

„Herr Schweizer — Gott Lob, Sie sind's! — Haben wir gewonnen?"

„Ja, wir haben gesiegt!"

„Hurra!" schrie der offenbar Verwundete laut und jauchzend — „Hurra — und wenn's jetzt ans Sterben gehen soll."

„So schlimm wird's nicht werden, Kamerad. Wo sind Sie denn getroffen?"

„Ach, die Wunde thut's wohl nicht — ich hab' einen Schuß im rechten Bein, aber mein braves Thier, das sie mir zusammengeschossen haben, ist auf mich gestürzt ... wenn ich nur erst darunter hervor wäre — aber ..."

Er sank wieder erbleichend und bewußtlos zurück, Elise jedoch sprang empor und schaute einen Augenblick ratlos umher. Sie selbst war zu schwach, um hier helfen zu können, sie mußte Kameraden herbeirufen. So eilte sie über das Blutfeld. Da sah sie eine kleine Schar im Mondlicht herankommen, vielleicht eine Sanitätskolonne. Sie eilte darauf zu und erkannte Walther. Auch der hatte sie erblickt, und sein altes, ehrliches Gesicht glänzte vor Freude.

„Dem Himmel sei Dank, Schweizer, da sind Sie! Was hab' ich mir für Sorgen gemacht — —"

„O jetzt nichts von mir! Da drüben liegt einer, um den handelt sich's!"

„Wer ist's? — Jakob!"

„Ja wohl, er liegt unter dem Pferde ..."

„Tot?"

„Gott Lob, nein — aber verwundet am Beine!"

„Vorwärts, Kameraden — 's ist mein einziger Junge!" sprach er mit rührender und ergreifender Schlichtheit — „helft mir ihn retten!"

Nach kurzer Frist standen sie bei dem Bewußtlosen. Der Vater hob ihm das blasse Gesicht empor und horchte nach seinem Atem. Dann nahm er seine Feldflasche und netzte ihm daraus die Schläfe und die Lippen, die andern aber waren bereits bemüht, den Leib des getöteten Pferdes hinwegzuheben, und eben, da ihnen dies mit großer Anstrengung gelungen war, öffnete Jokob die Augen und sah groß und irr umher.

„Junge, mein guter Junge!" sagte der Alte, — „wie ist dir?"

„Hurra — wir haben gesiegt, Vater!" schrie dieser, und den Männern, die dabei standen, rieselten bei solcher Begeisterung die Thränen über die gebräunten Wangen. Das rechte Bein des Verwundeten war im Unterschenkel zerschmettert, und der Förster verhehlte sich nicht, daß sein einziger Sohn ein Krüppel geworden sei — fürs Vaterland. Aber jetzt galt kein Zaudern und Erwägen. Auf einige

Musketen, über welche Mäntel gebreitet wurden, legte man den Verwundeten, und so wurde er gegen Laon getragen, wo man ihm ärztliche Hilfe verschaffen konnte.

Walther aber ging an seiner Seite, hielt ihm die Hand und führte ihm ab und zu die Feldflasche an die Lippen, so daß der Verwundete leise sagte:

„Vater, bist du nun wieder ganz gut?"

Der drückte ihm wärmer die Hand und sprach gerührt:

„Sei ruhig davon, mein braver Junge — du hast mehr gethan, als ich."

— —

Napoleon hatte nach der Niederlage bei Laon in Soissons seine Streitkräfte wieder geordnet und sich gegen Rheims gewendet, wo er eine russische Heeresabteilung unter St. Priest schlug. Von hier aus erließ er eine Proklamation an die Franzosen, in welcher er sich den Sieger von Laon und Rheims nannte und verkündete, daß er im Begriffe stehe, die Verbündeten über den Rhein zu werfen. Er befahl, die Nationalgarden zu versammeln, um die Trümmer des geschlagenen Feindes anzugreifen und zu vernichten, wo man sie finden würde, und dieser Befehl fand besonders in der Gegend von Rheims, wo der thatsächliche Sieg Napoleons seinen Eindruck nicht verfehlt hatte und wo die Einwohner des waldigen und gebirgigen Landes ohnehin leichter zum Aufstand neigten, weitgehenden Gehorsam.

In dieser Gegend war es, wo wir Lützow mit seinen zwei Eskadronen antreffen, der wieder die Fühlung mit der schlesischen Armee suchte. Eines Abends kam er von Somme Py her und ritt mit seinen Leuten gegen Vouziers. Es war bitter kalt und begann zu dunkeln. Die Straße in dem Orte war eng und die Reiter trabten zu zweien langsam und vorsichtig daher; Schmidt und Zander befanden sich in der Vorhut. So gelangten sie durch die stille, menschenleere Gasse bis an die Brücke, welche über die Aisne führt, und sahen mit einmal vor derselben ein Aufblitzen von Waffen und eine größere Ansammlung von Menschen. Es war kein Zweifel, daß auch hier, dem Befehl Napoleons gemäß, sich die Nationalgarden aufgestellt hatten, um den nach ihrer Meinung versprengten preußischen Reitern den Weg zu versperren.

Da galt kein Besinnen. Ein rasches Kommandowort erklang, und im nächsten Augenblicke schon sprengte die Vorhut mit verhängten Zügeln und hochgeschwungenen Waffen gegen die Franzosen. Diese warteten den Anprall nicht erst ab, sondern stoben nach allen Seiten auseinander, und die beiden Eskadronen passierten ohne Anstand die Brücke. Aber nicht weit hinter derselben war die Straße durchschnitten worden von einem ziemlich tiefen Graben, und Mann für Mann mußte seitwärts denselben durchreiten, bis man an das Ende des Durchschnitts kam.

Die Reiter waren unmutig und müde, die Pferde abgehetzt, und Lützow verkündete, daß man im nächsten Orte unter allen Umständen Rast halten werde. Es war das Dorf Chêtres, das man nach ungefähr einstündigem Ritte erreichte. Es lag auf einer Anhöhe, und in seiner Mitte befand sich ein altertümliches, von einer Mauer umgebenes Schloß. Der ganze Ort war still, und in dem Schlosse waren alle Fenster dunkel, die Jalousien herabgelassen und alle Thüren geschlossen.

Die beiden Eskadronen sattelten ab, die eine rückte auf den geräumigen Schloßhof, die andere blieb auf dem Platze außerhalb desselben. Einige Biwaksfeuer wurden angezündet und die Pferde gefüttert, Lützow aber rief einen Burschen in dunkler Blouse, der an der Mauer lehnte und unverwandt das Treiben anschaute. Derselbe kam näher. Es war ein blasses Gesicht, von wirrem Haar umgeben, mit unruhigen Augen. In französischer Sprache gebot ihm der Major, den Maire des Orts herbeizurufen. Der Bursche bejahte, trat dann aber noch näher an Lützow heran und sagte erregt:

„Herr, nehmen Sie sich in acht; das Schloß gehört dem alten General Alix; er ist drin, hat sich verbarrikadiert und wartet nur auf ein Zeichen des Angriffs von außen, um die Feindseligkeiten zu beginnen.“

Ehe der Major noch weiter fragen konnte, war der Bursche verschwunden unter den Lützowern. Als er an einem der Biwakfeuer vorüberkam, an welchem Schmidt und Zander saßen, blieb er einen Augenblick stehen und sah die beiden mit seltsamen Blicken an, im nächsten Momente aber huschte er weiter.

Zander war eilig aufgesprungen.

„Konrad, hast du das Gesicht dieses französischen Bauernburschen gesehen?“

„Jawohl und es hat mich beinahe erschreckt; es erinnerte . . .“

„An Bastian,“ fiel der andere erregt ein.

„Ja — aber das ist doch unmöglich — wie käme Bastian hierher?“

„Du magst recht haben, aber seltsam bleibt die Ähnlichkeit.“

In diesem Augenblicke kam Lützow heran.

„Ich höre, das Schloß ist besetzt; wir müssen rekognoszieren, ob man nicht verstohlener Weise eindringen könnte.“

„Ich will's versuchen, wenn der Herr Major es gestatten,“ sagte Zander.

„So thun Sie's in Gottes Namen, aber vorsichtig.“

„Ich gehe mit!“ sagte Konrad, und der Major fügte bei:

„Nehmen Sie für alle Fälle noch zwei oder drei von der Mannschaft mit sich!“

Schon nach kurzem umgingen fünf Männer leise das Schloß von allen Seiten. An der hintern Front desselben trafen sie zusammen, und hier öffnete einer unbemerkt ein Fenster, das ganz im Schatten lag. Sie stiegen vorsichtig ein, schlichen sich lautlos durch einen Korridor und standen dann vor einer verschlossenen Thür. Sie rüttelten daran, aber vergebens. Da befahl Konrad, mit aller Vorsicht ein Fach der Thürfüllung auszubrechen, was mittels der Waffen bald geschehen war. Einer von den Reitern schickte sich an, durch die Öffnung hineinzukriechen, aber mit einem Aufschrei fuhr er wieder zurück:

„Ich bin gestochen!“

Eine Sekunde lang erwog Schmidt, was zu thun sei — ob man die Thür einschlage und den Kampf aufnehme, aber dazu hatte er keine Ordre, und rasch gebot er den Rückzug. Ein Schuß hallte durch den Korridor ihnen nach, aber ohne zu treffen, und glücklich kamen alle fünf wieder ins Freie. In diesem Augenblicke begann durch die Jalousieen ein heftiges Flintenfeuer und schreckte die Reiter in ihrem Biwak auf.

Lützow stand mit dem eben eingetroffenen Maire auf der Freitreppe des Schlosses und geriet in Zorn und Unmut; er befahl der Eskadron, die im Schloßhofe lag, gegen das Gebäude vorzugehen, was auch unverzüglich geschah, aber das Fenster an der Rückseite war wie alle andern jetzt fest verschlossen und die Schüsse der Verteidiger krachten unheimlich durch die Nacht, während diesen selbst nicht beizukommen war. Schon hatte Lützow befohlen, Axte herbeizuschaffen, um das Thor einzuschlagen, als die ausgestellten Feldwachen eilig die Nachricht brachten, daß starke Nationalgardenabteilungen heranrückten. Da blieb nichts übrig, als den Platz zu räumen.

Die Eskadron vor dem Schlosse draußen war schon bei dem ersten Schusse aufgesessen, sie ließ die andere aus dem Schloßhofe jetzt an sich vorbei und folgte als Arrieregarde. Es war völlig dunkel geworden, und unheimlich blitzten aus verschiedenen Fenstern Schüsse auf, hinunter in die enge Dorfgasse und auf die in raschem Trabe hinziehenden Reiter. Da erfaßte den Major der Zorn und er gebot, einige Häuser in Brand zu stecken, was auch trotz der Bitten des Maires, den man als Führer mitgenommen hatte, geschah.

Unheimlich loderte der Feuerschein auf, aber es war nicht der einzige, der nächtlicher Weile die Gegend erhellte. Kaum hatten die Reiter das Dorf hinter sich, als sie es auf allen Höhen ringsum aufleuchten sahen und erkennen mußten, daß die Bevölkerung der ganzen Gegend sich erhoben habe, um ihnen den Fortmarsch unmöglich zu machen. Der Weg, auf dem sie ritten, war enge, rechts stieg eine steile Bergwand empor, links zogen sich dichte Hecken hin, so führte er hin nach dem Dorfe Chesnes. Am Eingange der Dorfgasse sperrte ein Verhau von gefällten Bäumen und Geröll den Pfad, und Lützow hielt einen Augenblick an, um den Maire zu fragen, ob man nicht einen andern Weg einschlagen könne. Da dieser es verneinte, so wurde mit Säbelhieben die Hecke links durchbrochen, und durch die Öffnung ritten die Reiter zu zweien, um von der Seite her wieder in die Dorfstraße zu gelangen. Man war auf weichen Wiesengrund geraten, mußte über einen morastigen tiefen Graben, über den die Brücke abgebrochen war, erst einen Übergang mit in der Nähe gefundenen Brettern herstellen, und konnte sich jetzt erst der Dorfstraße nähern.

Schon aus den ersten Häusern krachten Schüsse, und Lützow kommandierte raschen Trab, so daß er mit seiner Eskadron ziemlich gut davon kam. Schlimmer ging es der nachfolgenden, bei welcher sich unsere Freunde befanden. Es war, als hätten die ersten Schüsse nur das Signal zum Angriff gegeben, denn rascher und dichter folgte nun das Feuern, eben als diese Eskadron sich in einem mehrere Fuß tiefen Hohlwege befand. In den Häusern, die an dem Rande desselben standen, waren alle Fenster beinahe unheimlich erhellt, so daß man die Gestalten mit den Büchsen an der Wange überall sehen konnte und der Lichtschimmer auch die unten hinziehenden Reiter traf. Einige Pferde stürzten getroffen zusammen, der ohnehin enge Weg ward noch mehr verengt, die ganze Kolonne kam ins Stocken, und was noch schlimmer war, sie verlor die Fühlung mit der vorausziehenden Eskadron.

Zum Unglück teilte sich im Dorfe der Weg, und während Lützow mit seiner Abteilung nach links abgebogen war, hielt sich die nachfolgende gerade aus. So kamen beide immer mehr auseinander. Die letztere hatte endlich mit einigen Verlusten den Ausgang des Dorfes erreicht. Hier ward Halt gemacht, Signale riefen durch die Nacht, einige Patrouillen wurden vorsichtig ausgeschickt, aber in der Finsternis war alles vergebens. Da hoffte man durch starken Trab die Eskadron Lützows zu erreichen, entfernte sich aber, da man eine ganz andere Richtung eingeschlagen hatte, immer mehr von derselben.

In tiefem Schweigen ritt die kleine Schar, nur einzelne redeten halblaut, wie sie, Pferd an Pferd gedrängt, dahinzogen. Schmidt und Zander hielten sich treu beisammen. Mutlosigkeit kannten sie nicht, und der gefährliche Streifzug durch insurgiertes Land hatte für die jungen, kecken Reiterherzen gerade einen besondern Reiz. Das Gelände, durch welches man ritt, war für die Kavallerie durchaus ungünstig. Bald ging es hinein in tiefe, enge Schluchten, bald empor an bewaldeten, steilen Berglehnen, bald hemmte ein Graben, bald hohe Hecken die Pfade, und dazu kam die Dunkelheit. Den Feuerschein der angezündeten Häuser von Chêtres, der den Himmel färbte, mußte man benutzen, um sich über die einzuschlagende Richtung zu orientieren, und der Führer der Eskadron — Lieutenant Beczwarzowski — beschloß, sich gegen die Maas zurückzuziehen, um aus dem aufständischen Ardennengebiet zu entkommen.

Endlich kam der Morgen und gestattete wenigstens einen Überblick. In einer abseits der Straße gelegenen Schlucht wurde jetzt Rast gehalten und gefüttert; am Rande der letzteren wurden Wachen aufgestellt, da man beständige Beunruhigung seitens der Nationalgarden zu fürchten hatte. Plötzlich tauchte trotz der Wachsamkeit der Posten mitten unter den Lützowern wieder die Gestalt jenes Bauernburschen aus Chêtres auf, der dort bereits Schmidt und seinem Freunde aufgefallen war. Sie bemerkten ihn auch hier wieder zuerst, und unter einem und demselben Antrieb eilten sie auf ihn zu und riefen wie aus einem Munde:

„Bastian!“

Der Mann kehrte sich um und zeigte ihnen ein bleiches, entstelltes, verzerrtes Gesicht mit den Augen eines Irrsinnigen, dann rief er:

„Laßt mich — ich will ja alles gut machen — laßt mich! Alles soll vergessen sein, Hähnchen . . ja alles . . vergeßt auch Ihr alles! Wißt Ihr's denn nicht? Seht Ihr's nicht, daß mich der Geist Theodor Körners hinter Euch hertreibt, damit ich Euer Schutzgeist sei? — Ja, ja — das allein kann's wieder gut machen! Laßt mich — wo ist der Kommandant — ich habe Eile!“

Sie führten ihn zu dem befehlenden Lieutenant, und er trat an diesen heran und meldete in beinahe militärischer Haltung:

„Mein Herr, Sie sind versprengt und überall von Feinden umgeben. Die Richtung Ihres Marsches führt Sie auf Stenay, wo 5000 Nationalgarden Sie erwarten. Als Sie gestern Abend durch Vouziers marschierten, sind Sie nur durch ein Glück entkommen. Der Unterpräfekt hat darauf 19 reitende Boten abgeschickt, um die Nationalgarden des Bezirks aufzubieten, und alle Dörfer zu verbarrikadieren befohlen, damit der Sieg des Kaisers bei Rheims durch Ihre Gefangennahme gefeiert werde. Wenn Sie sich mir anvertrauen wollen, ich will Sie führen.“

Verwundert hörte der Lieutenant dies Anerbieten und nahm auch die Spezialkarte der Gegend, die der Mensch ihm bot, mit großem Vergnügen entgegen, aber er hatte doch ein gewisses Mißtrauen; da sagte Schmidt:

„Herr Lieutenant, ich bürge für den Mann, denn ich kenne ihn!“

Ein seltsamer, großer, aufleuchtender Blick aus den Augen Bastians traf den Sprecher, und Konrad verstand ihn, aber er schwieg.

Nicht lange danach brach die Eskadron auf und folgte nun dem eigentümlichen Führer, der sie von der großen Straße weg, durch

Hohlwege und Schluchten an den Dörfern außen herum in nördlicher Richtung weiterführte. Trotzdem fast alle Defiléen von Nationalgarden besetzt waren, und selbst größere berittene Abteilungen sie verfolgten, gelang es doch, am Nachmittage eine abseits liegende Meierei zu erreichen, wo Fourage und Proviant requiriert werden konnte, obwohl auch da nicht an längere Rast zu denken war, weil sich, noch ehe fertig gefüttert war, bereits wieder bewaffnete Banden zeigten.

Die Nacht wurde in einem Walde seitwärts der Straße, die von Rocroy nach Mézières führt, einige Stunden geruht, da man aber des Morgens wieder aufbrach, war der Führer ebenso plötzlich verschwunden, wie er aufgetaucht war. Der Kommandant der Eskadron ward unruhig und teilte Schmidt seine Besorgnisse mit. Dieser aber sagte:

„Ich kann Sie völlig beruhigen. Der Mann ist kein Franzose, sondern ein Deutscher, ja noch mehr, er ist ein ehemaliger Lützower. Im Feldzug in Mecklenburg haben ihn die Kameraden als feige ausgestoßen, aber er heftete sich jetzt an unsere Fersen und tauchte da und dort auf, und man erzählte Unheimliches von ihm. Er soll sich anklagen, die mörderische Kugel auf unseren Körner abgeschossen zu haben — — wie dem auch sei, sein Geist ist nicht klar, nur eine Idee scheint hell in demselben zu leben, die, daß er an dem Korps etwas gut zu machen hat. Wie er hierher kommt, weiß Gott; daß er da ist, spricht aber dafür, daß er, wie er sich selbst nennt, der Schutzgeist der Lützower sein will.“

„Nun denn, in Gottes Namen, bis hierher hat er uns gut geführt, und die ganz genaue Karte, die er in meiner Hand ließ, setzt uns in den Stand, unsern Weg mit der nötigen Vorsicht auch selber weiter zu finden.“

Und vorwärts ging der Ritt über Omont und Mondigny, welche Orte geschickt umgangen wurden gegen Rouvroy, wo das Flüßchen Andry zu passieren war. Man gedachte nicht über die Brücke zu reiten, die vor dem Orte war, sondern bei einer nach der Karte etwa 600 Schritt oberhalb liegenden Furt den Ubergang zu bewerkstelligen. Das Terrain war ungemein ungünstig für Reiterei, zerrissen von Schluchten, bedeckt mit Gehölz, sodaß ein freier Überblick nirgends möglich war. Die Eskadron rückte nur ganz langsam vorwärts, und

Schmidt, der den Vortrab führte, spähte, soweit es möglich war, scharf aus.

Jetzt ging es ins Thal des Andry hinab durch einen Hohlweg, der in einigen Krümmungen sich wand, so daß der freie Ausblick nach vorn beinahe fortwährend verschlossen schien. Da tauchte plötzlich zur Linken auf einem Vorsprung eine Gestalt auf — Schmidt erkannte Bastian. Dieser winkte lebhaft einige Male, dann schrie er mit lauter Stimme:

„Zurück! Feinde! Ein Hinterhalt!"

Im nächsten Augenblicke schon krachten einige Schüsse, die Gestalt auf der Höhe griff mit den Händen in die Luft, that dann einen Sprung vorwärts, überschlug sich und stürzte schwer in den Hohlweg herab.

Nur eine Sekunde durchfuhr Schmidt ein Erschrecken; er kommandierte sofort den Rückzug auf die Eskadron, aber da tauchten von vorn bereits dicht gedrängt französische Nationalgarden auf, die den Hohlweg sperrten, und Kugeln sausten pfeifend heran gegen die Reiter. Aber auch die Nachrückenden hatten die Schüsse gehört und kamen nun herangesprengt.

„Hier ist nicht durchzukommen!" rief Schmidt ihnen entgegen.

„Eskadron halt! Kehrt!" kommandierte der führende Lieutenant, und so gut es in dem engen Passe gehen mochte, suchte man sich wieder nach der Seite hin, woher man gekommen war, emporzuarbeiten. Im Sturmschritt aber kamen die Franzosen hinterdrein und ihre Schüsse knatterten unaufhörlich. Und auch auf den Höhen zu beiden Seiten war es lebendig, auch von dort her blitzte es unheimlich auf, und die Lützower sahen mit Schrecken, daß sie hier in einen Hinterhalt geraten waren.

Die ermüdeten, halbverdursteten Pferde wurden zu wilder Eile gespornt, und so erreichten die Reiter endlich mit verhältnismäßig geringen Verlusten das Hochplateau und eine Straße, aber zu ihrem neuen Schrecken sahen sie eine Abteilung französische Reiter heransprengen, die ihnen den Weg zu verlegen gedachte. Hier galt es sich durchzuschlagen.

Es war eine verzweifelte Situation. Mit lautem „en avant!" jagten die Feinde auf ihren offenbar frischen Pferden heran, ihre

Helme blitzten im Sonnenschein, und festgestemmt in den Bügeln, eng geschlossen erwartete sie die deutsche Eskadron. Der erste Ansturm mußte ausgehalten werden, sie durften sich nicht auseinander sprengen lassen. Schon hörte man das Schnauben der französischen Pferde, noch einige Augenblicke, dann war das Ganze ein wirrer, wilder, dunkler Knäuel, gleich einer schweren Gewitterwolke, aus der die zischenden Säbelblitze zuckten. Aber nun zog auch die Nationalgarde im Laufschritt heran, das Bajonett gefällt, um in den Kampf einzugreifen, als mit einmal aus einem seitwärts gelegenen Gehölz eine neue Reiterabteilung hervorbrach und sich mit voller Wucht auf die überraschten Gardisten warf und sie im Augenblick auseinander sprengte.

Es waren Kosaken, die unmittelbar darauf auch in das Reitergefecht eingriffen und mit ihren langen Lanzen manchen Franzmann aus dem Sattel holten. Sie waren von Chimay hergekommen, das in russischen Händen war, und kamen zu rechter Zeit. Zur selben Stunde aber zog auch von Montcornet, wo gleichfalls Kosaken lagen, eine größere Infanterieabteilung heran. Es waren preußische Uniformen, auf die der Nachmittagssonnenschein fiel, und gebräunte, trotzige Gesichter. Ein Transport von Verwundeten, die sich auf mehreren Wagen, in Stroh und Betten hineingelagert, befanden, sollte auf sicheres Gebiet geleitet werden. Da hörte man das Schießen. Der Befehlshaber der Abteilung ließ sofort halten, die Wagen seitwärts von der Straße fahren, und nachdem eine kleine Bedeckungsmannschaft dabei zurückgeblieben, rückte er mit den andern eilig vorwärts, um, wenn es notthäte, bedrängten Kameraden beizustehen.

Die französische Reiterei, die den vereinigten Lützowern und Kosaken nicht gewachsen war, blies ihre Rückzugssignale, aber sie eilte, verfolgt von den Lützowern, gerade den von Montcornet heranrückenden Preußen entgegen. Diese empfingen sie mit festgeschlossenen Gliedern. Das erste hatte sich auf ein Knie niedergelassen, das zweite legte die Flintenläufe auf die Schultern des ersten, das dritte auf jene des zweiten, und wie die Chasseurs heranjagten, dröhnte ihnen eine volle Salve entgegen, daß Pferde und Reiter sich wild und grauenhaft im Staube der Straße wälzten. Die ganze Kolonne war in Auflösung, und was noch standhalten wollte, wurde von den nachjagenden Lützowern und Kosaken vollends auseinander gesprengt.

Jetzt erst begrüßten sich die Sieger, und die brave Lützowsche Eskadron, die seit einigen Tagen aus Gefahr und Not nicht herausgekommen war, konnte endlich wieder frei aufatmen. Da sah Zander ein bekanntes Gesicht unter der preußischen Infanterie.

„Oberjäger Walther!“ rief er freudig, und der Alte, dessen ehrliches, pulvergeschwärztes Antlitz vor Freude strahlte, reichte ihm die Hand aufs Pferd hinauf.

„Wo ist Konrad?“ war des Försters erste Frage.

„Herrgott — Konrad! Schmidt! — Wo ist Lieutenant Schmidt?“ rief Zander erregt.

„Den sah ich stürzen, Herr Oberjäger, bei der Reiterattacke; ich wollt’ ihm helfen aus den Bügeln zu kommen, aber bei dem Getümmel war’s unmöglich!“ sagte einer der Reiter.

„Heiliger Himmel — dann lassen Sie uns suchen!“

Er spornte sein Pferd und jagte zurück, und so hastig als es nur gehen mochte, eilte der Förster und noch ein anderer junger Soldat ihm nach. Es war Elise, die neben Walther stehend jedes Wort gehört hatte, und der es mit einmal das Herz zusammenkrampfte. Sie lief dem Alten jetzt voraus, und mit den Augen der Liebe suchte sie.

Zander war bereits vom Pferde gestiegen und hatte dessen Zügel um einen Baum geschlungen, und wo das Kampfgetümmel am dichtesten gewesen, wo Freund und Feind am meisten nebeneinander lag, begann er seine Forschungen, und sah jedem Lützower, den er hier fand, ängstlich in das bleiche Gesicht.

Da klang vom Rande eines kleinen Gehölzes her ein lauter Ruf. Dort kniete der junge Soldat, der mit Walther gekommen war, und hielt ein bleiches und blutiges Gesicht in den Händen. Als Zander herankam, hörte er die Worte:

„Konrad, lieber, lieber Konrad — thu’ die Augen auf — ich bin’s ja — ich!“ und in heißer Erregung küßte der junge Soldat die Lippen des wunden Mannes.

Der Lützower stand einen Augenblick starr, dann trat er dicht heran: „Um Gottes willen, Sie — Fräulein Wendler?“

Elise hob das Gesicht empor, und die Thränen liefen ihr über die Wangen:

Zu Seite 208.

„Ja, Herr Zander — aber nun fragen Sie nicht — kommen Sie, ihm zu helfen!“

Jetzt war auch Walther zur Stelle und kniete an des Verwundeten Seite. Dem rann das Blut aus dem Arme und von der Stirn, der Alte aber überzeugte sich bald, daß die Kopfwunde eine ganz unbedeutende war, und daß vor allem der Blutverlust aus dem Arme den Verwundeten des Bewußtseins beraubt hatte. Er verband ihn mit Hilfe der Freunde, und Elise war wieder das starke, thatkräftige Weib, das mit geschickter Hand zugriff. Walther und Zander aber hoben Konrad auf und trugen ihn vorsichtig nach dem Lagerplatz des Verwundeten-Transports; gesenkten Hauptes ging sie zur Seite und hielt Schmidts herabhängende Hand. Keines sprach ein Wort, der Förster aber wußte, was jetzt in der Seele des Mädchens vorging.

Am Ziele angelangt, wurde Konrad auf weichen Waldgrund gebettet, und ein Arzt der Sanitätskolonne untersuchte ihm die Wunden. Im linken Arme saß ein Säbelhieb, der freilich bis auf den Knochen hindurch geschnitten und diesen selbst noch gesplittert hatte, aber eine Gefahr war für den Wunden nicht vorhanden. Da atmete Elise auf, ergriff innig des Arztes Hand und sagte herzlich:

„Ich danke Ihnen!“

Der Mann schaute sie beinahe befremdet an und fragte:

„Er geht Sie wohl nahe an?“

„Ich bin seine Braut,“ erwiderte sie mit heißem Erröten, und während sie wieder um den Verwundeten sich bemühte, erzählte Walther den andern flüchtig und kurz die näheren Umstände und bat zugleich, ihr Geheimnis zu ehren, wie er es bisher gethan habe.

„Das ist nicht nötig, denn von heute an bin ich wieder Weib und weiß, wohin ich gehöre — an sein Schmerzenslager!“ sagte sie, und in diesem Augenblicke schlug Schmidt die Augen auf. Er sah in das über sich geneigte Gesicht, das aus der dunkeln Uniform herausschaute, und wußte offenbar nicht, ob er träume oder wache.

Da scholl es an sein Ohr: „Konrad!“ mit einem Klang, der keine Täuschung war. Er wollte sich aufrichten, aber mit einem Stöhnen sank er zurück, und der rasch herzutretende Arzt bat dringend, daß er sich nicht errege. Da sprach er nur zweimal ihren Namen, aber aus seinen Augen leuchtete eine Fülle des Glücks.

Nun bettete man ihn auf einen der Wagen, neben Jakob, dem das Bein abgenommen worden war und der, erschöpft von Blutverlust, in tiefem Schlafe lag. Zwischen die beiden hinein aber setzte sich Elise. Sie hatte Walther gebeten, daß er dem kommandierenden Offizier die nötigen Mitteilungen mache und um seine Diskretion bitte, und nun entfaltete sie die ganze Sorgfalt des Weibes in der Pflege der beiden Verwundeten.

Die Transportkolonne aber, begleitet von den Lützowern und den Kosaken, wendete sich gegen Chimay, das man ungefährdet erreichte. Das insurgierte Ardennendepartement lag hinter den gehetzten Reitern, und die Lützower Eskadron vereinigte sich in Verviers mit ihren Kameraden, die der Major selbst unter ähnlichen Gefahren und Beschwerden hierher geführt hatte. Unter denen, die in diesem Streifzuge das Leben verloren, war auch der herrliche Friesen.

— — — — — — — — — — — — — — — — — — —

In einem Hospital an der deutschen Grenze finden wir in der ersten Hälfte des April unsere Freunde wieder. Mildes Sonnenlicht webt seine lichten Schleier durch den einfachen aber freundlichen Raum, in welchem sich durchaus Rekonvaleszenten befinden. An einem Fenster in bequemem Stuhle lehnt Konrad Schmidt, der vor kurzem erst das Lager verlassen durfte, den linken Arm in der Binde, eine nahezu verharschte Narbe auf der Stirn, aber die Augen in dem bleichen Gesichte strahlen, und sie ruhen mit inniger Hingabe auf der lieblichen Mädchengestalt, die ihm gegenüber sitzt. Immer wieder finden sich beider Hände, und die Lippen haben sich viel zu erzählen.

In einer andern Ecke des Gemaches aber liegt auf seinem Lager Jakob Walther. Das verlorene Bein ist ihm ersetzt worden durch ein hölzernes, und er hat noch immer Schmerzen, so daß er das Lager wenig verläßt, aber auch sein Gesicht zeigt ein sonniges Behagen. Auch er hat eine Pflegerin gefunden, wie er sie besser sich nicht wünschte, und sie saß auch jetzt an seiner Seite, und da er frägt:

„Und du hast nun alles Schlimme und Schlechte vergessen, Käthe, und machst dir auch nichts daraus, daß dein Mann ein Krüppel ist?“ da nickte sie, lächelnd unter Thränen, und hielt seine Hand.

Es war des Gärtners Häußer Tochter, die ehedem Zander und Körner gepflegt hatte, und die auch ihren Teil von Vaterlandsliebe bekunden wollte und mit ihres Vaters Genehmigung zu den freiwilligen Krankenpflegerinnen gegangen war. Hier fand sie den Burschen wieder — und anders, als er ihr in der Erinnerung gewesen war, und daß er sein Bein fürs Vaterland gegeben, das machte sie ihm rasch geneigt, ebenso wie sein eisernes Kreuz sie selbst mit Stolz erfüllte.

Und der sonnige Tag brachte noch eine angenehme Überraschung. Draußen vor dem Hospitale fuhr ein Wagen vor, und zwei Männer stiegen aus. Die beiden jungen Menschen am Fenster sahen es.

„Mein Vater!“ rief Elise, und sprang auf.

„Der Gärtner Häußer!“ sagte Konrad Schmidt, und sein Blick streifte nach dem andern Paare hinüber.

Die beiden Männer kamen in der That, um nach ihren Kindern zu sehen, und das allseitige Wiederfinden war ein ergreifendes.

„Kinder, wir bringen den Frieden!“ sagte Dr. Wendler nach den ersten Begrüßungen. „Der Mann des Jahrhunderts ist abgethan; am 11. April hat Napoleon zu Fontainebleau für sich und seine Erben auf die Krone Frankreichs verzichtet und wird Fürst von der kleinen Fischerinsel Elba.“

Er hatte es laut gesprochen, daß alle Anwesenden es vernehmen konnten, und die Männer, welche ihr Blut für das Vaterland gegeben hatten, standen und lagen mit feuchtschimmernden Augen und drückten sich wohl auch, soweit sie sich erreichen konnten, die Hände; als aber Jakob Walther laut rief:

„Hurra, Viktoria!“, da riefen es alle in aufjauchzender Begeisterung nach. Und während es wie heilige Schauer den Raum der Krankheit durchwehte, legte Dr. Wendler wie zu stillem Segen die Hände Konrads und Elisens zusammen und hielt die beiden verschlungenen stumm in den seinen. An anderer Stelle aber wischte sich der wackere Häußer etwas Nasses aus den Augen und sagte:

„Gott hat's gut gemacht ... und meinen Segen habt ihr. Besser mit einem Bein in Ehren, als mit gesundem Leib und in Schande. Das eiserne Kreuz aber bleibt der schönste Besitz in unserm Hause.“

— — — — — — — — — — — — — — — — — — — —

Und wieder wenige Wochen später schritt ein Wanderer von der Höhe herab, die in das freundliche Thüringer Dorf führte, in welchem

Konrads Vater Pastor war. Er trug ein leichtes Gewand, ein Ränzel auf dem Rücken und den Stock in der Hand, wie ein fahrender Schüler. Auf der Höhe hatte er ein Weilchen stillgestanden, die Augen mit der Rechten beschattet und hinabgeblickt auf die kleinen Häuser und hinüber nach der Kirche. In junges Frühlingsgrün hineingebettet lag das Dorf und grüne, blühende Büsche verdeckten die Grabkreuze des Friedhofs, nach denen sich wehmütig der Blick des jungen Wanderers richtete.

Es war Konrad, und langsam, mit bewegter Seele schritt er nun abwärts und dachte an seinen Vater und an seine Mutter. Wie er in die Kastanienallee einbog, die nach dem Gutshofe führte, kamen ihm mit langsamem Schritte zwei alte Herren entgegen. Er erkannte sogleich den einen, ja er sah nur diesen einen, mit seinem milden, gütigen Gesicht und dem weißen Haarkranz, der aus dem dunkeln Hute sich hervordrängte, und beflügelten Fußes eilte er ihm entgegen.

Da er nahe war, sah ihn auch der alte Herr.

„Konrad, mein Junge!“ rief er, und wenige Augenblicke später hielten sich Vater und Sohn umschlungen. „Ich hab' dich wieder, mein Junge, heil und gesund — der Herr segne deinen Eingang!“ sagte der Pastor an der Brust seines Sohnes, dann tastete er an dessen linkem Arm herum:

„Ist er auch ganz gesund und brauchbar wieder, Konrad?“

„Ganz geheilt, Dank der trefflichen Pflege meiner Braut, und der König hat mir ein herrlich Pflaster für die Wunde gegeben — das eiserne Kreuz!“

„Das eiserne Kreuz! Wie mich das freut — o daß deine Mutter dich sähe! Aber sie sieht's, sie sieht's mit ihren verklärten Augen aus himmlischen Höh'n! ... Aber willst du nicht auch Herrn Bastian begrüßen?“

Jetzt erst sah Konrad den Begleiter seines Vaters näher an. Er hätte in dem greisenhaften, zusammengebeugten Manne nicht den frischen, stattlichen Gutsherrn von ehedem erkannt. Wie gebrochen stand derselbe da und wischte sich mit seinem Taschentuche die Thränen aus dem vergrämten Gesicht.

Konrad reichte ihm tief ergriffen, schweigend die Hand; jener aber sprach:

„O daß mir eine solche Stunde im Leben beschieden gewesen wäre; ich wollte mit Freude zur Grube fahren — jetzt aber muß ich verzweifeln und muß mich schämen, wenn jemand nach meinem Sohne frägt!“

Heftiges Schluchzen erschütterte den Leib des Mannes, um dessen Schulter der Pastor tröstend seinen Arm schlang. Konrad aber sprach:

„Dann will ich Ihnen einen Trost bringen. Auch Ihr Sohn ist gefallen im Dienste des Vaterlandes. Er war wie der treue Eckart der Lützower Reiter in Frankreich, er hat sie geführt in schweren Tagen und hat sie gewarnt in Gefahr, auch wenn er ihren Rock nicht mehr trug. Bei Rouvroy fiel er, von französischen Kugeln durchbohrt, und um sein Grab standen brave, deutsche Soldaten und haben ihm die letzten Ehren erwiesen.“

Da richtete sich die erschlaffte Greisengestalt Bastians auf, ein Leuchten ging über das Gesicht.

„So darf ich von ihm reden und um ihn trauern wie hundert andere Väter um ihre Heldensöhne?“

„Das dürfen Sie, und für seinen braven Tod bin ich nicht der einzige Zeuge!“

„Gott sei gelobt — Sie wissen nicht, wie wohl Sie meinem Herzen thun, Herr Schmidt — ich danke Ihnen! Und nun lassen Sie mich zu meinem Weibe gehen und ihm sagen, daß unser Junge kein Verlorener, kein Verstoßener, kein Vergessener ist!“

Er reichte den beiden die Hand, und hoch aufgerichtet ging er nach dem Gutshofe zu, während Konrad und sein Vater ohne jede Verabredung ihre Schritte nach dem stillen Grabe hinlenkten, darunter das Mutterherz schlief, das auch ein Opfer für das Vaterland geworden war.

— — — — — — — — — — — — — — — —

Zwei Jahre später zog ein junger Pfarrer in das alte Pfarrhaus ein, an der Seite seines Weibes. Die Thüren waren geschmückt mit Eichenlaub, und an der Schwelle begrüßte das Paar der silberhaarige Geistliche, der sein Amt in seines Sohnes Hände übergab. Der trug an seinem Gewande das eiserne Kreuz, und wie sein Weib mit Stolz darauf hinblickte, sprach er:

„Und du hast es ebenso verdient wie ich!“

„Der Herr segne euern Eingang!“ sprach der Mund des greisen Pastors, und mit beiden Armen umschlang er seinen Sohn und dessen Weib Elise. —

Zur selben Zeit aber saß in Großzschocher der Gärtner Jakob Walther neben seinem jungen Weibe. Ringsum blühte der Frühling, fernher tönte ein verschwimmendes Glockenläuten, und der junge Mann, den Stelzfuß gerade vor sich hingestreckt, rauchte sein Pfeifchen und las aus einem Briefe, der eben angekommen war, dann sagte er schmunzelnd:

„Das freut mich mehr als alles, Käthe, daß mein Vater kommen will, um seinen ersten Enkel zu sehen. Denn wenn der aus seinem Walde gehen soll, muß es um etwas ganz besonderes sein. Möge der Junge werden wie sein Großvater, so treu und bieder, so stark und gesund, so voll Liebe für König und Vaterland!“

„Und wie sein Vater!“ sprach lächelnd das frische Weib, — der Mann mit dem Stelzfuß aber zog sie an sich und küßte sie innig.

Und noch immer läuteten die Glocken.

Zu Seite 214.